AF235123

Franz-Josef Kofferath

# *SEEROSENDUFT*
## Leben, Tod und Leidenschaft

zwischen Soers und Selfkantbahn

# *SEEROSENDUFT*

Leben, Tod und Leidenschaft

zwischen Soers und Selfkantbahn

Franz-Josef Kofferath

# IMPRESSUM

Bibliografische Information der Deutschen Nationalbibliothek:
Die Deutsche Nationalbibliothek verzeichnet diese Publikation in der
Deutschen Nationalbibliografie; detaillierte bibliografische Daten sind
im Internet über http://dnb.dnb.de abrufbar.

© 2021 Franz-Josef Kofferath

Coverfoto: PL09Puryono

Herstellung und Verlag: BoD – Books on Demand, Norderstedt
ISBN: 9783753423258

# Inhaltsverzeichnis

# VORWORT

## *SEEROSENDUFT*

Duften Seerosen eigentlich?

Für die meisten Menschen ist diese Frage irrelevant. Für sie ist der Charme einer Seerose auf ihr wunderschönes Aussehen fokussiert.

Und für die Naturkundler unter den Lesern: Ja, es gibt, wenn auch vereinzelt, tatsächlich die „duftende" Seerose, zum Beispiel die „Nympheae Oderato". (Wikipedia!)

Aber warum assoziieren Menschen beim Anblick eines schönen Outfits von Personen, Tieren oder Gegenständen zwangsläufig meistens auch mit einer positiven Ausstrahlung?
Eine Seerose muss nicht aufgrund ihrer dezenten Eleganz auch zwangsläufig schön duften.
Aber der Betrachter kann sich in Anbetracht dieser schneeweißen oder dezent rosafarbenen Blütenpracht auf breiten grünen Blättern dieser Meinung kaum entziehen.

Man möchte diese Schönheit der Natur mit keinem Makel in Verbindung bringen, schließlich können auch die Augen „riechen" und dann duftet es eben schneeweiß oder rosarot.

Oder wer riecht nicht den Duft von Flieder, wenn man sich im Mai seiner lila und weißen Blütenpracht erfreuen kann?

Und insbesondere in Zeiten der Ge- bzw. Verbote, die der Corona-Pandemie geschuldet sind, wird uns die Schönheit der Natur vor unserer Haustür immer mehr bewusst. Unser Augenmerk wird wieder auf die schlichten Dinge unseres Lebens gelenkt und wir bekommen wieder ein Gespür dafür, was wir in „Normalzeit" alles versäumt haben.

Und noch eines lernen wir wieder schätzen: unsere Heimat und ihre Werte.

Ich denke, diese Kehrseite der Medaille ist das wenig Positive an einer ansonsten verheerenden Seuche.

Eine andere Möglichkeit den eigenen Geist von der Tristesse des Alltags abzulenken, ist, ein Buch zu lesen und sich unterhalten zu lassen. Und wie in meinem Roman, sich durch meine Beschreibungen in eine Zeit versetzen zu lassen, als alles noch „normal" war, selbst das „Nichtnormale", denn auch dies gehört in unserem Leben zu unserem Alltag!

Noch wichtiger aber ist der positive Gedanke, dass es so oder so ähnlich vielleicht in absehbarer Zeit wieder sein könnte.

Ich hoffe, dass orthographische Fehler durch den amüsanten und spannenden Inhalt der Geschichte, vom aufmerksamen Leser wohlwollend übersehen werden.

Ich wünsche Ihnen gute Unterhaltung und bleiben Sie gesund!

# HEIMAT

*Meine Heimat ist meine Familie.*

*Und dort wo,*

*wo wir zu Hause sind.*

Sinnsprüche werden immer wieder den Text der Geschichte unterbrechen, um das Geschriebene zu untermauern oder zu ergänzen, vielleicht auch, um zum „Sinnieren zu animieren".

Mit einer Party möchte ich meine Geschichte beginnen. Ich denke, ein Auftakt nach Maß...oder?

Den Anfang der Geschichte macht im Spätsommer des Jahres 2017 ein schwarzer Jaguar R-Type Coupé, der sich mit einer für dieses Fahrzeug eher atypischen, weil langsamen Geschwindigkeit, der Ortschaft Gillrath nähert.

Gillrath ist ein Stadtteil der Stadt Geilenkirchen und beherbergt mit den Ortsteilen Hatterath, Nierstraß und Panneschopp zusammen so etwa 1.800 Einwohner. So zumindest der Stand um das Jahr 2017.

Er ist unweit der niederländischen Grenze im fast westlichsten Teil unserer Republik gelegen.

Die Fahrerin dieses Sportmobils ist von nicht minderer Rasanz bezüglich ihres Outfits als ihr „Untersatz".

Sie ist aus dem verschlafenen Nest bereits 1985 „ausgewandert", um zu studieren und Karriere zu machen. Was ihr mehr als gelungen ist. Dazu später...

Die besagte Person steuert immerhin einen Wagen mit 248 PS, lässt es aber, wie gesagt, heute auf dem Weg in ihren Heimatort eher ruhig angehen.
Wer sie so fahren sieht, glaubt, dass hier eine wunderschöne Frau, und dies lässt eine Beurteilung ihres Outfits bei dieser Geschwindigkeit durchaus zu, auch deshalb so glücklich aussieht,

weil sie wieder mal Landluft -- nein, nicht einatmet, sondern inhaliert.

Und es ist genau diese Landluft, die die Heimatluft für sie ausmacht.

Die Fahrerin des Wagens mit dem polizeilichen Kennzeichen AC – AB 1 ist mit Sicherheit Gillrath's hübschester, vielleicht sogar Gillrath's intelligentester, mit Sicherheit aber Gillrath's erfolgreichster und über Grenzen hinweg auch bekanntester „Export". Und das, obwohl sie nicht nur sehr klug, sondern dabei auch noch blond ist.

Der „alte Mann" da oben über den Wolken muss wohl einen besonders guten Tag gehabt haben, als er sie geschaffen hat. Aber für ihre wunderschöne Erscheinung muss sie sich wohl selber Modell gestanden haben. Und den greisen Mann wird sie wohl nur gebeten haben, ihrem Outfit ein Leben und eine Seele einzuhauchen.

Und noch eines steht fest: Aus einer Männerrippe, wie Eva, Adams Begleiterin im Paradies, ward sie mit Sicherheit nicht gemacht. Es gibt kein männliches Wesen mit derart wohlgeformten Rippen.

Also als Trost für Menschen wie unsereins:

*Äußere Schönheit unterliegt dem Wandel der Zeit!*

*Nicht in jedem Fall eine Einbuße -*

*in jedem Fall aber ein Tribut an die Zeit!*

*Die Schönheit der Seele aber,*

*ist so zeitlos, wie die Seele selbst!*

Ich begnüge mich daher schon eher mit meiner endlosen Schönheit der Seele!

Beim Lesen des Ortsschildes huscht ein melancholisches Lächeln über ihr Gesicht und lässt dieses noch hübscher aussehen, als schon von Gott angedacht.

Sie lässt den Wagen über die frühere Bundesstrasse und der heutigen Karl-Arnold-Strasse in den Ort „hineinrollen", um eventuelle bauliche Veränderungen und sonstige Neuigkeiten seit ihrem letzten Heimatbesuch vor 4 Jahren nicht zu versäumen.

Die Pizzeria „Il Genio" scheint alle Gäste für sich vereinnahmt zu haben. So lässt zumindest die parkende Autoreihe vor dem Lokal vermuten.

Ich denke, es wird nun allmählich Zeit, dieser ihnen unbekannten Fahrerin ihre Anonymität zu nehmen und ihren Namen preiszugeben: Alice Bongartz.

Alice Bongartz, eine Protagonistin, die eine wesentliche Rolle in der Geschichte spielt.

Sie muss zu ihrem Date eigentlich rechts in die Blasiusstrasse einbiegen

Aber zuvor will sie erst einmal ihre Zieheltern Agnes und Kurt Jessen auf- und besuchen. Also folgt sie zunächst weiter der Karl-Arnold-Strasse. Als sie den schrillen Pfeifton und das dumpfe Stöhnen einer Lokomotive wahrnimmt, ist sie irritiert, zieht es aber vor, vorsichtshalber das Bremspedal zu betätigen.
Wahrscheinlich saß der „Heilige Christopherus" gerade auf dem Beifahrersitz ihrer Karosse...

Denn der „Heggeströvers", so nennt der regionale Volksmund die historische Eisenbahn, dessen Pfeifton sie vernimmt, kreuzt soeben die Strasse.

Schon kurze Zeit nach ihrer Querung springt ein Zugbegleiter auf die Fahrbahn, um diese für die Durchfahrt der Selfkantbahn freizuhalten.

Aber der Blick des Zugbegleiters in das Innere des Wagens lässt diesen fast vergessen, weshalb er nun tatsächlich auf die Straße gesprungen ist. Und als die Fahrerin ihm auch noch freundlich zulächelt, versäumt er es fast, wieder auf den Zug aufzuspringen, was der Fahrzeugführerin ein stilles Lächeln entlockt.
Und es müssen wohl die neugierigen Blicke des jungen Mannes gewesen sein, die sie veranlasst haben, am Rockende den Stoff

etwas weiter in Richtung ihrer Knie zu zupfen, den jungen Mann aber veranlasst, verschämt das Ziel seiner Augen zu ändern. Nun hat er noch bis zum nächsten Bahnhof in Schierwaldenrath, der gleichzeitig auch die Endstation ist, Zeit, darüber zu sinnieren, weshalb Frauen so kurze Kleidung tragen, wenn sie diese doch beim Anblick von Männern immer wieder versuchen, auf Kniehöhe zu „strecken". Dabei sind doch gerade sie das Ziel dieser Mode.

Und dem frühreifen Jugendlichen kommen berechtigte Zweifel, ob Frauen tatsächlich so sparsam sind, und einen Stofffetzen tatsächlich teilen, um daraus zwei Kleidungsstücke zu machen, um auf diese Weise Geld einzusparen.

Aber im Ernst. Frauen ziehen wahrscheinlich solche „Minis" an, um zu zeigen, was diese ohnehin nicht verheimlichen können und die Trägerin auch nicht verhindern möchte. Das besagte Herunterziehen soll durch die Bewegung ihrer Hände entlang den Hüften hin über ihre Oberschenkeln nur zusätzlich die Augen des Betrachters in diese Richtung lenken.

Ein kurzer Blick zu ihm herüber überzeugt sie dann noch vom Erfolg ihrer Strategie.

Die „Historische" fährt zu Saisonzeiten wie Nikolaus, Weihnachten und Ostern mehrfach täglich die Strecke. Wie bereits erwähnt, von Gillrath nach Schierwaldenrath und zieht Kinder wie Erwachsene aus der ganzen Republik in ihren Bann.

Und nun hat tatsächlich diese größte, aber auch einzige Sehenswürdigkeit des Ortes, zu Ehren ihrer fast ebenso berühmten „Tochter", Alice Bongartz, soeben die Karl-Arnold Strasse passiert.

Nein, natürlich nicht zu ihren Ehren. Aber bei dem Gedanken daran muss Alice schmunzeln. Vielleicht lässt sie sich doch einmal zu einer PR-Fahrt mit der Selfkantbahn durch die heimatlichen Gefilde mit dem von Mitgliedern jahrelang aufgemöbelten Schienenfahrzeug mitreißen.
Ich denke, ein solcher Akt stände allen Protagonisten gut zu Gesicht...

Hinter der Tankstelle biegt der Jaguar links in die Strasse „Auf der Weide" ein, um anschließend, fast ohne das Gaspedal noch einmal

bemühen zu müssen, rechts in die Strasse „Im Bruch", entlang dem Rodebach gelegen, einzubiegen.
Der Rodebach ist Gillraths größter, wenn auch einziger „Fluss" dieser Größenordnung. Nein wirklich: Ein Rinnsal ist tatsächlich noch kleiner!

Sie hält ihren Wagen vor ihrem früheren „Zuhause" an. Da es eine relativ verkehrsruhige Strasse ist, hat ihre Tante Agnes sie bereits beim Einparken bemerkt und steht schon im Türrahmen. Dieses Mal wartet sie allerdings alleine...Im Gegensatz zum letzten Male...Und Alice vermutet darin kein gutes Omen.

Ihr Onkel Kurt muss seit ein paar Wochen mit einer furchtbaren Diagnose leben: Lungenkarzinom – frühes Ende absehbar! Metastasen haben bereits gestreut.
So wird es also kein freudiges Wiedersehen. Alice umarmt ihre Tante stumm. Sie weinen, ohne auch nur ein einziges Wort zu sprechen. Und dann drängt Alice ihre Tante beiseite und betritt mit zittrigen Knien das Krankenzimmer des Onkels.

*„Hallo Kleines! Auch mal wieder im Land? Hab schon befürchtet, wir würden uns erst im Himmel wiedersehen! Das heißt, wenn ich dort überhaupt hinkomme, ha, ha!"*

*„Was redest Du da Onkel Kurt. Sag mir lieber, wie es Dir geht?"*

Dann legt sie stumm ihren Kopf auf seine Brust, und erneut kann sie ihre Tränen nicht unterdrücken!

*„Zeig mir einen Mann, dem es nicht gutginge, wenn die schönste Frau des Landes auf seinem Bett, Unsinn, auf seiner Brust, liegt."*

*„Jetzt bin ich beruhigt, denn ich höre, es geht Dir besser, alter Schwerenöter!"*

*„Schon! Aber ich kann Dich noch nicht zu dieser Party begleiten, meine Kleine!"*

*Der Arzt meinte, es wäre noch zu früh! Diese Ärzte! Keine Ahnung. Es wird allenfalls bald zu spät sein. Aber nein - lassen wir das. Sag allen Leuten auf der Party, dass ich dabei bin, meine eigene Party vorzubereiten. Und alle werden eingeladen. Na ja, zumindest diejenigen, die ich mag. Ich habe sogar den Pfarrer schon eingeladen. Und es gibt „Live – Musik". Genauer gesagt - Orgelmusik."*

*„Onkel Kurt, hör' bitte auf! Dein „schwarzer Humor" bricht mir das Herz!"*

*„Mein schwarzer Humor ist doch tausendmal aufhellender als mein Tod, oder mein Schatz?"*

Agnes und Kurt Jessen haben Alice ab dem 12. Lebensjahr bei sich aufgenommen. Das Jahr, in dem ein furchtbarer Unfall den ganzen Ort erschütterte: Beide Elternteile von Alice sind auf dem Weg in den Urlaub mit ihrem Fahrzeug tödlich verunglückt. Unverschuldet...aber ändert das was an ihrem Tod?

Fortan waren diese „Verwandten der zweiten Generation" mehr als nur Ersatzeltern.

Nach vierjähriger Schulzeit in der Grundschulschule zu Gillrath hat Alice das Bischöfliche Mädchengymnasium St. Ursula in Geilenkirchen als weiterführende Schule besucht.
In dieser Zeit hat sie ihre Vorliebe für das Gestalten und auch für die Kunst entdeckt. So war es nur folgerichtig, dass sie das Studium für „Integration von Bildender Kunst und Architektur" an der Kunstakademie bei Professor Christian Megert erfolgreich abschloss. Aber nicht genug: Es folgte ein mehrere Semester dauerndes „Grafik-Design"-Studium.

Nun stand einer erfolgreichen Karriere nichts mehr im Wege. Bildende Kunst in Verbindung mit Architektur und Kommunikationsdesign. Für alle Superlative künstlerischen Schaffens gab es nun einen Oberbegriff: Alice Bongartz.

Und Ihr Name war schon in kürzester Zeit grenzüberschreitend ein Begriff für jeden der Bauen, Umbauen, Renovieren oder Umgestalten im Sinne von innovativer Baukunst als sein Handwerk gewählt hat, um auf diese Weise das eigene Unternehmen erfolgreich präsentieren zu können.

Aber auch die großen Bühnen und Theater nahmen ihre Dienste in Anspruch.

Auch die Medien wurden schon früh auf dieses Multitalent aufmerksam und loben:

*„A Star was born!*

*Alice Bongartz hat den Begriff "Extravaganz" sowohl in punkto "Bildende Kunst" und „ Architektur", als auch in punkto „Grafik, Formen und Farben" neu interpretiert und auf individuelle Art reformiert. "*

## WIEDERSEHEN

Und es ist diese "Queen of Arts", die mit ihrem "Jagy", so der liebevolle Namen für ihren Jaguar, jetzt in die Blasiusstrasse in Gillrath einbiegt.
Sie parkt ihre Nobelkarosse sicherheitshalber auf dem Gelände der „Franzen's", den heutigen Gastgebern des Festes.

Bei ihrem letzten Besuch vor vier Jahren war es noch ein Benz, für den niemand der Gäste seinen Partyplatz verlassen hat.

Aber heute...

Schon bald bildet sich eine Gruppe junger, neugieriger Gäste rund um den Wagen. Die meisten wollen natürlich dieses wunderschöne „Wildtier Jaguar" sehen - gemeint ist **erstmal** natürlich das Auto. Und doch sind auch einige Partybesucher dort, die meisten männlichen Geschlechts, um diese umwerfend schöne Frau zu bewundern.

Und dann treffen sich zwei Augenpaare auf Augenhöhe in der Mitte ihrer Entfernung.

*„Hi! Du musst Leon sein, oder?"*

*„Woran erkennen Sie das? Gleiche ich vielleicht meinem Vater? Den kennen Sie ja wohl fast so gut wie meine Mutter ihn kennt?"*

16

Und sie überhört wohlwissentlich die Nachricht, die dahinter steckt!

*"Ja! Ich bin Leon! Aber, hat Sie Ihr Ruhm womöglich bereits blind gemacht, selbst für "Alte Bekannte"?*

*"Mit Sicherheit nicht! Aber es ist schon erstaunlich, wie 4 Jahre einen Menschen verändern können!"*

*„Gottlob **alle** Menschen, oder Frau Bongartz?"*

*„Frau Bongartz? Wieso das denn? Haben wir uns nicht schon mal geduzt, Leon?"*

*„Haben wir! Aber da waren auch Sie noch ein paar Jahre jünger, keine Anspielung, nur Fakt!"*

Und jetzt bebt die Erde unter dem Aufschlag der „berühmten" Stecknadel. Oder ist es ganz einfach nur die atemlose Stille in Erwartung ihrer Antwort, die man nicht hört?

Leon, der siebzehnjährige Sohn der Franzen's hat Alice die Affäre mit seinem Vater nie verziehen! Oder wer hat diese damals auch immer angefangen?
Alice verlässt dieses verbale Schlachtfeld, bevor der Krieg eskaliert.

Der Empfang im Hause hat eine ähnliche Note.

*„Hallo Marita! Alles Liebe und Gute zum Geburtstag und insbesondere*
*Gesundheit! Schließlich werden wir alle nicht jünger!"*

*„Vielen Dank. Stimmt! Das ist eine der wenigen Gerechtigkeiten im Leben. Und Gottlob kann sie niemand leugnen, selbst die High Society nicht!"*

Der nächste Schlag!

Und so ist die Begrüßung und Gratulation der Beiden: Ein schlechtes Imitat von Herzlichkeit.

Heimat ist ein Begriff mit einer unmittelbaren Initialzündung für alles Positive.

Das geht soweit, dass man in der Erinnerung an sie geneigt ist, zu glauben, die Heimat sei das Paradies ohne eine Schlange...

Und es stimmt. Es gibt dort **nicht nur eine** Schlange...

Anders bei ihrem Mann, leider zum Missfallen seiner Ehefrau.

*„Hallo Alice! Schön, dass Du gekommen bist – und herzlich willkommen!" –*

und er streckt dabei seine ausgebreiteten Arme einer Dame entgegen, die so manches Mal in selbigen Zuflucht oder was auch immer gefunden hat.

*„Ist doch klar, Heinz! Wenn Du rufst, kommen doch alle Frauen!"*

Heinz ist viel zu sehr von sich eingenommen, um das nicht als Realität zu verbuchen.

*„Das will ich meinen...ha, ha!"*

Ungeachtet der Anspielungen umarmt er sie, zwar nicht im Polizeigriff, aber doch sehr intensiv. Er hat diese Zeit mit ihr nie vergessen, allenfalls verleugnet!

*„Marita – hier ist mein Geschenk für Dich!"*

Und Alice übergibt Marita ein von ihr gemaltes Öl - Porträt der Jubilarin. Vielleicht etwas abstrakt, was aber keine Anspielung auf ihr Aussehen sein soll – im Gegenteil. Nur für Kunstliebhaber sichtbar hat sie im Gemälde, und zwar in der Frisur, die Zahl 40 eingearbeitet.
Der Preis für dieses Kunstwerk - nicht einmal schätzbar! Denn Individualismus hat keinen Preis! Aber eines ist sicher: Die Signatur der Künstlerin ist um ein Vielfaches wertvoller als das Werk selbst.

Und so fällt auch der höfliche Dank der Beschenkten aus, während ihr Mann glaubt einen „Rembrandt" in seiner Hand zu halten, denn er ist ja schließlich von „**ihr**"!

Die „Franzen's" sind mit Alice schon seit Kindheitstagen befreundet. Na ja - mehr oder weniger. Marita Franzen eher weniger, und wenn, dann mit Unterbrechungen. Im Gegensatz zu ihrem Mann. Der hat diese Freundschaft auch schon mal, oder auch schon mal öfter, „missverstanden".

Seine Dienststelle im Aachener Polizeipräsidium kam ihm bei seinen „Nebentätigkeiten" sehr gelegen. Allerdings nur bis zu seiner Versetzung zur Kreispolizeibehörde Heinsberg. Als Disziplinarmaßnahme tönten damals die Selfkanttrommeln. Dazu später...

Leon ist fast achtzehn und steht kurz vor dem Abi. Aber im Augenblick steht er im Mittelpunkt der Familie und bewundert das Geschenk, so lang bis er weiß, von wem es stammt.

*„Und Sohnemann, was sagst Du zu Alice's Geburtstagsgeschenk?"*

*„Na ja – wenn nicht sie, wer soll es dann können? Hat sie doch studiert oder?"*

*„Ist das alles, was Du zu sagen hast? Vielleicht gehört es einmal zu Deiner Erbmasse!"*

*„Okay Dad – dann behalte es lieber!"*

Leon ist der Liebling der weiblich jüngeren, nein auch der weiblich älteren Menschen. Mit seinen jungen Jahren und seinem ästhetischen Körper einerseits, seinem Charme und witzigen Intellekt anderseits, bedient dieser Adonis der regionalen Neuzeit quasi alle Altersstufen der Weiblichkeit seiner näheren und ferneren Heimat. Seine männlichen Vorteile bedürfnisorientiert nach der Lebenserfahrung der einen oder anderen Altersstufe zuzuordnen, würde schon deshalb nicht gelingen, weil viele der Frauen alle seine Vorzüge nur im Ganzen bevorzugen.

Und jetzt folgen diverse Begrüßungsbussis, viele Wiedersehensgesten, mehr oder weniger gute Wünsche und neidvoll bewundernde Blicke. Alice hat relativ schnell ihren Alkoholpegel auf den „Gute Laune – Modus" hoch gefahren und von all diesem dekorativen Überfluss, mit der man sie ansonsten gerne umgibt, ist nicht mehr viel übrig.

**„Hej danst e Jelder Mäedche"!**

Im übertragenen Sinn: Hier tanzt und feiert das „Mädchen vom Dorf".

Und es gibt nicht viele Dörfer mit einer derart ausgeprägten Schönheit als Aushängeschild wie Alice es verkörpert.

Und diese Schönheit wäre wohl irgendwann **in einem Dorf** auch in einer Suppenschüssel „ertrunken" – also quasi untergegangen. **Sie** aber ist **sie**, wo immer sie auftaucht! Der strahlende Mittelpunkt einer jeden Gesellschaft. Und in Aachen, dort wo sie lebt und arbeitet, nein, wo sie schafft, ist sie eine Institution ihres Genre' s und gehört neben Karl dem Großen, dem Klenkes und den Lambertz – Printen - dem Tivoli mit seiner Alemannia zu den Aushängeschildern der Domstadt. Wenn auch auf grundsätzlich verschiedenen Ebenen, denn ihr fehlt u.a. die Historie im Vergleich.

So jedenfalls hat es einmal ein Laudator im Rahmen der Verleihung wider den „tierischen Ernst" humorvoll aber mit Sicherheit auch mit dem nötigen Respekt formuliert.
Und fürwahr, in ihrer Person binden sich Genialität und Stil. Und das zeigt sich in ihren „Werken", den architektonisch innovativen Schaffungen, die sie so bekannt gemacht haben.

Eine intelligente Schönheit, eher selten für diese weiblichen Menschen mit blondem Schopf! Achtung: Diskreminierung!

Leon' s Mutter hat ihrem Sohn einmal erzählt, dass Alice bei schulischen Theateraufführungen in der Lage gewesen sei, einen Engel, wie auch Minuten später, den Teufel darzustellen. Und darin dürfte auch der eigentliche Charme für einen Mann in der Jetztzeit liegen: Herauszufinden welche Figur sie gerade verkörpert.

*Der Reiz einer Frau für einen Mann besteht darin,*

*herauszufinden, was ER nicht von ihr weiß oder kennt,*

*SIE aber hütet wie ihren Augapfel!*

Aber es waren auch all diese körperlichen und geistigen Accessoires, die ihr den Neid ihrer Mitschülerinnen und die Bewunderung ihrer Mitschüler gleichermaßen einbrachten – schon damals! Ganz ausgeprägt zeigte sich das bei Leons Mutter, ihrer einst besten Freundin.

Nach einem Snack in Form von Fingerfood nimmt die Stimmung im Hause der Eheleute Franzen von Minute zu Minute Fahrt auf.

Und mittendrin - Alice.
**Das** hier ist für sie Erholung, **nicht** das Bankett des Praline-Magnaten Bühlbecker bei der Aachener Süßwaren–Gala. Auch nicht die jährliche Einladung von Carl Meulenbergh, dem Präsidenten des „Aachen–Laurensberger-Reit-Vereins", zu den „Welt – Pferdespielen" in der Soers. Auf die Frage, was sie mehr interessiere, Pralinen oder Pferde, hat sie einmal geantwortet:

*„Ich möchte einmal als Alice, ohne Bongartz, die Pferdeboxen der besten Pferde der Welt aufsuchen. Den Pferden dabei Möhren und mir Pralinen füttern! Aber im Gegensatz zu mir würde man das den Pferden nicht ansehen!"*

Ja, man weiß um ihre Pferdeleidenschaft. Stehen doch in ihren „Stallungen" zwei Exemplare einer edlen Rasse. Lange Mähne, langer Behang, kompakte Statur, so sehen nur Friesen aus.

Und auf die Frage eines Lokalreporters, ob sie nicht auch einmal im Narrenkäfig des AKV stehen möchte, soll sie geantwortet haben:

*„Nein! Dafür bin ich mit zu **viel** Humor ausgestattet."*

So manchem Aachener der jüngeren Generation soll ihr Konterfei geläufiger sein, als die Büste Karls des Großen.

Wobei man stets bedacht sein sollte, zwischen Büste und Brüste zu differenzieren!

Wie gesagt: Hübsch, erfolgreich und auch noch schlagfertig, ein Unikat ihrer Spezies!

# PARTYS

Von den anwesenden Gästen zu diesem 40. Geburtstag Maritas kennt Alice weit mehr als die Hälfte aus früheren „Feierlichkeiten".

In Aachen, nicht jedoch bei den „Öchern", würde man dazu „Events" sagen.

Der nächste Gast, der an der Türe läutet, ist im Dorfe, ja sogar in der Stadt Geilenkirchen, schon ein Besonderer.
Der Bürgermeister Franz Bertelmanns persönlich! Aber in dieser Eigenschaft kommt er nach eigenen Angaben nicht. Nein, es ist die frühere nachbarschaftliche Nähe, denn auch er wohnt in der Strasse „Im Bruch" und war sowohl Maritas wie auch Alices Nachbar – vor langer Zeit! Nicht zufällig dürfte allerdings sein, dass zeitgleich auch der Lokalreporter Sch. Schmidt, der spätere Bürgermeister von Geilenkiirchen, auftaucht.

Es ist ein „zufälliges" Foto mit Alice und dem Bürgermeister, das am Tag später den Lokalteil der „Aachener/Geilenkirchener Zeitung" ziert. Für den Politiker ein PR – Gag der besonderen Art.

Aber nicht mal eine Zeile von der Jubilarin! Eine Tatsache, von der Marita nicht weiß, wem sie diesen „Fauxpas" ankreiden kann.

Von Minute zu Minute zieht Alice sich mittlerweile den Zorn von Leons Mutter mehr zu, dem dieses natürlich nicht entgeht. Aber er liebt seine Mutter viel zu sehr, als dass er nicht versuchen würde, diese Situation nicht eskalieren zu lassen.

Als der hausinterne DJ eine „künstlerische Pause" einlegt, verlässt Alice den „Tatort", jedoch nicht auffällig, unauffällig genug.
Denn Leon ist ihr gefolgt, um sich auf der Terrasse mit ihr zu treffen, rein zufällig, so wird Leon ihr gegenüber behaupten.

*„Kann ich Dich einmal sprechen, Alice?"*

*„Sind wir also nun endgültig beim „Du"? Aber ich bin in den paar Stunden nicht jünger geworden! Wird Dir aber bei Deinem Beobachtungstalent nicht entgangen sein, oder?"*

„Es war ein Konter auf Deine Bemerkung bezüglich meines Alters, Alice!
Auch wenn ich in Kürze erst 18 bin, möchte ich nicht wie ein erwachsen gewordenes Kind, sondern wie ein Erwachsener behandelt werden."

„Dann benimm Dich auch so und versuch im Gegensatz zu Deinem Vater nicht ein Leben lang in einer Art „Spät-Pubertät" zu verharren, Leon!"

„Mein Vater ist 45 Jahre!"

„Glaubst Du wirklich, dass man Pubertät an einem Alter festmachen kann, mein Junge? Die Pubertät endet mit einem Reifeprozess, nicht mit den Jahren!"

„Verdammt noch mal, ich bin nicht „dein Junge!"

„Na ja! Immerhin fluchen kannst Du ja schon wie ein Großer, ist also noch ausbaufähig! Und immer noch ohne Freundin?"

„Und Du? Immer noch ohne Freund oder Ehemann? Du bist schließlich doppelt so alt wie ich, oder?"

„Ich bin 36, wenn Du also bald achtzehn bist, ja, dann – dann bin ich tatsächlich doppelt so alt wie Du!"

„Aber nicht mehr lange!"

„Wieso das nicht?"

„Nur in diesem Jahr noch, Alice! Im nächsten Jahr wirst Du schon weniger als doppelt so alt sein. Und dann jedes Jahr weniger!"

„Was redest Du da für einen Bullshit? Es bleiben ja wohl immer 18 Jahre Altersunterschied!"

„Bullshit? Aber es stimmt, was du sagst! Und trotzdem werden es von Jahr zu Jahr weniger als doppelt so viele!"

Alice stutzt, aber versteht es immer noch nicht, und das bei ihrer Intelligenz!

„Probleme? Ich denk, Du hast ein „Einser- Abi" hingelegt? Mathe hast Du wahrscheinlich abgewählt?"

„Leon, ich denke, Du weißt es besser. Darf ich Dich also bitten, die Häme aus Deinem Ton zu nehmen, ansonsten möchte ich nicht weiter mit Dir reden!"

„Weil Du Schuldgefühle mir gegenüber hast, oder?"

„Welcher Art? Du glaubst, ich hätte Deiner Mutter den Mann weggenommen, ja? Vielleicht werde ich es Dir später einmal erklären!"

„Du meinst, wenn ich „groß" bin?"

„Bist Du jetzt schon! Nein – wenn Du erwachsen bist!"

„Und? Hast Du also schon einen erwachsenen Begleiter, Ehemann oder Lover gefunden, Alice?"

„Lover? Mehrere! Aber ansonsten bin ich solo. Ich ziehe eine temporäre Beziehung einer permanenten Langeweile vor, wenn Du verstehst, was ich meine!"

„Stell Dir vor: Tue ich, Alice! Aber keine Sorge, auch in 50 Jahren wirst Du mich noch fühlen lassen, dass Du 18 Jahre älter bist und glaubst, entsprechend klüger zu sein.

Wirst nicht bemerken, dass ich schon lange keine kurzen Hosen mehr trage und keine hochgeschnürten Schuhe!"

„Höre ich da etwa einen Touch von Frust heraus?"

„Einen Touch hört man nicht, sondern, wie der Name sagt, fühlt man!"

„Danke für die Belehrung, Klugscheißer! Aber es gibt auch symbolische „Touchs"! Darf ich Dir eine Friedenspfeife in Form einer Zigarette anbieten? Ich denke „Männer wie Du" rauchen doch, oder?"

Sie ist vorsichtig geworden.

*„Mist! Ich habe die Zigaretten auf dem Tisch liegenlassen!"*

*„Warte Alice, ich bin schon unterwegs!"*

*„Was ist das denn jetzt los, Leon?"*

*„Eine Friedenspfeife könnte ich jetzt gebrauchen!"*

Aber schon nach den ersten Zügen streikt Leons Lunge und pustet hinaus, was sie gerade inhaliert hat.

*„Entschuldige, ich bin erkältet, dann schmeckt die Zigarette nicht besonders!"*

*„Stimmt! Da spricht der Experte!"*

*„Alice, darf ich Dir ein Geheimnis anvertrauen?"*

*„Ich weiß, Du bist Nichtraucher!"*

*„Ja – auch! Bereits bei der Fete im letzten Jahr wollte ich Dir schon etwas sagen. Aber es bleibt unter uns, Ehrenwort?"*

*„Alles **zwischen** uns, bleibt auch **unter** uns!"*

*„Alice, kann es sein, dass wir uns jetzt endlich auf Augenhöhe begegnen? Siehst Du, da ist es wieder! Auch damals fehlte mir ganz plötzlich der Text nach einer solchen Bemerkung von Dir, obwohl ich ihn selbst verfasst und auswendig gelernt hatte!"*

*„Von welcher Bemerkung sprichst Du?"*

*„Was soll denn **zwischen** uns sein, was **unter** uns bleibt?"*

*„Noch nichts, aber der Abend ist ja noch lang – ha – ha! Aber Texte dieser Art verfasst man für Referate oder Vorlesungen, und man kann sie dann sogar ablesen!*
*Wenn man einem Menschen aber etwas sagen will, spricht man aus, was man fühlt und denkt und rezitiert nicht, was man auswendig gelernt hat.*
*Du wolltest mir sagen, dass Du Dich in mich verliebt hattest. Ein Kindertraum, ja?*

*Oh, Entschuldigung!*

*Und warum hast Du mir das nicht gesagt?"*

Und gerade, als Leons Lunge den Nikotinschub verdaut zu haben schien, nun dieser Rückfall nach dieser Bemerkung.

*„Nein – ich meine ... ja, nein – **Dich** habe ich nicht gemeint!"*

*„Schade, ich wollte mich gerade in diesem Fall für meine Unbescheidenheit entschuldigen, Leon!"*

*„Musst Du nicht Alice, aber wieso hast Du „schade" gesagt?"*

*„Weil es eine gute Gelegenheit für mich gewesen wäre, Dir zu zeigen, dass ich Dich so sehe, wie Du bist. Ein Mann, der immerhin geschätzt einen Kopf größer ist als ich. Und ich schaue nun mal lieber nach Männern **auf**, statt auf sie **herab**! Komm einmal zu mir!"*

Ungeachtet der Gefahr in Form von Leons Mutter, aber auch von seinem Vater, umarmt sie ihn zärtlich, wenn auch mit einer gewissen Distanz. Leon zittert, seine Hände schwitzen, ihm wird ein wenig schwindlig – er wankt!

Alice versteht die Situation und kommt ihm im wahrsten Sinne des Wortes entgegen, so dass ihre Arme seinen Körper umarmen können - und es auch tun. Sie nimmt seinen Kopf und zieht ihn auf ihre Schultern „unterhalb ihres Kopfes und auf der „Frontseite"! So halten sie inne, und zwar exakt so lange, bis Leons Mutter im Türrahmen erscheint.

*„Mein Mann genügt Dir wohl nicht, jetzt auch noch mein Sohn! Wie schamlos bist Du eigentlich, Alice! Ich schwöre Dir, das war das letzte Fest in meinem Hause, an dem Du teilgenommen hast. Verschwinde, hau ab, ich kann und will Dich nicht mehr sehen!"*

Wird sie mit ihrer Prognose Recht behalten?

*„Was willst Du, Marita? Ja, wir haben uns umarmt, na und? Er hat einen Rat gesucht, warum ist er damit wohl nicht zu Dir gekommen?"*

*„Und für Deine Antwort musstest Du seinen Kopf an Deine Brust legen, ja? Hau ab, es ist besser für unsere ganze Familie!"*

*„Mutter, bist Du verrückt geworden? Sie hat mich nicht an ihren Busen gedrückt. Es ist nichts geschehen!"*

*„Noch nicht, aber es wird, mein Junge, ich spreche aus Erfahrung. Es wird...!"*

*„Wenn sie geht, gehe ich auch!"*

*„Dann verschwinde doch gleich mit ihr und viel Vergnügen! Wirst eine Menge lernen von ihr. Na ja, einige Lektionen werden wohl auch von Deinem Vater dabei sein!"*

Ihre letzten Worte, bevor sie wieder in die Anonymität der Geburtstagsgesellschaft abtaucht.

Leon holt etwas zu trinken, aber niemand wartet mehr auf ihn, als er zurückkehrt. Er ruft ihren Namen in die Dunkelheit hinaus - ohne Resonanz. Er läuft auf die Strasse – nichts! Sie muss sich wahnsinnig beeilt haben. Auf der Karl-Arnold-Strasse angekommen, sieht er im Licht der Tankstellenreklame die Silhouette einer Frau, die sich eiligen Schrittes Richtung Strasse „Auf der Weide" bewegt.

*Sie geht Richtung Elternhaus!* - schießt es durch seinen Kopf!

Tatsächlich biegt sie in Höhe der Brücke über den Rodebach in die Straße „Im Bruch" ein und geht dort Richtung Alice's Elternhaus.

In der gleichen Strasse wohnt Frau Eva Jansen, eine Nachbarin der Breuers.

Frau Jansen ist geschieden und fristet seitdem nicht unbedingt das Leben einer Askesin, was auch Leons Opa nicht entgangen ist. Er greift seiner Nachbarin „bei Bedarf" unter die Arme, oder was immer er gerade dafür hält...

Wer will also Opa Fritz verdenken, dass er Nächstenliebe anders definiert als die katholische Kirche, zumal zuhause eine demente Ehefrau vergessen hat, dass sie überhaupt verheiratet mit Opa ist. Da war doch mal was...

*„Alice, warte doch bitte, ich muss mit Dir reden!"*

*„Leon, geh lieber nach Hause, bevor es noch mehr Ärger gibt!"*

„Ich wollte eigentlich einmal von Dir wissen, wieso es immer wieder zwischen Dir und meiner Mutter zum Crash kommt! Ihr ward doch einmal gute Freundinnen!"

„Ach, Leon. Das ist eine längere Geschichte, ein anderes Mal vielleicht!"

„Das hast Du eben auch gesagt, Alice. Ich mach Dir einen Vorschlag. Wir gehen nicht rechts in die Strasse, sondern links zum Spielplatz und setzen uns dort auf eine Bank. Und dann erzählst Du mir bitte die Geschichte!"

„Muss ich Dich dorthin an die Hand...ich meine…schließlich ist es schon dunkel?"

„Nein Alice, musst Du nicht. Ich wäre Dir auch dankbar. wenn unser Altersunterschied nicht mehr von Dir thematisiert würde!"

„Entschuldige, werde mich bessern, also gut, einverstanden!"

„Weißt Du was Alice, ich hole bei der Tankstelle noch etwas zu trinken – warte hier! Wir machen unsere eigene Party!"

„Bist Du verrückt, Leon? Glaubst Du vielleicht, ich bleibe hier im Dunkeln allein zurück und werde womöglich als die erste „Spielplatz-Leiche von Gillrath" in die Annalen des Dorfes eingehen? Nein, ich möchte noch viele lange Jahre gut und glücklich leben!"

„Und wer hat nun Angst vor der Dunkelheit? Aber okay - komm mit!"

In der Tankstelle angekommen:

„Hallo, Frau Gerhards. Heute Vertretung für meine Mutter? Wir hätten gerne noch was zu trinken."

„Such Dir was aus, Leon, Du kennst Dich ja aus hier!"

Derweil hat Alice mit einem Augenzwinkern ihr einen Zwanzig-Euro-Schein über die Theke geschoben.

Alice:

„Wir haben keine Gläser, Leon!"

Frau Gerhards:

*„Ich kann mit ein paar Kaffeebechern aushelfen, soll ja wohl ein Picknick werden. Aber pass auf Leon, dass Dir bei dem Wort nicht ein paar Buchstabendreher rausrutschen. Könnte Deine Mutter furchtbar aufregen!"*

Die Frau von der „Tanke" schmunzelt...

*„Macht nichts! Aufgeregt hat sie sich bereits schon!"*

*„Wohin setzen wir uns? Auf diese Holzbank?"*

*„Prost, und jetzt erzähl mir bitte!"*

*„Also, dein Vater und ich waren früher zusammen. Das Ganze dauerte ca. drei Jahre. Nach dem Abi zog ich nach München, um zu studieren. Meine Reisen in die Heimat waren nur noch sporadisch, aber unsere Verbindung blieb, glaubte ich! Irgendwann traf ich bei einer solchen Gelegenheit Deine Mutter und stell Dir vor: Sie war schwanger!"*

*„Herzlichen Glückwunsch, Marita, wann ist es denn soweit?"*

*„In 5 Monaten, Alice. Aber zuerst kommt die Hochzeit im nächsten Monat!"*

*„Kenn ich den Glücklichen, Marita?"*

*„Ja Alice, sogar sehr gut! Es ist… Heinz!"*

*„Ja, Leon - und **Du** warst die „**fehlenden 5 Monate**" bis zur Entbindung! Ich habe damals geglaubt, es zieht mir den Boden unter den Füßen weg!*

*Und kein einziges Wort von Deinem Vater, kein Anruf, gar nichts! Ich bin damals mit dem nächsten Zug zurückgefahren, nicht ohne während der ganzen Zugfahrt zu heulen wie ein Schlosshund. So eine Enttäuschung, er mit meiner besten Freundin! Wäre damals der Zug entgleist, es wäre okay gewesen für mich!*

*Nach dem Studium bin ich nach Würselen in die „Aachener Strasse" gezogen. Dort war gerade eine Wohnung mit einem*

kleinen Büro frei geworden. Ich habe damals früh Fuß gefasst in meinem Job, wahrscheinlich weil ich mich ausschließlich darauf konzentriert habe. **Mein Job** war mein **neuer Freund**!
Danach habe ich den Bauernhof in der Soers gekauft und umgebaut, auch zur eigenen Werbung. Mein ganzer Stolz!

Deinen Vater hatte ich zwar nicht vergessen, aber auch nicht mehr auf meinem Bildschirm, es gab Wichtigeres damals!
Als er dennoch eines Tages vor der Türe stand, hat es mir fast die Seele zerrissen. Es zischte in mir, als hätte man eiskaltes Wasser in glühendes Fett geschüttet.
Ich weiß nicht mehr, wie lange wir uns wortlos gegenüberstanden. Und genau so wortlos sind wir uns in die Arme gefallen.
Ich denke, wir schenken uns weitere Details, Leon!"

„Weil's immer noch wehtut?"

„Nein, heute nicht mehr! Aber damals, ja, eine ganze Weile noch! Heute ist es mir eher lästig, wenn er immer noch an irgendeiner Stelle meines Lebens auftaucht oder sich meldet.
Er hat seine Familie nicht verlassen, seine Frau nicht und Dich nicht, Leon. Er hatte sich entschieden – gegen mich. Und ich kann vieles, nur nicht teilen, und schon gar nicht einen Mann! Damals nicht und heute nicht!
Aber versprich mir, das bleibt unser Geheimnis!

Irgendwann aber stand Deine Mutter vor meiner Türe und erwischte uns in einer Situation, die alle Nachfragen erübrigte.

Wir haben uns später zwar ausgesprochen, aber bei jeder passenden und unpassenden Gelegenheit brechen die Erinnerungen wieder auf, nicht bei mir, aber bei ihr, so wie heute!


Weißt Du eigentlich, dass gemeinsame Geheimnisse enge Bindungen herstellen können, Leon? Vergiss es, war nicht ernst gemeint!"

„Schade, ich könnte mir nichts Schöneres vorstellen, als etwas zu wissen, was außer mir, nur noch Du weißt, Alice. Etwas, was nur uns beiden gehört, und wir mit niemandem teilen möchten!"

„Okay, dann verrate ich Dir jetzt noch ein Geheimnis! Deine Oma hasste mich seit diesem Zeitpunkt mindestens so sehr wie Deine Mutter. Hatte ich doch in ihren Augen versucht, die Familie auseinanderzubringen. Es war, als hätte ich **ihr** das angetan!

Und dann geschah noch etwas. Bei einer Kirmes in Gillrath forderte Dein Opa mich zum Tanz auf. Ich wusste um seine Schwäche für Frauen im Allgemeinen und für mich im Besonderen. Trotzdem folgte ich ihm mit gemischten Gefühlen auf die Tanzfläche. Ich wollte ihn nicht bloßstellen vor allen Leuten.
Und mein Verdacht sollte sich bewahrheiten: Als er sich während des Tanzes mehr mit seinem Unterleib als mit seinen Beinen bewegte, habe ich ihn zurückgestoßen und zwar so, dass er mit dem Kopf rücklings auf den Zeltboden aufschlug. Allerdings hatte sein Alkoholkonsum mindest so viel Einfluss auf seinen Fall wie mein Schubs!

Deine Oma hat mich daraufhin vor versammelter Gemeinde geohrfeigt und mich angeschrien.

„Das wirst irgendwann noch einmal sehr bereuen, glaube es mir!“

So ihre letzten Worte, die ich von ihr vernommen habe, bevor sie von der Demenz heimgesucht wurde. Das Erinnerungsvermögen hat sie später vergessen lassen, dass und weshalb wir eigentlich nicht mehr miteinander sprechen. Und dennoch habe ich auch heute noch hin und wieder das Gefühl, dass bei einem Blick von ihr immer noch Hass in ihren Augen blinkt!

Dein Großvater ist ein paar Tage später bei mir aufgekreuzt, mit einem Blumenstrauß und einer Entschuldigung im Gepäck!“

„Natürlich wird auch das mein Geheimnis bleiben, Alice. Aber das meinte ich eben nicht!“


„Ich weiß, was Du meinst, aber glaubst Du nicht, dass zwei Männer aus Eurer Familie reichen. Und was würde Deine Yvonne wohl sagen...?“

„...wenn was, Alice? Sprich weiter, bitte!“

„Ganz ehrlich, Leon, möchte ich jetzt nicht über Deine Yvonne reden. Ich möchte auch nicht an sie denken. Ich möchte überhaupt weder denken noch reden! Ich möchte der Zeit Gelegenheit geben, sich zu uns zu setzen, hier auf diese Bank. Und geschehen lassen, was sie für uns vorgesehen hat für den heutigen Abend."

**„Nur heute Abend** Alice? Und was macht sie mit **unserer** Zeit, Alice? Wird sie uns nur begleiten? Uns Glück bescheren? Entschuldige den pathetischen Ausflug – aber der Alkohol...!"

„Schade! War gerade weit über die Zeit des heutigen Abends hinaus.
Habe mir vorgestellt, wie es wohl wäre..."

Leon hat seinen Zeigefinger auf ihre Lippen gelegt zum Zeichen des Schweigens.

Und der Mond hat dezent eine dunkle Wolke vor sein Antlitz gezogen.

Und nun macht die schon geheimnisumwogene Dunkelheit die lautlose Stille der Nacht vollkommen.

*Wenn zwei sich einen Atem teilen,*

*um diese Stille nicht zu stören.*

*Sie deshalb ihre Herzen rügen,*

*weil Pochen diese Ruhe weckt.*

*Wenn Augenpaare Blicke suchen,*

*und Blicke innig lang verweilen,*

*weil sie jetzt sehn, was sie nie fanden.*

*Wenn laute Lippen leise schweigen,*

*Und wenn auf seinem Mund ihr Finger*

*ihn keinen Kuss vermissen lässt,*

*Wenn eine Schauer heißkalt prickelnd –*

*über Haut und Herzen läuft,*

*Erleben zwei in dieser Zeit –*

*für eine kurze Ewigkeit –*

*die Stille einer Zärtlichkeit!*

Und dann nähern sich zwei Lippenpaare – behutsam, um die Zärtlichkeit dieses Augenblicks nicht zu zerstören…
Auf- und erregt zittern beide. Nicht gestellte aber brennende Fragen des Einen warten auf ein Zeichen als Antwort des Anderen.
Und schon im nächsten Augenblick folgen die aufregendsten 10 Sekunden einer aufkeimenden Liebe.

Es sind jene 10 Sekunden, bevor zwei Lippenpaare sich berühren…Voller Zweifel und Angst zugleich, jemanden zu enttäuschen und nicht enttäuscht zu werden.

Die letzten 10 Sekunden vor dem ersten Kuss...

Ein einziges Wort, ein Räuspern oder eine falsche Berührung würde jetzt alles zerstören. Wie oft haben beide diese Situation schon erlebt!? Aber gemeinsam ist es das erste Mal!

Denn diese 10 Sekunden werden sich zwischen den beiden nie mehr wiederholen. Der Kuss schon, aber ihm wird die Aufregung der ersten10 Sekunden fehlen.

Es ist wie mit einem Geschenk. Aufregend ist das Auspacken nur das erste Mal! Wie oft man es auch wieder ein- bzw. auspackt. Die Faszination des ersten Mals ist nicht mehr da, schließlich weiß man „was drin ist".
Und somit  fehlt der Neugier die Spannung als die eigentliche Triebfeder jeglicher Spannung.
Diese wird sich erst wieder einstellen, wenn man ein „neues

Geschenk auspackt!" Aber auch dann nur einmal – nur das erste Mal! Und so weiter und so weiter...

Aber heute liegt das Dunkel der Nacht über diese Verschwiegenheit über den beiden. Niemals besser oder öfter ist die Nacht die Diskretion in Form von Dunkelheit!

Aber nichts ist endgültig! Denn auch der Nacht hängt das Stigma der Vergänglichkeit an.

*„Ich bin glücklich Leon. Und heute Abend bist Du mein Glück!"*

*„Und wer ist es morgen?"*

*„Bin ich eine Hellseherin?"*

Ihre Worte sind wohl gewählt, nichts versprechen und nichts ausschließen. Das macht Männer neugierig. Macht sie hungrig auf eine Eroberung - auf den Sieg!

*„Und ich dachte, Alice, dieser Abend hätte auch für Dich..."*

*„Psst. Es war und ist noch immer ein schöner Abend und wir beide genießen das Glück dieses Abends, denke ich ...oder?*

*„So schnell findest Du Dein Glück, Alice?"*

*„Du nicht?"*

*„Ich bin glücklich, gerade jetzt hier neben Dir. Gäbe es eine Steigerung von glücklich, wäre ich das!*
*Wenn das Glück so einfach zu definieren wäre... Nein! Es ist viel komplizierter... Glück ist etwas ganz Anderes!"*

*„Erzähl bitte, Leon! Ich bin neugierig!"*


*Glücklichsein und Glück haben -*

*sind nicht das Glück!*

*Das eine ist ein Zustand*

*und das andere ein Zufall.*

*Beides aber sind Momentaufnahmen.*

*Das Glück aber ist zeitlos!*

*Und es ist erlernbar für jeden.*

*Welch einmalige Kostbarkeit!*

*Wer es erlernen will –*

*muss sich in Bescheidenheit üben –*

*sie ist die Wurzel jeglichen Glücks.*

*Denn Bescheidenheit ist die Basis der Zufriedenheit.*

*Und die Zufriedenheit vergleicht nicht.*

*Und wer nicht vergleicht – neidet nicht.*

*Und wer nicht neidet – strebt nicht ständig nach mehr!*

*Und wer nicht ständig nach mehr strebt – hat den Schlüssel*

*zum Glück gefunden – ist im Glück angekommen"*

„Wow! Wo hast Du das her? Eine tolle Definition! Beschäftigt sich ein junger Mann in Deinem Alter mit solch philosophischen Überlegungen?"

„Eher wohl nicht! Aber eine gewisse Lebensphilosophie gehört nun mal zu meinem Leben."

„Und was ist Deiner Meinung nach dann das Leben?"

*„Leben ist der Zeitraum von der Spiel-*

*bis zur Totenkiste...*

Nein ernsthaft:

*Jede Sekunde,*

*in der du diese Welt erlebst –*

*erlebst Du die Einmaligkeit des Lebens –*

*und in dieser Einmaligkeit liegt seine Kostbarkeit!"*

„Sag mal...Nein -  ich werde nie mehr das Wort „Altersunterschied" in den Mund nehmen. Aber wie kommt man mit einer solchen Reife bei Mädels Deines Alters an?"

„Gar nicht! Und es interessiert mich nicht mal! Mit jedem dieser Sätze bei einer Gleichaltrigen gibst Du Dich der Lächerlichkeit preis. Da schmunzel' ich, ohne dass sie es merken, lieber bei ihren tiefgründigen Themen aus früheren „Bravo–Lektüren- Zeiten", denn die meisten haben sich trotz zunehmenden Alters davon niemals gänzlich verabschiedet. Die Attribute und die Artikulierungen haben sich geändert, geblieben sind die Inhalte.

Da nehme ich mir lieber die Annehmlichkeiten, die mir die Gelegenheit bietet...und lass sie einfach nur reden...

Aber das ist auch nicht immer leicht, denn...

*„Sex mit einer Frau ohne Intelligenz*

*ist langweiliger,*

*als Sex ohne Frau!"*

In der Not frisst der Teufel eben Fliegen…

„Mein Gott, Leon! Du machst mir Angst. Ich denke, ich schweige jetzt lieber...!"

„Keine Sorge, Alice. Du bist dieser Generation längst entwachsen!"

„Okay! Das war es dann! Die nächste Anspielung auf mein Alter! Und tschüss..."

„Nein, mein Schatz! Hab ich Dich vielleicht überschätzt? Das war ein Kompliment, nicht für Dein Alter – nein, ein Kompliment für Dich! Du hast diese Intelligenz – okay, der Sex muss noch warten, denn Intelligenz ohne Sex, na ja, du weißt schon..."

„Wenn die Mädels wüssten, wie glücklich Frauen bei Dir sein könnten... Und das allein mit Worten...!"

„Woher sollten sie das? Du kennst doch nur die eine Hälfte von mir. Es sei denn, ich nehme mir die Annehmlichkeit dieses Augenblicks, ja? Ich denke, die Bank wird Dir zu hart sein...ha, ha!"

„Bitte hör auf, Leon. Ich schwebe noch auf Wolke „Sieben" und nicht auf einer harten Bank! Wieso eigentlich **mir** zu hart? Alles eine Frage der Stellung, ich meine natürlich der Einstellung...ha, ha!"

Leon weiß, dass er gepunktet hat, war ja auch anstrengend genug. Aber er ist kein Newcomer auf dem Gebiet. Er weiß, wie man auch reiferen Damen imponiert, ohne dabei aufschneiden zu müssen. Sie ist schließlich nicht die Erste, und auch nicht die „Reifste" - vielleicht nicht mal die Letzte?

Ein Halbsatz, der noch einmal viele Fragen aufwerfen wird...

Heute beschließt er, nicht nach Hause zurückzukehren, und läutet bei seinen Großeltern.

„Ach, Du mein Junge! Ist Eure Party schon zu Ende? Aber komm erst mal rein! Sofia, schau wer hier ist!"

„Ach Heinz, wie schön, dass Du Deine Mutter noch mal besuchst!"

„Sofia, das ist nicht Dein Schwiegersohn, das ist Dein Enkel!"

„Was redest Du denn da? Heinz hat doch gar keinen Enkel, jetzt schmeißt Du aber einiges durcheinander, lieber Fritz! Und? Wie geht es Deinem Sohn? Ist er immer noch bei der Polizei?"

„Ja Oma! Papa ist immer noch dabei".

Und er hat dabei das einvernehmliche Kopfnicken seines Großvaters im Blickwinkel!

Und nun arbeiten Opa und Enkel die Zeit auf, in der sie sich nicht gesehen haben.
Oma derweil, geht in ihren Wintergarten, und lässt sich genüsslich in ihren Liegestuhl fallen. Sie macht, was sie am liebsten macht. Sie beobachtet die Seerosen, atmet hin und wieder tief durch, um ihren Duft in sich hineinzuziehen.

„Jetzt wage bloß nicht zu sagen, Seerosen duften nicht, Leon, dann bist Du bei ihr unten durch!"

„Wieso denn, ich rieche sie doch auch!"

Und beider Lachen wird unterbrochen durch die schrillen Töne des Telefons.

„Und wenn es wieder Deine Mutter ist? Bist Du hier, Leon?"

„Lass die Frage unbeantwortet, bitte Opa!"

„Ist Leon bei Euch?"

„Wenn ich weiß, wer Sie sind, kann ich möglicherweise die Frage beantworten!"

„Hör bitte auf mit Deinen Witzen! Es hat Differenzen gegeben bei der Party, und nun ist er abgehauen. Möglicherweise sogar mit Alice, die ist nämlich auch weg!"

*„Welch edler Spross,*

*der auf den Spuren seiner Ahnen wandelt..."*

Von den Erzeugern mit Sicherheit nicht gerne gehört...

„Spar Dir Deine Sprüche, Vater! Ist er nun da oder nicht?"

„Sagtest Du **Vater**? Bist Du da ganz sicher?"

„Also ja oder nein?"

„Hast Du es denn schon bei Alice versucht?"

„Sie kann nicht zu Hause sein, Ihre Nobelkarosse steht noch hier und ihr Handy ist aus!"

„Und bei Leon?"

„Ebenfalls aus!"

„Und was sagt Yvonne, sie ist schließlich seine Freundin, oder?

War sie eigentlich auch auf eurer Party?"

„Yvonne ist schon seit über einer Woche auf einem Seminar!"

„Dann mein Vorschlag zur Güte: Überzeuge Dich selber davon, ob er hier ist! Eine gute Gelegenheit übrigens, Deine Mutter noch einmal zu sehen. Viele Möglichkeiten wirst Du nicht mehr haben, zumindest nicht mehr in diesem Leben!"

Aufgelegt! – Beide!

# NEUE WEGE

Ein paar Monate später...

In jedem Leben gibt es zu jeder Zeit deines Lebens Zeit für Veränderungen deines Lebens.

> *Wähle in deinem Leben*
>
> *niemals Veränderungen deines Lebens,*
>
> *die deinem Leben keine Zeit zu leben lassen!*

Denn unsere Zeit ist unser Leben...

Leon ist volljährig und hat entsprechend seiner neu gewonnenen Freiheit erste Konsequenzen gezogen. Er ist zuhause aus- und bei seiner Freundin Yvonne eingezogen. Nicht unbedingt zum Gefallen seiner Eltern.

Aber auch ein Polizist, wie sein Vater, darf bestehendes Recht nicht beugen - 18 ist nun mal 18!

Und für Leon? Der Umzug ist nicht mehr für ihn als eine praktikable Notlösung.

> *Man kann die Zeiger der Uhr vor-*
>
> *oder zurückstellen -*
>
> *an der Zeit ändert sich nichts!*

Die beiden wohnen in der „Herzog-Wilhelm-Strasse" in Geilenkirchen. Von dort sind es nur ein paar Minuten Fußweg zum Bahnhof, um per Bahn zur Uni nach Aachen zu fahren.

Yvonne hat ihre Ausbildung abgeschlossen und arbeitet nun als

Krankenschwester im „St. Elisabeth – Krankenhaus" in Geilenkirchen.

Wie bereits erwähnt ist Leons Vater aus „personell strategischen Überlegungen" heraus vom Polizeipräsidium Aachen zur Dienststelle nach Heinsberg versetzt worden. Der Eintrag in seine Personalakten bezüglich seiner Versetzung lagert streng bewacht in den Diensträumen und ist nur seinem Vorgesetzten zugängig. Obwohl... gerade, wenn niemand darüber spricht, wissen es fast alle...

So funktionieren nun mal Behörden – News, aber auch Fakes!"

Und sie alle haben Recht! Die Frage ist nur, wie diesmal der Name dieser Maßnahme ist. Zur Auswahl stehen Maria – Roswitha – Erika - Sonja... um nur einige zu nennen.

Ohne größere familiäre Aufgaben nun, hat Marita einen 450 € - Job in der „Gillrather Tankstelle" angenommen. Der Zerfall der Familie ist fast zeitgleich mit dem Zerfall der Ehe einhergegangen, was allerdings schon viel früher seinen Anfang genommen hat.
Heute bestehen nicht mal mehr Differenzen und Streitigkeiten, wie sie nun mal in ganz normalen Familien zur Tagesordnung gehören. Keine Streitigkeiten sind untrügsame Indizien für den Verfall einer Ehe.

Aber keine Regel ohne Ausnahme!

Immer dann, wenn die Sprache auf Alice kommt, flammt alter Hass wieder auf, und die ganzen Vorhaltungen werden wieder heruntergebetet.

Aber wie berechtigt sind die Vorhaltungen denn noch?

Oma lässt sich immer noch vom Seerosenduft umschmeicheln. Neu ist nur, dass ihr Hirn so abgebaut hat, dass sie fast täglich die Rosen im Teich tränkt, damit sie nicht austrocknen.

Opa derweil bereitet ein größeres Familienfest vor, ohne allerdings eine Vorstellung zu haben, wie er seine Familie an diesem Tag zusammenführen soll.

Aber es muss gelingen, schließlich ist es der 75. Geburtstag von Oma, und wahrscheinlich auch der letzte Geburtstag seiner Frau! Für sie sorgt er trotz seiner „liebensdienlichen Nebenbeschäftigungen" immer noch liebevoll. Aber nicht ganz uneigennützig. Er verdankt dieser „Fürsorge" natürlich auch sehr viel „Beinfreiheit", und das weiß er zu schätzen.

Und so hat er sich etwas Besonderes, ohne etwas vorweg zu nehmen, ausgedacht: Es wird ein Knaller, dieses Fest, nicht nur für seine Frau. Er will insbesondere seiner Familie, den geladenen Gästen, aber ganz besonders sich selber beweisen, wozu er noch fähig ist.

Aber wer will schon sagen, wohin der Schuss bei einem Knaller dieses Kalibers losgeht.

Im Umland der Soers scheint alles seinen Gang zu gehen.

Die SOERS - sie zu beschreiben hieße Eulen nach Athen tragen! Neben dem Aachener Dom ist dieser Name ein Begriff weit über Aachens Grenzen hinaus, ja ohne zu übertreiben, in der ganzen Welt.

Natürlich ist der Tivoli fußballerisch gesehen Aachens „regionales Weltkulturerbe", mit den Ikonen Jupp Martinelli und Trainer Michel Pfeiffer als seine Aushängeschilder schlechthin.

Für den Pferdesport ist es das Reitstadion, nicht eines, sondern **das** Reitstadion – der Welt Schönstes – unbestritten! Hier schlägt das pferdesportliche Herz der Welt. Einmal im Jahr findet hier der CHIO statt.

In Aachen allerdings nur unter dem Begriff „Schio" bekannt.

Als sportliche Ergänzung liegt quasi auch noch das Eisstadion unmittelbar vor den Toren des Reitstadions neben dem Tivoli.

Der Tivoli hat nach zwei Insolvenzen der Alemannia schon wesentlich bessere Zeiten gesehen, von einstmals Bundesliga bis dato 4. Liga – Mittelplatz. Ändert sich aber jährlich regelmäßig! Und deshalb heißt er nicht umsonst bei „Unsympatisanten" der Aachener Szene „Klömpkes Klub"!

Die Soers beheimatet aber noch mindestens zwei weitere nennenswerte Objekte:

das Polizeipräsidium und die JVA!

Mit Sicherheit für manche nicht so beliebt wie die Vorgenannten, aber unerlässlich für Aachen und seine Bürger.

Wenn man also so will: hier liegt „Gut und Böse" dicht nebeneinander – wie im richtigen Leben!

Und in dieser Gegend Aachens residiert seit ihrem Auszug aus der Wohnung in Würselen nun in einem um- und ausgebauten Bauernhof in der Nähe des ehemaligen Klosters Raphael und einem heutigen Altenheim Nähe Strüver Weg, die „Queen of home art", wie sie voller Bewunderung genannt wird,

Alice Bongartz.

Sie ist u.a. Innenarchitektin, Künstlerin und alles, was auf irgendeine Art mit Kreativität zu tun hat. Sie nennt außerdem noch eine kleine Baufirma mit integrierter Schreinerei und einem Malerbetrieb ihr Eigen, die ihr den Bau bzw. Um- oder Abbau volumentechnisch kleinerer Aufträge aus **einer**, und zwar **ihrer** Hand, ermöglichen.

Im gesamten Anwesen findet man nicht ein einziges Bild oder anderes Dekor an irgendeiner Wand. Aus ähnlichem Grund trägt auch sie selber kein einziges Schmuckteil an ihrem Körper. Also kein **künstliches**, getreu ihrer nicht unbescheidenen Devise:

*Mein „Haus" ist ein Kunstwerk und mein Körper ein Schmuckstein, beides möchte ich durch Überflüssiges und Verzichtbares nicht verbergen.*

Tatsächlich ist ihr ganzer Körper ein einziger Schmuckstein!

Ja, so ist sie! Weiß Gott nicht die personifizierte Bescheidenheit, könnte man glauben, nur wer sie näher kennt weiß, dass sie sich selber nicht so ernst nimmt.

Dieser umgewandelte Bauernhof, ein Wellness–Ort für Mensch und Tier, und insbesondere ihr schönster PR- Gag!
Hier wurden Ställe umgezaubert zu Wohneinheiten, die unter anderem Isabelle Werth bei ihren Besuchen in Aachen auf Übernachtungen in Nobelhotels verzichten lässt.

Frau Isabelle Werth,

um nur eine aus dem Genre zu nennen – es gibt andere:

Judith Rakers,

eine Western-Reiterin par Excellence – und das nur „hobby-mäßig"!

Hauptberuflich ist sie nämlich Nachrichten-Sprecherin der ARD. Und für überdurchschnittlich interessierte männliche Nachrichten-Zuschauer schlichtweg ein Eye-Catcher – auch die Nachrichten…

Frau Müller,

begnadete Dressurreiterin, wenn auch schon dem „Ponyalter" entwachsen und ihr Mann Thomas, begnadeter Fußballer des FC Bayern und der Nationalmannschaft.

Überflüssig, die Sauna zu erwähnen. Ein weiteres Highlight ist ein im Anwesen integrierter Pool mit 25–Meter Schwimmbahnen. Von Gästen meist mehr benutzt als von der „Bademeisterin" und Eigentümerin.

Nur ein Steinwurf vom Gelände des ALRV verkehrt hier beim CHIO der Rossadel. Sie selbst besitzt, wie bereits erwähnt, zwei der edelsten Schönheiten - zwei Friesen.

Ihr eigenes Reittalent aber hält sich in Grenzen. Ihre Liebe zu den Pferden aber ist dennoch grenzenlos.

> *„Pferde sind die Engel meiner Seele…"*

ist ein geflügeltes Wort von ihr.

Hier ist ein Indoor-Urlaubsparadies nachgebaut, nein aufgebaut. Mit einem „Himmel", der ganzjährig „azur" ist. Bei schlechtem Wetter schaut man gegen die Decke mit aufgemalter „Himmelsansicht", und bei strahlendem Wetter öffnet sich dieser „Himmel", und die echte Sonne bräunt die Haut.

Wie gesagt, noch ahnt die Schlossherrin nichts von dem, was auf sie zukommen wird, noch ist alles beim „Alten" - **aber bleibt es auch so?**

## SCHÜTZENFEST IN GILLRATH

Natürlich trennen Welten die Veranstaltungen der so grundverschiedenen Orte Gillrath und Aachen. Aber das Engagement der Protagonisten dürfte sich wohl kaum unterscheiden!

Das Dorf- bzw. das Vereinsleben in Gillrath ist z. Zt. etwas in Schieflage geraten. Große Ereignisse werfen ihre Schatten voraus.

Die St. Blasius–Brüderschaft Gillrath feiert in diesem Jahr ihr 200–jähriges Gründungsjubiläum. Entsprechend hektisch verlaufen die umfangreichen Vorbereitungen. Dringend gesucht wird ein Schirmherr für dieses Event, das alle ähnlichen Ereignisse der letzten Jahre in den Schatten stellen soll. Und dafür ist gerade das Beste gut genug!

*„Was hast Du gesagt, Heinz? Eine Frau als Schirmherrin? So was kann auch nur von Dir kommen! Ich hoffe, die übrigen Schützenbrüder sind wenigstens noch ganz bei Trost und besinnen sich unserer Statuten!"*

So der Ehrenpräsident L. Biskof, ein Urgestein an Konservatismus, so wie sein Opa L. Biskof, so wie sein Vater T. Biskof. Dieser Titel scheint vererbbar!

Aber so muss man wohl sein, will man eine erzkonservative Einrichtung erfolgreich durch die Innovationen der Zeit führen.

Im Verein aber haben sich die Interessen des gemeinen Fußvolkes zumindest partiell geändert. Die Einen, die einen weiblichen Schirmherrn, was für ein Widerspruch, partout ablehnen, und das sind diejenigen, die immer mehr aussterben.

Und die Anderen, die Liberalen, das ist die Jugend, die verstanden hat, dass man neue Wege gehen muss. Die Gründerzeiten sind ein für allemal vorbei.

Heinz Franzen ist nicht nur Polizist, sondern auch Hauptmann der Schützen und hat als dieser im Vorstand ein gehörig Wort mitzureden. Und wie könnte es anders sein, gehört er zur „Pro-Feminin-Partei" und verspricht in der Sache tätig zu werden.
Er hat sich an die Geburtstagsfete seiner Frau erinnert und bringt Alice Bongartz als des Ortes berühmtestes Gewächs ins Gespräch! Genau dieses unterstellt man ihm dabei: mehr ein persönliches, denn ein Vereinsinteresse.

Die Abstimmung verläuft denkbar knapp **für** eine Frau und endet mit dem Austritt zweier Mitglieder. Insbesondere ist der Ehrenvorsitzende ebenfalls ausgetreten! Welch ein Eklat in einem Dorf! Der Knatsch ist perfekt!

In Aachen wäre es so, als wäre Präsident der ALRV, also des Aachen-Laurensberger Reitervereins, Carl Meulenbergh zurückgetreten, weil Amazonen beim CHIO starten…

Heinz verspricht, bis zur nächsten Versammlung den Namen „seiner Schirmherrin" zu präsentieren. Nichts lieber als das, denn so etwas liegt ihm und an entsprechender Connection fehlt es ihm ebenfalls nicht!

*„Bongartz!"*

*„Franzen!"*

*„Geht's Dir gut, Alice?"*

*„Noch ja! Kann sich aber schnell ändern, wenn ich den Grund Deines Anrufes erfahre. Aber eigentlich ist der Anruf bereits Grund genug!."*

„Mein Grund ist eigentlich etwas Unmögliches!"

„Okay, dann ist die Sache ohnehin schon erledigt! Und Tschüss!"

„Warte! Bitte! Schenk mir bitte ein paar Minuten, geht das?"

„Bereits die zweite Unmöglichkeit! Mehr geht nun wirklich nicht!"

„Bitte, knappe 5 Minuten, ich stehe im Wort der Gillrather Schützen!"

„Und was hab **ich** damit zu tun?"

„Die Schützen feiern 200-jähriges Bestandsjubiläum. Und wenn es nach der Mehrzahl der Mitglieder geht, sollst du eine – nein - **die** Hauptperson des Festes werden!"

„Tut mir leid, aber ich kann beim besten Willen keinen kausalen Zusammenhang zwischen mir und den Schützen erkennen!

Aber wenn du davon überzeugt bist, hättest Du das Gespräch **vorher** mit mir suchen sollen! Und wenn ich „unserem" Zusammentreffen zustimmen würde, wo sollte es bitte dann stattfinden? Wahrscheinlich doch bei mir, oder?"

„Nicht was Du denkst. Man muss auch mal vergessen können!"

„Da bin ich bei Dir! **Du** hast scheinbar schon vergessen, was wir vereinbart hatten beim letzten Telefonat? Kein Kontakt mehr, und dabei bleibt es!"

„**Du** hast das vereinbart, nicht **ich**, Alice!"

„Okay, dann sollten **wir** es jetzt **beide** tun!"

„Es geht nicht um **mich**! Ich muss Dich in einem ganz besonderen Anliegen sprechen!"

„Nicht um **Dich**? So was gibt's bei Dir auch? Du hast Dich doch immer für etwas „Besonderes" gehalten?"

„Alice, bitte! Geht es morgen in der Mittagspause?"

*„Mittagspause? Was ist denn das?"*

Leon muss derweil mittlerweile fast genau so oft an Alice denken wie sein Vater, wenn auch aus unterschiedlicher Intension, oder vielleicht doch nicht?
Auf dem Weg zur Soers liegen auch für Leon noch ein paar „Hindernisse" auf der Strasse, die es gilt „beiseite" zu räumen oder *„unter sich zu begraben"*. Eher kein Hindernis als vielmehr eine angenehme „Strapaze" für den, der Fantasie hat!

Und er hat sich vorgenommen die „Warteliste" chronologisch abzuarbeiten, um Platz für eine neue Zukunft zu schaffen. Und diese „Zukunft" hat einen Namen und dieser Name fasziniert seine Gedanken.
Aber heute ist heute und er lebt diesen Tag nach seiner Lebensdevise:

### Carpe diem – nutze den Tag!

Er holt Sophie in Übach-Palenberg ab, um mit ihr zur Wohnung von Yvonne nach Geilenkirchen zu fahren. Jedoch nicht ohne sich vorher davon überzeugt zu haben, dass seine Freundin Yvonne noch ihre Gallen-OP im Krankenhaus Geilenkirchen auskuriert.

*„Ich dachte schon, Du kommst heute nicht mehr, Leon!"*

In der Wohnung von Yvonne:

*„Sophie, merkst Du vielleicht wenigstens jetzt, dass ich bei Dir bin? Aber warum zitterst Du so?"*

*„Leon, da ist ein Auto vorgefahren, hast Du das nicht gehört?"*

*„Sophie, wer sollte hier vorfahren? Yvonne liegt im Krankenhaus! Nein - es ist Dein schlechtes Gewissen, es ist niemand da!"*

*„Und **Dein** schlechtes Gewissen? Gibt es so etwas auch?"*

*„Muss man das haben, nur weil zwei Menschen miteinander in einem Bett liegen?"*

*„Im Bett ihrer besten Freundin liegen und mit hellwachen Augen schlafen - und zwar miteinander, und sich nicht einmal lieben ja?"*

„Wer sagt denn das, natürlich liebe ich Dich, Sophie.“

„Weißt Du überhaupt, was Liebe ist?“

„Natürlich!

*Spricht ein Mann von Liebe,*

*denkt er nicht selten an Sexualität.*

*Spricht eine Frau von Liebe,*

*hofft sie, dass der Mann*

*nicht selten an Sexualität denkt!“*

Liebe braucht keine Sexualität, und Sexualität braucht keine Liebe!

Und wie auf ein Stichwort fliegt die Türe auf.

„Na, hast Du wieder einen deiner blöden Sprüche drauf, Leon? Aber sprich Dich ruhig aus! Sie und ich wollen schließlich die **ganze Wahrheit** hören, wenn Du mit diesem Begriff überhaupt etwas anfangen kannst!
Wie war das noch?
Nein, ich kann Dich heute nicht im Krankenhaus besuchen – muss für's Studium büffeln.

Hast Du das Fach gewechselt, jetzt Medizin, oder wie? Welche neuen Erkenntnisse hast Du denn gewonnen?“

„Yvonne, es ist nicht wonach es aussieht!“

„Die idiotischste Floskel, die ich kenne! Raus jetzt, aber beide, mit oder ohne Kleidung, nur raus!“

Und er sinniert...

Unverantwortlich von Yvonne, sich selbst aus dem Krankenhaus und auf eigenes Risiko zu entlassen. Man sieht ja, wohin dies führen kann...

Ja – und dann wäre da noch der Senior dieses familiären Triumvirats:

Opa Friedrich!

Eigentlich ist er in einer ähnlichen Situation wie sein Enkel und auch sein Sohn, also Leons Vater. Und doch hat er einen großen Vorteil: Alles, was in den nächsten Minuten in seinem Haus abgeht, kann er ruhig angehen, denn nur er versteht es. Seine Frau versteht diese Welt nicht mehr! Wieder eine seiner neugewonnenen Beinfreiheiten oder „irgendetwas **dazwischen**"...

*„Ach, der Herr ist ja mal zu Hause! Es ist in dieser Woche der vierte Anlauf, Dich zu sehen. Dass **Du** mich noch sehen willst, glaube ich ohnehin nicht mehr!"*

*„Geht es auch etwas leiser, oder willst Du Dich mit der ganzen Strasse unterhalten, Frau Eva Jansen? Außerdem ist da schließlich auch noch meine Frau!"*

*„Ach, so plötzlich? Glaube mir, was sie die ganze Zeit nicht gemerkt hat, wird sie bei dem Tempo ihres Krankheitsverlaufes jetzt bestimmt auch nicht mehr verstehen."*

*„Du hast gut reden! Du hast Deine Freiheit! Niemand fragt Dich, was Du machst!"*

*„Und **Du**? Wer fragt **Dich**?"*

*„Okay! Auch niemand! Aber ich habe eine Verantwortung meiner Ehefrau gegenüber - schon vergessen?"*

*„Nein – ganz bestimmt nicht! Aber früher hast **Du** diese Verantwortung viel öfters vergessen. Eigenartig! Deine Frau vergisst fast alles und Du erinnerst Dich plötzlich Deiner Verantwortung!*
*Was für Krankheitsverläufe – nicht nur bei Kranken!*
*Ganz was Neues und so praktisch. Und wie alt ist sie, und wie heißt sie?"*

„Dass ich abends öfters wegfahre, hat geschäftliche Gründe, wenn Du das meinst!"

„Geschäftlich - ist das kein Sprachfehler? Was sind das für Geschäfte, die nach

20 Uhr beginnen und manchmal weit nach Mitternacht enden? Gestern Nacht stand Deine Frau bei mir vor der Türe, und glaubte, sie sei zu Hause!

Sie tat mir leid!
Und noch eins: Bestell Deinem Geheimnis, dass sie kein Geheimnis mehr sein wird, wenn sie mir irgendwann über den Weg läuft."

„Lass das nicht meinen Schwiegersohn, den Polizeibeamten hören. Das klingt so nach Drohung!"

„Stimmt! Und ich meine sie ernst!"

„Eva, bist Du verrückt? Vorgestern saß Sofia am Teich, nur mit ihrem Negligee bekleidet. Ich hatte vergessen, ihr die Schlaftablette zu geben. Danach schläft sie immer wie ein Murmeltier! Hoffentlich hat sie sich keine Lungenentzündung geholt!"

„Und das ist Dein ehrlicher Wunsch, ja?"

„Eva! Hör bitte auf mit Deinen Anspielungen, Du machst mir allmählich Angst!"

Und jetzt ist ihm diese Frau sogar unheimlich. Er kann ihre Frage nur noch schwer einordnen, aber insgeheim hofft er, dass er sie falsch verstanden hat!

„Na und! Wer seine Frau mit Schlaftabletten „ruhig stellt", um niedere Instinkte zu befrieden, dem traue ich ebenfalls alles zu! Und irgendwann rutscht sie vielleicht aus ihrem Sessel, fällt in den Teich – Schockstarre - und sie ertrinkt."

Und nun ist Fritz geschockt! Wie weit sind ihre Gedankengänge schon gediehen?

„Hallo Mutter – bist Du es? Wie geht es Dir?"

Agnes Breuer steht dem Telefon näher als ihr Mann Fritz.

*„Hallo Marita, schön dass Du anrufst. Dein Vater hat so Sehnsucht nach Dir. Manchmal redet er im Schlaf von Dir. Er nennt aber immer den Namen unserer Nachbarin Eva! Ja, ja – so ganz klar ist er nicht mehr!"*

Das ist der Moment, an dem bei Maritas Vater das Herz in dumpfes Schlagen   überspringt und die Lunge auf den Sauerstoff zu verzichten scheint.

Und dann läutet es an der Türe.

*„Öffnest Du bitte, Friedrich, es wird unsere Tochter sein!"*

*„Nein, Sofia, es ist Eva, unsere Nachbarin, nicht unsere Tochter Marita!"*

Und an **Eva** gewandt:

*„Manchmal will Dein Vater mich zum Narren halten, aber ich merke das.*
***Marita,*** *hast Du eigentlich schon meine Seerosen gesehen?"*

*„Hat sie Sofia! Ich denke, alle Einwohner von Gillrath haben sie schon gesehen!"*

*„So, wann waren die denn alle hier? Ist mir gar nicht aufgefallen!"*

Leon derweil hat eine neue, allerdings wenn auch nur vorübergehende Übernachtungsmöglichkeit gefunden, denn eigentlich ist diese Kommilitonen-WG gänzlich ausgelastet. Und so ist er ständig auf der Suche nach einer neuen Bleibe. Bei seinen Eltern zu wohnen ist keine Option, denn zu seiner Mutter hat er jeglichen Kontakt verloren.

Im Ort geht es in großen Schritten auf **das** Ereignis des diesjährigen Jahres zu.
Niemand weiß, ob es Heinz gelungen ist, eine Schirmherrin ausfindig zu machen. Wobei es ihm an weiblichen Statisten nicht mangelt – aber eben Statisten. Er aber braucht ein Vorzeigeprojekt, hätte er zwar, nur fehlt noch ihre Zusage!

Aber der Vorstand vertraut seinem Organisationstalent in solchen Angelegenheiten und ist bei der Vorstandssitzung des heutigen Abends ohne Ausnahme zugegen.

Man munkelt und flüstert, hofft und zweifelt, diskutiert und argumentiert.

Und dann öffnet sich die Türe des Versammlungsraumes und niemand ist eigentlich so wirklich überrascht. Und Heinz? Er muss niemanden wirklich von der Richtigkeit seiner Wahl überzeugen, denn Alice ist selber ihr bestes Argument.

Sie ist es gewohnt, dass sich Männer nach ihr umschauen

*O-Ton: Alice:*

*Eine Frau, nach der ein Mann*

*sich nicht bewundernd umsieht,*

*sieht aus wie ein Mann,*

*oder aber ist unsichtbar!*

Aber hier und jetzt ist es doch etwas Anderes: Als einziger Mensch ihrer Spezies in einer ansonsten reinen Männerdomäne wirkt Alice nicht mehr so souverän...

Und nur in Anbetracht der Tatsache, dass ihr Großvater viele Jahre Präsident des Vereins war:

*„wolle sie ihm posthum diesen Gefallen tun",*

so ihr Statement.

Allerdings werde sie sich nicht am Umzug durch den Ort beteiligen, um sich den Anwohnern zu präsentieren, oder sich gar von ihnen bewundern zu lassen.

Schließlich sei dies die ehrenvolle Aufgabe der Schützenkönigin, denn nur sie wird von der Ortsbevölkerung beurteilt, bewundert oder bemängelt.

Dem Schützenkönig geht's wie Prince Philip aus England, dem Ehegatten der Queen.

So weit reicht ihr Erinnerungsvermögen an die Gepflogenheiten des Dorf- und Vereinslebens noch.

Nachdem man das Prozedere und die Regularien der Veranstaltung abgestimmt hat, hat man sie unter anhaltendem Applaus entlassen. Und in der ganzen Runde scheint plötzlich kein Mensch gewesen zu sein, der früher Einwände gegen einen weiblichen „Schirmherrn" gehabt zu haben schien!

Das Programm sieht also für den Freitagabend einen „Heimatabend" vor.

Hierzu haben alle „Gillrather", aber auch die „ehemaligen" und jetzigen „auswärtigen" Bürger von Gillrath, eine Einladung erhalten. Der Schirmherr hält eine Rede und übergibt ein Präsent.

Ein unverzichtbares Ritual der Prioritätenordnung! Zumindest für den Verein!

Ein Höhepunkt der Veranstaltung ist mit Sicherheit der obligatorische

„Große Zapfenstreich"

im dunkel erleuchtenden Festzelt mit Musikkapelle und Feuerwehr!

Hier erweist der „Schützengeneral" dem Schirmherrn bzw. heute der Schirmherrin, seine Referenz. Es folgt fast schon eine militärische Meldung an sie, und endet mit dem Befehl an Schützen und Feuerwehrleute:

*„Helm ab zum Gebet!"*

Und die Kapelle spielt:

*„Ich bete an die Macht der Liebe..."*

Gänsehautfeeling pur! Wer es einmal erlebt hat...

Nach den offiziellen Beiträgen, wie Gratulationstouren der Ortsvereine, beginnt der gemütliche Teil des Tages: Wiedersehensrituale von Menschen, die sich oft viele Jahre nicht mehr gesehen haben, und von denen manche sich fremd geworden sind.

Und ganz ehrlich: Trotz der Vielzahl von Empfängen, die Alice im Laufe eines Jahres durchmacht, merkt man ihr jetzt doch eine gewisse Erleichterung an. Auch für eine „regionale First Lady der High–Society" gibt es also doch noch ein ungewohntes Parkett.

Und dann beginnt für sie der eigentliche gemütliche Teil, mit viel Lob für ihre Rede und noch mehr Bewunderung für ihr Aussehen. Jetzt ist sie „angekommen".
Und sie muss ganz schön standfest sein.
Ein Small–Talk mit allen und jedem und dabei auch noch Alkoholisches konsumieren.

Dazwischen dann immer wieder den ein oder anderen Tanz, mit dem ein oder anderen mehr oder weniger guten Bekannten aus früheren Tagen. Und es halten sich viele für diese am heutigen Abend – je später desto mehr! Aber immer mehr drängt sich Heinz bei ihr auf, was ihr sichtlich peinlich ist, weiß man schließlich im Ort um die Beiden!

Selbst auf der Toilette ist sie das Thema schlechthin. Ein diffiziles Kompliment für Betroffene?

Iwo! Hier spiegelt sich die Meinung des Volkes. Nein – das „Stille Örtchen" hat auch manchmal „laute Ohren".

Denn Toilette bedeutet bei derlei Festen ein WC-Wagen, der dem Zelt angeschlossen. Getrennt nach  Aufgängen für Männlein und Weiblein, Und nur ein Vorhang trennt die beiden Geschlechter, natürlich nur eine optische Trennung…
Alice regeneriert sich gerade auf der Damentoilette.

Nebenan unterhalten sich derweil zwei „richtige Frauenkenner" - zusammen kaum vierzig Jahre alt! Alice muss sich gar nicht anstrengen, um ihr Gespräch zu verfolgen:

*„Mein Gott, die Schirmherrin ist mega krass, so' n richtiger Eye-Catcher, irgendwo kenn ich die her!"*

„Eine optische Täuschung, mein Lieber. Nein, sie ist nicht Judith Rakers, die pferdevernarrte Nachrichtensprecherin vom „Ersten", auch wenn sie Ihr gleicht wie ein Ei dem Anderen!"

„Ich finde, sie gleicht mehr der Wetterfee! Wie heißt sie noch?"

„Ach, Du meinst Claudia Kleinert!"

„Scheinst Dich ja gut auszukennen – ich meine natürlich beim Wetter…"

stichelt der Andere.

Und noch mal:

Gibt's eigentlich morgen schönes Wetter oder ist der Bildschirm „wolkenverhangen"?"

„Weniger bei Judith Rakers als bei Claudia Kleinert…ha ha ha!"

„Du bist vielleicht ein kleines Arschloch…" kontert der Angesprochene.

„Nein, im Ernst! Claudia Kleinert ist die, die abends immer das Wetter von Morgen prophezeit, wie Du zu wissen scheinst. Dabei spricht sie oft über ein Wolkengebiet – mit „Hochs" und „Tiefs", das die meisten Männer bei ihr längst ausgemacht haben.

Sogar jene, die schon lange altersbedingt aus der Erinnerung leben, so wie mein Großvater! Er freut sich sogar über die „Tiefs" – Hauptsache sie „kommen von Claudia".

Und dann fragt meine Oma: Karl, können wir morgen etwas unternehmen oder wie wird das Wetter?"

„Wie soll es schon werden. Morgens nicht so gut, aber nachmittags wird es auch nicht besser! Nur abends steht fest: da wird es dunkel!"

Alice fällt es immer schwerer, sich unbemerkt im Hintergrund zu halten. Sie schmeißt sich weg vor Lachen.

Aber nicht nur mein Opa, auch die meisten Männer wissen um 20.15 Uhr nicht, ob Trump sich nun mit Putin trifft oder nicht, und ob Macron wirklich seine Frau wegen Angela verlassen wird und viele Männer nehmen den Regenschirm für den Spaziergang mit, obwohl Claudia für die nächsten 3 Tage „Sonnenschein pur" angesagt hat.

Die Kleidung der Beiden sitzt so eng, dass man glaubt, man hätte sie nass mit einem Fön an ihrem Körper getrocknet oder aber, wenn kein Fön zur Hand war: Sie wären

Im Wasser–Outfit vor die Kamers getreten – natürlich aus Termingründen!

Der Nachteil der Beiden ist, dass bei jedem zu viel vertilgten Knödel ihnen schon seitens der Medien eine Schwangerschaft angedichtet wird.

Aber es gibt doch keine „Knödel-Schwangerschaften" oder?

Das Sitzteil der Rakers soll aber jeden Pferderücken in Wallungen versetzen.

*Kleider machen Leute -*

*keine Kleider machen Menschen!*

Die meisten Männer benutzen die Kleider der Frauen, um sie ihnen auszuziehen bis es ihnen im Laufe der Jahre zu langweilig wird…

*„Letzteres wage ich mir gar nicht bildlich vorzustellen."*

*„Warum eigentlich nicht? Magst Du keine Frauen ohne Kleider?"*

*„Wer oder was ist „ein Eye–Catcher", Ihr Frauenversteher?"*

*„Oh – Frau…haben Sie etwa?…"*

*„Alice, einfach nur Alice. Guten Abend ihr Zwei! Habe heute auf der Toilette mehr fürs Leben gelernt, als während meiner gesamten Schulzeit! Bei älteren Herren könnte ich das ja noch verstehen, aber bei so jungen Kerlen…*
*Ein Riesenkompliment für mich, mit Claudia und Judith verglichen zu werden! Ich werde es den beiden Damen genauso wiedergeben. Nein*

*– würde ich so gerne! Aber es gibt Dinge, die muss man erleben, weitergeben kann man sie nicht...Ich hatte heute dieses Glück!"*

*„Sie kennen... Judith...ich meine Judith Rakers und Claudia, also Frau Kleinert?"*

*„Ja! Sogar beide! Freitag sehe ich Judith wieder.*
*Eine solche Beschreibung ihrer Person hat sie bestimmt auch noch nie gehört! Und ehrlich, ich fühle mich auch geschmeichelt.*
*Solltet Ihr mir mal aufschreiben, Euer Gespräch! Ach, und ich werde ihr bestellen, dass sie nicht ohne Kleidung erscheint, wenn sie Euch kennenlernen möchte!"*

*„Nein...bitte...nein, Nicht sagen, bitte!"*

*„Also doch lieber **mit ohne** Kleidung? ha...ha..."*

Es wird kurz nach 23 Uhr gewesen sein, als die Musik intimer und die Tänze immer enger, oder ist es umgekehrt, werden.
Ausgerechnet als Alice mit Heinz tanzt, erklingt lautes Gegröle vom Zelteingang her.
Es ist Marita! Sie hält sich an einem Glas Sekt fest und strauchelt über die Tanzfläche, bis sie gefunden hat, was sie vermutet:

Heinz und Alice in trauter Zweisamkeit, auch wenn der äußere Eindruck täuscht. Es ist, zumindest aus Sicht von Alice, ein „Pflichttanz" mit dem Mann, dem sie dieses mittlerweile dubiose Abenteuer verdankt.

Aber Marita ist betrunken, nein sie ist im Vollrausch, und stocksauer. So sauer, dass sie ihre Beherrschung verliert und Alice den Restinhalt des Sektglases aus nächster Nähe ins Gesicht schleudert.

Der Eklat ist perfekt und das Fest hat einen weiteren Höhepunkt, wenn auch einen sehr negativen. Aber es gibt keinen Clou, den andere nicht noch zu toppen versuchen! Schon bald...

Und schmerzhaft ist für Alice die Angelegenheit noch dazu! Nicht nur für die Seele, auch für ihre Augen. Die Kohlensäure des Sektes in ihren Augen brennt teuflisch. Und während sich ein paar Frauen um Alice bemühen, führt Heinz seine Frau fast schon im Polizeigriff vom „Tatort" weg. Beide werden auch am nächsten Tag dieses Festes auf dem Zelt nicht mehr gesehen - aber auch nicht vermisst.

Alice wendet sich entschuldigend ihrer Tanznachbarin zu.

*„Sorry – eigentlich galt die* **ganze** *Ladung mir. Aber manche Leute überschätzen sich total: Trinken oder treffen, beides geht meistens nicht zusammen!"*

...und „lacht" aus einer frustrierten Seele.

Und nun hat Gottfried Breuer seinen großen Auftritt, nachdem sein Schwiegersohn bereits das Feld geräumt hat.

Auch er bittet Alice zum Tanz. War da nicht schon mal was...?

Und auch jetzt willigt sie trotz größter Bedenken ein, denn ein zweites Waterloo hier auf dem Fest will sie um jeden Fall vermeiden.

Und wiederum hat sie mit den Auswirkungen des Alkohols zu kämpfen. Und sie wirkt unsicher, eigentlich eine eher atypische Eigenschaft für Menschen ihres Profils. Aber ihre Skepsis wird sich sehr bald als berechtigt erweisen.

Mag sein, dass der Alkohol Fritz', also Leons Opa, den Blick für die Realität verblendet. Nämlich, indem er angeblich glaubt, er hätte beim Tanz Eva Jansen in seinen Armen oder, dass er dieses später als Entschuldigung für seine unflätigen Annäherungen anbringen wird.
Aber irgendwann bewegt er beim Tanz mit Alice mal wieder seinen Unterkörper mehr als seine Beine. Und als Alice seinen „Erfolg" dieser Begegnungen unmissverständlich zu spüren bekommt, schiebt sie ihn von ihrem Körper weg. Und als er klammert, versucht sie es vergebens mit sanfter Gewalt. Sie stößt ihn mit ihren Händen gegen seine Brust von sich.

Es wird noch Wochen und Monate dauern, bis sich die Schützenbrüder einigermaßen beruhigen werden, aber bleiben wird eine Schmach, über die man auch über lokale Grenzen dieser „Glaube-Hoffnung-Sitte-Verteidiger" hinaus noch lange reden wird.

Gottfried stürzt zu Boden. Aber, weniger durch die Schubkraft von Alice, als durch die Fallkraft infolge der Alkoholeinwirkung.

Aber dies alles geschieht im Fokus von Leon, der Alice den ganzen Abend nicht aus den Augen gelassen hat. Aber er hat ihr den Freiraum eingeräumt, den sie zur Wahrnehmung ihrer Pflichten und Aufgaben braucht.

Sein Opa versucht indes, auf die Beine zu kommen und nähert sich in Drohgebärden Alice.

Und es ist Leon, der als erster dazwischen springt. In memoriam…

*„Opa! Keinen Schritt weiter und ich vergesse, dass Du mein Großvater bist. Wenn Du sie heute Abend auch nur noch ein einziges Mal anfasst, geschieht ein Unglück!"*

Alice weint. Sie wird von diversen Gästen getröstet und nahezu der gesamte Vorstand findet entschuldigende Worte, mehr oder weniger dahin gelallt!

Welch ein Eklat! Ob er sich einmal in den Annalen der Vereinschronik wiederfinden wird, ist so unbekannt wie unwahrscheinlich.

Leon nimmt Alice an die Hand und führt sie vom Zelt. Nein – nach Hause kann sie heute Abend nicht mehr fahren. Sie übernachtet bei ihrer Tante. Genau wie Leon! Er natürlich bei **seiner** Tante. Er will einem weiteren Aufeinandertreffen mit seinem Großvater unbedingt aus dem Wege gehen, schon seiner Oma wegen. Ihr Mann ist da schon weniger sensibel und erzählt ihr indes am nächsten Morgen im Beisein von Eva Jansen den Vorfall.

Am nächsten Morgen beim Frühstückstisch. Alice' Handy klingelt.

*„Du bist schon wach? Und ich hatte schon befürchtet dich aufzuwecken mit meinem Anruf. Und wie war's?"*

*„Hallo Vera! Guten Morgen! Diese Frage kann ich Dir nicht in zwei Sätzen beantworten: Nur soviel: Scheiße!"*

„Wieso das denn? Ach weißt Du, kannst Du mir ja alles heute Abend erzählen. Wann soll ich in Gillrath sein?"

„Vera, ich habe keine Lust mehr, noch auszugehen und schon gar nicht in Gillrath!"

„So schlimm?"

„Nein! – Schlimmer!"

„Bitte Alice, Du hast es mir versprochen. Ich habe extra meinen Dienst getauscht. Ich habe eine Idee!
Wir gehen zu Giuseppe in die Pizzeria und Du erzählst mir alles. Wir essen eine Pizza und trinken einen Wein dazu. Ich steige um 16.30 Uhr am Bahnhof in Geilenkirchen aus. Ich nehme mir ein Taxi und wir treffen uns in der Pizzeria. Wir haben uns doch ewig nicht mehr gesehen, und ich habe mich so darauf gefreut."

„Kein Taxi, Vera! Ich warte am Bahnhof auf Dich und wir fahren zur Pizzeria.

Soll ja sehr gut sein! Und ein echter Italiener backt dort persönlich, habe ich gehört!"

„Vielen Dank! Wie ich mich freue! Bis heute Nachmittag! Tschüss, meine Liebe!"

Und noch bevor das Frühstück beendet ist, klingelt es „Sturm" an der Haustüre.

Alice' Tante eilt zur Türe!
Als Leon die Stimme seiner Großmutter vernimmt, gelingt es ihm gerade noch, ins Bad zu flüchten. Er möchte niemandem dieser Angehörigen heute begegnen.

Seine Oma stürmt ins Haus und klemmt die Tante hinter der Türe fest. Alice bleibt konsterniert stehen und harrt der Dinge, die da kommen werden.

Sofia Breuer rennt zielbewusst in die Küche und findet, was sie gesucht hat mit den Worten:

*„Das wirst Du noch einmal bitter bereuen – das schwöre ich Dir!"*

Natürlich war Alice gemeint und sie ist erschrocken, während ihre Tante und Leon sie zu beruhigen versuchen:

*„Alice, nimm das doch nicht so wichtig. Du weißt doch – sie..."*

*„Ja ich weiß. Aber ich habe schon wieder diese Blitze in ihren Augen gesehen!"*

Eigentlich geht Alice nach diesem Vorfall noch lustloser in diese Begegnung mit ihrer Freundin, als es eh schon vorher der Fall war. Aber ihre Lebenserfahrung sagt auch, dass es bekanntlich dann am schönsten wird. Aber daran glaubt Alice bei ihrer Stimmung heute nicht mehr.

Es ist schon eine rührende Begegnung, als die beiden sich sekundenlang in den Armen liegen, kurz bevor sie nach Gillrath losfahren.

Vera war schon öfter hier als Gast und wird vom „Capo Cuoco", also dem Küchenchef, entsprechend „Gentleman-like" heute auf italiensiche Art persönlich begrüßt. Und zu Alice' Überraschung spricht er auch sie voller Bewunderung in seinen Augen mit ihrem Namen an und bietet beiden gleich das „Du" an, was seine Person betrifft. Ein echter Italiener, ein zum Übertreiben neigender Schmeichler – wie gesagt: ein echter Italiener eben!

Die Teller der Pizzen sind mittlerweile abgeräumt und die Gläser für den Rotwein am Tisch mehrmals geleert und wieder gefüllt worden. Giuseppe, wie geagt, der Boss des Hauses, besteht darauf, dass die Getränke auf Kosten des Hauses gehen. Allerdings würde es ihn sehr freuen, wenn er ein paar Fotos von ihm und den beiden hübschen Damen, natürlich mit ihm gemeinsam, machen dürfte. Quasi ein Reklamefoto für das neue Speisekarten-Label!

Allerdings sollte er mit dem „Foto-Shooting" nicht mehr allzu lange warten. Dann könnten die Fotos möglicherweise ein „schiefes Bild" von den dreien abgeben, denn der Alkoholpegel der beiden Damen dürfte so bei 1,5 – bis 1,7 Promille mittlerweile angestiegen sein – gefühlt!

An Autofahren kann schon lange kein Denken mehr sein, und sie haben längst beschlossen, in einem Hotel zu übernachten.

Doch dann betritt ein junger gutaussehender Mann die Pizzeria.

*„Leon! Hallo Leon – hallo, Leon… - hier sind wir!"*

*„Ich habe Euch nicht gesehen aber schon draußen gehört!"*

*„Du übertreibst mal wieder. Sag mal, was machst Du denn hier? Darf ich Dir Vera, meine **alte** Freundin, nicht ungeschickt!, vorstellen?*

*Ich meine alt ist sie natürlich nicht! Nur ein Jahr älter als ich, das ist doch noch nicht alt Leon, – oder?"*

*„Iwo!"*

Er hat die Fakten längst gecheckt!

*„Frauen, die so alt wie Ihr beide zusammen sind, sind alt! Ihr doch nicht! Ihr seid doch nur halb so alt, wie die beiden Frauen zusammen, eine jede für sich! Quasi halb so alt wie ihr zusammen ausseht!"*

Stille! Ratlosigkeit! Die Gedanken durchlaufen die Gehirnströme, sofern der Alkohol sie nicht sämtlich blockiert hat!

*„Alice rechne bitte! Du warst doch die Bessere in Mathe!"*

Sie hat zuerst zurück in die Spur gefunden.

*„Stimmt!"*

*„Dafür war ich die Bessere in „Bio!"*

*„Und? Hat's was gebracht? Warst trotzdem mit 17 schwanger! Ha...ha...!"*

*„Und Du? Du weißt immer noch nicht, dass 1 plus 1 zwei sind!"*

*„Wieso denn nicht?"*

„Weil Du immer noch solo bist!"

„Alice, soll ich nicht besser schon den Wagen mit zu Deiner Tante nehmen?"

„Ach ja, stimmt ja Leon! Ich kann den Wagen doch nicht auf dem Parkplatz hier stehen lassen, wenn wir im Hotel übernachten wollen...! Verdammter Mist! Und was nun?

Vielen Dank Leon, aber meine Tante muss nicht unbedingt wissen, dass ich noch hier bin, aber zurück zu ihr möchte ich auch nicht mehr!"

„Und wohin müssen Sie Vera?"

„Sie!? Sag einfach Du – ich duze Dich doch auch!"

„Das ist sein anerzogener Respekt vor älteren Menschen, Vera!"

„Du bist vielleicht ein blödes Weib heute, Alice, aber wieso eigentlich nur heute?"

„Also - wenn ich behilflich sein kann?"

„Womit Leon? Nachhilfe in Bio-Praktikum?"

„Warum nicht? Immer noch interessanter als in Mathe! Andererseits würde das Resultat von 2 plus 1 die Zahl 3 ergeben…Kein uninteressantes Ergebnis in Anbetracht meiner Interessenlage – immer offen für Innovationen..."

„Und wie würde sich das im Bio-Praktikum auswirken, mein Lieber?"

„Ich denke, Du warst Klassen-Prima in Bio, Vera?

Aber im Ernst, ich kann Euch nach Hause chauffieren...!"

„Leon, Du würdest also zwei nicht mehr ganz grüne Frauen tatsächlich nach Hause bringen? Die Eine nach Übach-Palenberg und die Andere in die Soers.
Übrigens, Leon, dort findet heute Abend der „Große Preis von Aachen" statt! Und da wir beide, also Du und ich, die einzigen Starter sind, haben wir gute Chancen uns zu platzieren!"

*„Alice, bitte! Du machst den jungen Mann ganz verlegen!"*

*„Bestimmt nicht meine Liebe, er ist ein Sohn seines Vaters, und der wird so leicht auch nicht verlegen!"*

*„Hast Du denn nicht's Besseres vor, Leon?"*

*„Vielleicht ist die Fahrt mit Euch der Beginn vom „Besseren?"*

*„Wie meint der das Vera? Ich kann heute nicht mehr logisch denken!"*

*„Das hat bestimmt was mit seiner Mathe-Rechnung von eben zu tun…!*

*Logisch denken…jetzt auch noch Fremdsprachenbegriffe.*

*Vielleicht bist Du ja der Beginn seines besseren Teils des Abends?"*

*„Oder vielleicht Du Vera? Schließlich gehörst Du zu seinem Beute-Spektrum!"*

*„Und was, ist wenn er uns beide meint, und sogar zusammen, Alice?"*

*„Mein „Mathe-Vorteil": Ich kannte das Ergebnis schon vorher. Aber vielleicht kriegst Du noch eine Lehrstunde in Bio? Nicht auszudenken, wenn beim Bio auch noch das Mathe-Ergebnis von 3 rauskäme…*

*Ja, meine liebe Freundin! Da musst Du jetzt durch! Oder er? Wäre es denn das erste Mal für Dich, Vera?"*

Leon hat sich indes der Konversation dieser „alkoholisierten Helenen der Neuzeit" entzogen und trinkt eine Cola an der Theke.

*„Alice, hör bitte auf, sonst gehe ich zu Fuß nach Hause!"*

*„Nach Palenberg? Ach jetzt hast Du sie wieder!"*

*„Was meinst Du?"*

*„Mit Deiner Anwandlung von Prüderie hast Du schon früher Deinen Kassenkameraden eine nicht vorhandene Unschuld in Sachen Sex vorgetäuscht!*
*Kennst Du nicht die schönste Zahl zwischen 5 und 7?"*

*„Du wirst es mir gleich sagen!"*

*Sex ist die schönste Zahl*

*zwischen fünf und sieben!*

*„Ist gut jetzt?"*

Leon sitzt längst hinter dem Steuer des „Jagi" und kann seinen Wunsch zumindest temporär verwirklichen: Einmal einen solchen Schlitten fahren, leider heute nicht als Cabrio durch die Straßen von Gillrath – Regenwetter! Besser eigentlich wäre noch Geilenkirchen gewesen!
All diese bewundernden Blicke seiner mehr oder weniger alten und neuen Bewunderinnen!

Und er verfolgt amüsiert die Unterhaltungen seiner Insassen mittels des Rückspiegels.

## DER DEAL

*„Leon -  Dein Chauffieren soll übrigens keine „gute Tat" sein, allenfalls in Anbetracht des Alters der Fahrgäste!*
*Ansonsten zahlen wir natürlich cash!  Ein Student braucht schließlich immer Geld, ich kenne mich aus!*

*Dein Vater erzählte mir übrigens von Deiner Suche nach einer Studentenwohnung in Aachen. Hätte da einen Vorschlag: Du chauffierst uns nach Hause, und ich biete Dir Logis für heute Nacht und vielleicht sogar ein „Hotel garni" an, wenn Du Dich anständig benimmst.*

*Und morgen früh fahre ich Dich zur Uni! Was hältst Du davon?"*

Was für eine krasse Vorstellung. Aber der Alkohol löst die Zunge und füllt Blase und Hirn. Morgen wird sie von alledem nichts mehr wissen...

*„Weißt Du eigentlich zu schätzen, Leon, dass Du momentan ins Land der unbegrenzten Möglichkeiten fährst, ohne den Atlantik zu überqueren und viel schneller als Christoph Kolumbus es gefunden ha...ha... hat..."*

*„Lieb gemeint, Alice. Aber ich suche ein Zimmer für meine Studienzeit, nicht für eine Nacht! Aber danke für Dein Angebot! Du musst nicht auf das Anliegen meines Vaters eingehen. Auch nicht dankbar sein! Ich fahre Euch wirklich gerne, schließlich bin ich nüchterner als eine leere Bierflasche. Und eine Fahrt in diesem Auto entschädigt für Vieles. Okay – meine zwei Begleiterinnen sind nicht mehr ganz..."*

*„Untersteh Dich Leon! Siehst Du Vera, und Du glaubst, er würde verlegen!"*

Und wieder könnten die beiden sich wegwerfen vor Lachen!

Aber was für ein Feeling. Für ihn ist die Fahrt nach Aachen wie ein Traum, der wahrhaftig wird, zumindest was das Gefährt betrifft. Als Vera in Übach–Palenberg ausgestiegen ist, wird auch die Gefährtin im Innenraum von Minute zu Minute ruhiger. Es gibt nur einen Sieger auf dem Siegerpodest...der Promillepegel!

*„Sind aber nicht viele Zuschauer in der Soers! Ist der Umlauf **mit** oder **ohne** Stechen, Alice?"*

Schade - diese Frage bleibt für den Augenblick unbeantwortet. Alice ist eingeschlafen. Der Alkohol hat den Umlauf gewonnen!

Auf dem „Hof" gilt es nun, diese edle Stute auszuladen, oder wie heißt es im „Horse-Jargon" - „einzustellen", denke ich.

Dann wacht sie auf, und besteht darauf, die Haustüre selbständig aufzuschließen. Dass sie dabei das Schlüsselloch an der falschen Türseite sucht, fällt ihr erst später auf.

Leon ist im Hausinnern bemüht, das richtige Zimmer zu finden. Gar nicht so einfach in diesem Labyrinth der unbeschränkten Möglichkeiten.

*„Ha...ha... Halt! Hier... ja...ich glaub hier müssen wir rein...hallo...warten Sie mal junger Mann..."*

Und schon ist ihr wunderschöner Körper auf das Bett gefallen. Leon steht der Situation etwas ungelenk gegenüber, nicht des Bettes wegen, so was kennt er, aber...

*„Du Alice, ich schlafe auf der Couch!"*

*„Tust Du nicht! Hörst Du nicht die Blitze?"*

*„Nein, aber ich sehe den Donner!"*

*„Siehst Du, ja...ja...das meine ich. Und Du willst mich also alleine lassen, wo ich so sehr Angst habe bei Regenwetter..."*

Leon hat ihr die Schuhe ausgezogen und ihr eine Decke aufgelegt, zu ihrem Schutz gegen die Kälte und zu seinem Schutz gegen die Versuchung.

Der nächste Morgen...

das ist so der Morgen bei dem mindestens der „Kater" mit am Frühstückstisch sitzt, obwohl Leon Katzen überhaupt nicht mag.

*„Guten Morgen, Alice! Wie geht's Dir? Wieso bist Du eigentlich schon auf?"*

*„Zu viele Fragen nach so einem Abend! Im Übrigen ist es 10 Uhr!"*

*„Okay – zu spät für die Uni!"*

*„Welche Uni?"*

*„Schon gut – vergiss es!"*

*„Nichts ist gut! Wie kommst Du in mein Schlafzimmer?"*

„*Eigentlich auf dem gleichen Wege wie Du, nämlich durch die Tür!*"

„*Toller Gag! Schon tausend Mal gehört! Habe ich Dich etwa dazu eingeladen? Ich meine, gestern wäre fast alles möglich gewesen!*"

„**Fast?** *Was soll das heißen?*"

„*Nein, ich habe mich Dir doch wohl nicht aufgedrängt!*"

Er ist Gentleman genug, um sie nicht in Verlegenheit zu bringen.

„*Bist wohl auch noch stolz darauf, es geschafft zu haben?*"

„*Nein, bestimmt nicht! Ich fühlte mich nur ganz einfach zu „Dir hingezogen!*"

„*Was für eine sinnige Wortspielerei, und so passend! Hoffentlich nicht auch noch von mir zu mir raufgezogen?*"

„*Deine Wortspielerei ist aber auch nicht schlecht. Aber dann wäre sie nicht sinnig, sondern sinnlich...
Nein im Ernst. Ich konnte Deine Wünsche nicht mehr interpretieren. Aber wenn, hätte ich sie nicht zu meinem Vorteil ausgenutzt. Ich mag den § 51 Abs. 2 StGB nicht, auf den sich immer alle berufen, die seinen Inhalt lieber nicht versäumt hätten!*"

„*Wovon redest Du, Leon? Au! Mir tut das Denken noch weh!*"

„*Der Paragraph? Freispruch für die Angeklagte, weil sie zur Zeit der Tat nicht zurechnungsfähig war!*"

„*Frühstücken Sie mit mir, Herr Richter? Aber wenn, dann nur, wenn Du mir alles erzählst! Hast Du wenigstens einigermaßen gut geschlafen?*"

„*Gut wenig, weil fast gar nicht - aber angenehm!*"

„*Heißt was? Du hast die Situation also doch ausgenutzt, oder?*"

„*Mit einer schlafenden Frau? Weißt Du, da ist Sex mit einer Puppe schon um ein Vieles erotischer!*"

„*Hast du da vielleicht Vergleichsmöglichkeiten?*"

„Nein, ich hatte noch keinen Sex mit einer schlafenden Frau!"„Und so etwas schon vor dem Frühstück, schäm Dich! Wieso lag ich eigentlich mit dem Kopf auf Deiner Brust?"

„Weil ich es Dir umgekehrt nicht zumuten wollte! Nein!

Ich wollte aufstehen, um auf der Couch zu schlafen. Bei dem Versuch mich zu halten, ist dein Oberkörper zurück auf meine Brust gefallen. Und dann ist der Kopf eingeschlafen, bevor er gelandet ist."

„Gut... danke... das genügt. Schmeckt Dir die Marmelade?"

„Aber es war nicht alles!"

„Ich fragte nach der Marmelade...! Also doch!"

„Nein - nicht „doch"!

„Jeder Blitz hat Dein Gesicht und Dein Haar in einem wundersamen Licht erscheinen lassen. So stelle ich mir einmal meine Pflegerin, ich denke dort heißen sie Schutzengel, vor, wenn ich zum „Betreuten Wohnen" über den Wolken Einzug gehalten habe.
Bei Deinem Anblick habe ich mir zugestanden, „diese Zärtlichkeit zu streicheln".

„Leon, bitte – es reicht!"

„Meine zitternde Hand hatte fast Hemmungen, diese Sanftheit zu berühren. Auch wenn Du wach gewesen wärest, ich hätte auf alles Weitere verzichtet! Es war ein Traum, aber ein Traum, der auch nach dem Erwachen nicht endet!"

„Schau weg, Leon! Bei solchen Komplimenten wird selbst mein weißer Morgenmantel schamrot. So bin ich eigentlich schon seit Jahren nicht mehr in den Tag gestartet. Sag mal, bedeutet Dir Zärtlichkeit wirklich so viel?"

„Nicht viel - alles! Zärtlichkeit ist Wellness pur für Leib und Seele."

*Zuerst geht die Zärtlichkeit –*

*dann geht die Liebe!*

Aber wahrscheinlich ist die Liebe schon vor der Zärtlichkeit nicht mehr da.

*„Es gibt die Zärtlichkeit des Körpers und die der Seele.*
*Wenn eine Hand Deinen Körper berührt und Deiner Haut dabei ein*
*Schauer überläuft, wenn Du glaubst, dass jeder Tropfen Blut in*
*Deinen Adern zu sieden beginnt, dann sind Leib und Seele eine*
*Einheit! Eine Einheit in der Wahrnehmung der Zärtlichkeit."*

*„Und jetzt hat mich niemand berührt und ich fühle trotzdem so!"*

*„Dann hast Du soeben die Zärtlichkeit der Worte kennengelernt,*
*Alice!"*

*„Hallo... so schwere Kost auf leerem Magen? Ich brauche ein paar*
*Minuten...lass mir Zeit."*

*„Von jemandem der Sinnsprüche sammelt, wie Du Deine Münzen!*
*Noch mehr?"*

Leon:

*„Weißt Du, was ich an Dir mag?"*

## *Deinen guten Geschmack in Sachen Männer!*

*„Eingebildeter Kerl! Aber Münzen haben zwar einen Wert, aber keinen*
*Sinn!"*

*„Wenn das Sammeln Dir Spaß macht, ist **das** der Sinn, Alice!"*

Und Minuten später:

„Philosophie und Frühstücksbrötchen bei Ei und Marmelade! Ich hätte nie geglaubt, dass das funktioniert.
Leon - ich habe Dir etwas zu sagen:

Dein Großvater erzählte mir, dass Du händeringend eine Studentenbude suchst!"

„Sprachen wir bereits gestern drüber! Aber da war es noch mein Vater, der Dir dies erzählt hat, und nicht mein Großvater. Aber da warst Du schon nicht mehr Du, der Alkohol und so…!"

„So? Wie auch immer! Es war Dein Opa!"

„Aber wieso mein Großvater, Alice? Bei welcher Gelegenheit und wann?"

„Ich blöde Pute. Vergiss es Leon, bitte! Ich stehe bei ihm im Wort! Bitte! Es ist ein Geheimnis!"

„Ich hoffe nicht das gleiche Geheimnis, das Du mit meinem Vater teilst!"

„Bist Du verrückt! Ich habe mit Deinem Vater kein Geheimnis!"

„**Mehr**, Alice! Es muss heißen **kein Geheimnis mehr!**"

„Schade, ich wollte Dir gerade ein Angebot machen!"

„Bitte, Alice. Warum jetzt nicht mehr? Habe ich die Unwahrheit gesagt?!"

„Also gut. Ich biete Dir eines der Fremdenzimmer im Hof an. Es sind umgebaute Stallungen und bevor Du Dir ein negatives Urteil bildest, schau sie Dir an. Die Miete beträgt 200 Euro im Monat. Für Kurierfahrten, oder wenn Du mich zu den diversen Events chauffierst, zahle ich Dir 20 Euro pro Stunde, die wir auf die Miete anrechnen können. Diesen Betrag zahle ich Dir auch für Standzeiten!"

„Standzeiten?"

„Das sind die Stunden, die Du auf mich warten musst, bis ich wieder nach Hause fahren möchte!"

*„Ach... so! Und ich..."*

*„Leon, bitte! Weißt Du, ich habe durchaus Sinn für Humor, aber auch der hat seine Grenzen, und die solltest Du nicht permanent ausloten!"*

*„Okay! Und was ist mit Urlaub- und Weihnachtsgeld?"*

*„Okay! Job gestrichen... also ja oder ja?"*

*„Ja! Zeig mir **den** Studiosus, der ein solches Angebot ausschlägt!"*

*„Aber es gibt ein paar Spielregeln, die wir beide ohne Ausnahmen und Kompromisse einhalten sollten. Verstöße hiergegen könnten für Dich unangenehme Konsequenzen haben."*

*„Auch für Dich?"*

*„Hör zu! Also, wir schließen einen befristeten Mietvertrag über 6 Monate. Die Zeit müsste Dir reichen, um eine neue Unterkunft zu finden.*
*Er beginnt morgen, also am Ersten und endet zum Ultimo des 6. Monats.*
*Unsere Kommunikation erfolgt ausschließlich über das Haustelefon. Ist dies besetzt, bedeutet das für Dich, dass ich nicht gestört sein möchte, auch nicht per Handy!*
*Mein Arbeits- wie auch selbstverständlich, mein Schlafzimmer sind für Dich tabu!"*

Und nun platzen Leons Gedanken ihm aus den Wangen!

*„Spar Dir Deinen Kommentar, Leon. Ich kann mir vorstellen, woran Du gerade denkst."*

*„Noch ein Sinnspruch gefällig, Alice?*

> *Das Gestern kann man nicht ändern*
>
> *allenfalls das Heute -*
>
> *aber mit Sicherheit das Morgen!"*

…Wie war das eigentlich noch gestern?

*„Okay – über gestern haben wir gesprochen. Reden wir über „morgen"!*

*Ich möchte nicht, dass mein Hof in den Ruf gerät, ein Liebesnest für notgeile Teenager zu sein. Deshalb kann Deine Freundin Dich von mir aus ab und wann besuchen, aber bitte nicht zur Untermiete bei Dir einziehen!"*

*„Gilt dies nur für Teenager?"*

*„Ich glaube, ich sollte mein Angebot doch besser revidieren! Komm, ich zeige Dir jetzt Dein Domizil!"*

Und dann fallen Leon fast die Augen aus dem Kopf! So etwas hat er noch nicht gesehen! Hier ist eine komplette Wohnung in **einem** Raum integriert, und Platz zu leben ist auch noch da! Und dieser Raum war einmal eine Stallung. Unglaublich! Und es gibt einige davon!

Ein innenarchitektonisches Meisterwerk. Hier finden die Komponenten „geniales Talent" und „unbeugsames Realitätsstreben" zusammen, und dies muss wohl der Schlüssel zu ihrem Erfolg sein.

*„Habe noch etwas vergessen: Du bist Selbstversorger! Für die Reinigung des Zimmers und die Wäsche kannst Du mit Maria einen Preis aushandeln. Maria ist meine Haushaltshilfe, alleinerziehende Mutter einer vierjährigen Tochter, sehr hübsch! Und für Dich ganz besonders sehr wichtig: **total t a b u**!*

*Genauso, wie die beiden jungen Pferdemädchen, die gerade den Hof queren und zu den Boxen gehen!"*

Als Leon die „Putze" sieht, weiß er, was Alice gemeint hat, als sie **„total tabu"** betonte.

Bei einer Frau mit derart vorstechenden femininen Attributen hat jeder Verschluss einer Bluse es schwer „an sich zu halten" und muss noch einmal gesondert als Tabuzone deklariert werden.

Auf diesem Hof hat der WDR also seine Doubles etabliert, falls Judith Rakers und Claudia Kleinert einmal ausfallen!

Und es schießt Leon durch den Kopf: Es muss doch noch ein Tabu folgen.
Aha – jetzt also!

*„Und vergiss bitte nicht abzuschließen, wenn Du das Appartement verlässt!"*

Wieder nicht! Ist das nun Zufall oder Absicht. Und ein „Löwe" wie Leon, wäre kein Löwe, wenn er ihr Versäumnis nicht für sich verbuchen würde.

*Sie soll mir bloß später einmal daraus einen Vorwurf machen, dass ich davon ausgehe, sie habe nur ihr **Schlafzimmer** gemeint, aber **sie** sei nicht tabu?*

Als Alice die Räumlichkeit verlassen hat, inspiziert Leon alles noch einmal en detail, probiert aus, was auch nur ungefähr nach Mobiliar aussieht. Obwohl - viel ist das nicht! Denn alles ist so installiert, dass es als solches auf den ersten Blick nicht zu identifizieren ist.

*„Ja bitte, herein!"*

Leon springt vom Bett!

*„Sie müssen Maria sein. Ihren Nachnamen kenne ich leider nicht!"*

*„Ist auch nicht wichtig! Sagen Sie einfach Maria!"*

*„Okay, Maria. Ich heiße Leon, bin Student und darf die nächsten 6 Monate hier residieren, wohnen kann man das ja wohl nicht nennen!*
*Alice, ich meine Frau Bongartz, hat mir empfohlen, Sie zu fragen, ob Sie für mich ebenfalls gerne tätig wären, ich meine, in meinem Wohnraum, ich meine natürlich nur, diese sauber machen..."*

Was für ein Scheiß Deutsch...! Sie beherrscht es als Spanierin wahrscheinlich im Augenblick besser!

Aber man kann sie nicht ansehen und auch noch klar denken! Wie hatte Alice gesagt: Sie ist sehr hübsch...Warum können Frauen nicht wirklich ehrlich sein, wenn es darum geht, die Vorteile einer anderen Frau herauszustellen.

Bei dieser Figur wünscht man sich noch einmal den Babystatus zurück. Man wäre mit Sicherheit das wonnigste Baby auf der „Wöchnerinnen–Station" – bei dem „Nahrungsangebot"!

*„Woran haben Sie gedacht?"*

*„Oh, das möchte ich lieber nicht sagen!"*

*„Ich meine an einen Stundenlohn, oder an einen Pauschalbetrag?"*

*„An die Wöchnerinnen-Station!"*

*„Wie bitte?"*

*„Ach Unsinn!"*

Also eigentlich weder noch, aber dann fallen ihm die Worte seiner Vermieterin ein:

**Sie ist tabu für Dich!**

*„Also zuerst einmal: Sagen wir doch „Du", wir sind nahezu gleich alt!"*

*„Machen wir einen Pauschalbetrag? Sind 80 Euro pro Monat zu viel?"*

*„Ich biete Dir 100, okay, Maria?"*

Na ja – wenn man's hat...

Handschlag! Und dann fühlt er eine Hand, die alles vermuten lässt, nur nicht, dass sie putzt. Und man darf nicht darüber nachdenken, wie viel „Gutes" sie alles sonst noch tun könnte.

*„Au – verdammt! Entschuldige Maria!"*

*„Was ist passiert?"*

*„Ein Stich im Nacken!"*

Den Rest verschluckt er lieber:

*Wenn das ein Zeichen „von oben" war, werde ich frühzeitig eine Halskrause tragen müssen…*

Bereits am ersten Abend läutet bei Leon das Telefon.

*„Eigentlich hatte ich so schnell noch nicht mit Deinem Anruf gerechnet."*

*„Es ist mir nicht nach Witzen zumute und ich habe auch keine Lust auf deine Arroganz, Leon. Meine Tante hat angerufen. Onkel Kurt ist gestorben. Ich fahre Freitag zur Beerdigung. Fährst Du mit? Ich meine nur, weil Ihr Euch doch schon so lange gekannt habt."*

*„Ist doch Ehrensache, Alice. Natürlich fahre ich mit! Vielen Dank für die Info!"*

## DIE BEERDIGUNG

Als sie beim „Trauerhaus", so heißt die Adresse sinnigerweise auf den Kondolenzkarten, ankommen, steht bei Leons Großvater ein LKW vor dem Haus. Männer sind dabei, Kisten und Kartons ins Haus zu tragen.

Leon verkneift sich eine pietätlose Bemerkung bezüglich der Umzugskartons in Bezug auf die bevorstehende Bestattung. Auch die Mitarbeiter des Umzugsunternehmens unterbrechen aus selbigem Grund jetzt ihre Arbeit.

*„Baut Großvater um oder an, Alice?"*

*„Wenn **Du** das nicht weißt!"!"*

*„Werde ihn später fragen!"*

*„Ach belästige ihn damit doch nicht heute, Leon. Geht ihm bestimmt auch nicht gut, die Beerdigung und so...!"*

Sie will ihn darin hindern, bei Opa einzukehren.

Denn auch er ist natürlich beim Beerdigungskaffee dabei.
Schließlich ist er das seinem alten Freund schuldig. Und er hat ihm versprochen, sich um seine Frau zu kümmern und zu schauen, dass es ihr an nichts fehlt.
Dafür muss er sich nicht mal umstellen, denn das hat er schließlich schon zu seiner Lebzeit getan. Entsprechend hält sich die Trauer über den Verlust auch bei der Witwe des Verstorbenen und seiner Geliebten, in Grenzen.

Der „Trauerzug" bewegt sich unter „tiefsinnigen Gebeten" und unter Beobachtung all jener, die wissen möchten, wer denn „alles dabei ist", Richtung Gillrather Kirche - Birgdener Strasse - zur Leichenhalle.
Bei einer derartigen Gelegenheit handelt es sich hierbei, nach dem Kirmesaufzug der Schützen und dem Karnevalszug, um den drittgrößten Menschenauflauf im Ort.
Im Gegensatz zu den beiden Erstgenannten stehen heute nur keine Zuschauer am Straßenrand, um zu applaudieren.
Ansonsten alles wie immer!

Zu den „Trauerfeierlichkeiten", welch widersinniger Begriff für eine solche Angelegenheit, man trauert und feiert gleichzeitig, gehört auch ein, wie bereits oben erwähnt, zünftiger Beerdigungskaffee.
Dieser Begriff ließe sich noch erklären, aber warum er auch anderenorts Leichenschmaus genannt wird, wissen wohl die wenigsten „hungrigen Trauernden". Leichenschmaus, man muss sich den Begriff einmal auf der Zunge zergehen lassen, oder besser nicht! Irgendwie wird man an Kannibalismus erinnert.
Denn wer verspeist wohl eine Leiche, normalerweise wird sie beerdigt oder gegrillt, also verbrannt. Vielleicht ist der Begriff aber noch ein Relikt unserer Vorfahren – den Kannibalen.

Und dieses Ritual, also der Kaffee, wird serviert, nachdem die „Lobduseleien" des Pfarrers auf den lieben Verstorbenen am Grab vorbei sind. Nichts ist ehrlich gemeint und noch weniger ist wahr.

Ja, so ist das: Über Tote gibt es nur Gutes zu berichten, oder aber zumindest nichts Schlechtes, das ist ein ungeschriebenes Gesetz auf dem Land.
Hat der Pfaffe überhaupt schon einmal etwas Negatives am Sarg erzählt? Niemand kann sich erinnern, denn dafür wird er nicht bezahlt und auch nicht zum Kaffee eingeladen!

In der Öffentlichkeit, etwas Anderes gibt es auf dem Land ohnehin nicht, schließlich ist hier alles öffentlich, erscheinen Alice und Leon zum ersten Mal gemeinsam und unterstreichen dieses Zusammengehörigkeitsgefühl, indem sie auch nebeneinander Platz am Tisch nehmen. Andere Paare heiraten, um ihren Mitmenschen ihre Gefühle mitzuteilen, anders diese beiden...

Es scheint fast so, als würden sie für die Zukunft proben, Vorurteile zu ignorieren – wer weiß...

Dies alles geschieht unter den vorwurfsvollen Augen von Leons Eltern. Aber heute ist kein Tag, Hässlichkeiten auszutauschen. Das verbietet die Pietät, nicht der Gefühlszustand!

Nur Leons Oma scheint dieser Begriff abhanden gekommen zu sein, hält sie diese „Veranstaltung" doch für Leons und Alice' s Hochzeit. Sie demonstriert dies, in dem sie Leon fortwährend mit einem süffisanten Lächeln und der Kaffeetasse zuprostet. Da gehen auch Opas Beschwichtigungs- und Belehrungsversuche daneben. Die Hasstiraden gegen Alice scheinen mittlerweile ebenfalls den abgestorbenen Hirnzellen zum Opfer gefallen zu sein.

Auf dem „Heimweg" herrscht eine seltsame Stille in der Nobelkarosse und niemand verspürt Lust, dies zu ändern.
Jetzt, nachdem sie dem Fokus der öffentlichen Begutachtung nicht mehr ausgesetzt sind, findet zumindest Alice wieder in das Fahrwasser zurück. Und das kann man sogar wörtlich nehmen, denn Tränen nässen ihr Gesicht. Man muss kein Prophet sein, um die Ursache nicht im Ableben ihres Onkels zu sehen. Sie weint ihre Tränen nach „innen" - heißt: verhalten und heimlich! Tränen, die mit ihr und ihrer körperlichen Verfassung konform gehen.

Leon:

*„Du weinst nicht Deines Onkels wegen, bzw. nicht nur, oder?"*

„Ich weine gar nicht, es ist der Wind!"

„Im geschlossenen Wagen?"

„Stell die Klimaanlage ab!"

„Hat er denn überhaupt eine? Schließlich verbringt er die meiste Zeit des Jahres „oben ohne"!

„Er hat eine! Also bitte, Leon!"

„Und er hat sogar ein Handschuhfach, Alice, oder? Vielleicht sogar eine Bordapotheke?"

„Leon, beenden wir die Wortspielereien, mir ist ohnehin nicht danach!
Nur noch eines. Was soll Deine Frage mit dieser blöden Apotheke?"

„Ich habe im Handschuhfach ein Antidepressivum, wie hieß es noch - „Venlafaxin" - oder so ähnlich gefunden? Gibt es dafür einen Grund?"

„Was hast Du? Du spionierst in meinen Sachen? Ist das Dein Dank dafür, dass Du mit diesem Wagen fahren darfst...und noch für so Vieles mehr? Halt an! Den letzten Kilometer lauf ich zu Fuß, die Luft wird mir zu dünn.

Halt an oder ich springe raus..."

„Bist Du verrückt! Ich werde einen Scheiß Dreck tun..."

Alice, bitte! Bleib sitzen - bitte! Ich fahr zum Hof und dann können wir reden – über alles! Aber warte bitte so lange...bitte!"

„Fahr den Wagen in die Garage und lass den Tag auch ohne ein einziges weiteres Wort zwischen uns zu Ende gehen!"

„ Alice, so lass ich das Gespräch nicht stehen."

„Wie willst Du das ändern?"

„Ich komme zu Dir! Und wenn Du nicht öffnest, schreie ich so laut um Hilfe, dass die Pferde durchdrehen!"

„Unterstehe Dich! Du weißt nicht, was Du ihnen antust! Pferde sind sensibler als Menschen, vielleicht nicht als alle, aber sicher sensibler als Du!"

„Dann öffne bevor ein Unheil geschieht!"

„Ja, damit Du es weißt und nicht mehr fragen musst – ja ich weine!"

„Um Deinen Onkel vielleicht auch noch! Aber nicht nur – oder, Alice? Du musst nicht reden, wenn Du nicht magst!"

„Aber wenn ich rede, Leon, rede ich zum ersten Mal mit einem Menschen über dieses Thema! Und ich öffne die Innenseite meiner Seele. Es ist ein psychologischer Offenbarungseid. Doch ich denke: trotz Deines jungen Alters wirst Du es verstehen. Aber ich mache es auch nicht ganz uneigennützig. Ich erhoffe mir von Dir auch eine gewisse Hilfe! Und ich traue sie Dir zu, wenn nicht Dir, wem sonst?"

„Man könnte Deine Worte als Kompliment auffassen. Möchte ich nicht, denn sie sollen nicht meiner Eitelkeit frönen. Ich sage einfach „Danke"! Ich danke Dir bereits im Voraus für Dein Vertrauen!"

„Dann hör bitte zu, Leon! Als meine Eltern durch den Verkehrsunfall starben, war meine Mutter so alt wie ich heute. Jeder Jahrestag dieses furchtbaren Ereignisses treibt mich an den Rand des Wahnsinns. Aus dem Leben gerissen in der Blüte des Lebens. Gemeinsam, und doch allein, ein jeder für sich. Ohne ein Wort des Abschieds, vielleicht miteinander verbunden mit ihren Ängsten und in Gedanken an mich. Aber ich war nicht da.
Sie sind elendig gestorben! Auch aufgrund der Verletzungen, aber auch aufgrund der Tatsache, kein vertrautes Wort mehr zu hören, von jemandem, den sie über alles liebten!
Ich konnte nicht die Hand meiner Mutter halten, um ihr vielleicht ihre Angst vor dem Sterben zu nehmen. Konnte ihr nicht die Sorge um mich nehmen, wenn sie nicht mehr da sein wird.

Konnte sie nicht auf den letzten Schritten bzw. Atemzügen begleiten!"

Dann trennen sich ihre Wege! Und eigentlich ist ein jeder für sich mit seinen Gedanken beschäftigt. Die Signale stehen auf Stille,

Nachdenken, Trauern und Verstehen! Und irgendwann vielleicht auch auf „Einschlafen".

*Aber der Mensch denkt –*

*und Gott lenkt!*

Und man möchte ergänzen:

*Aber bedenkt Gott auch,*

*wenn er lenkt,*

*wie der Mensch über ihn denkt…?*

Und vielleicht erlebt Gott sogar selbst dann ein paar Überraschungen…

Und nach einer Zeit einer nicht endenden Stille für zwei Menschen:

*„Alice, hallo! Du gehst ans Telefon?"*

*„Hab den Anrufer nicht registriert! Wir hatten doch eine Vereinbarung?"*

*„Hatten wir nicht, Alice! Vielleicht Du! Es war Dein Vorschlag! Sorry, dass ich ein Versprechen nicht halte, das ich gar nicht gegeben habe!*

*Nein, ich kann nicht schlafen. Immer wieder die gleichen Fragen:*

*Ist sie krank und woran leidet sie? Vielleicht unter dem selbstauferlegten Erfolgszwang?*

*Alice, entschuldige, aber bitte noch eine Frage: Leidest Du vielleicht unter Angstzuständen?"*

*„Ja! Seit diesem Tag, als ich 11 Jahre oder so etwa war! Eine Angst, die mich nicht mehr loslässt und mich täglich mehr krank macht. Im Laufe der Zeit fand ich keinen Ausweg mehr ohne professionelle Hilfe. Daher die Tabletten!"*

„Und haben sie Dir geholfen?"

„Nein! Aber ohne ginge es mir wahrscheinlich noch viel schlimmer! Das merke ich dann, wenn sie mir einmal ausgegangen sind. Aber vielleicht ist es nur das Wissen, dass ich keine mehr zur Verfügung habe! Vielleicht eben nur Kopfkino!"

„Ist es die Angst vor dem Tod oder vor dem Sterben?"

*Schlimmer als der Tod nach dem Sterben –*

*ist oftmals das Leben vor dem Tod.*

Und dann ist der Tod Erlösung…

„Es ist die Angst vor meiner eigenen Endlichkeit. Diesen Weg womöglich ohne eine Hand an meiner Seite alleine antreten zu müssen."

„Wer sagt das?"

„Ich kann keinem Menschen zumuten, dieses Leben an meiner Seite in diesem Zustand zu ertragen, und schon gar keinem Mann. Oder gar mich lieben zu können, trotz der glamourösen Begleitumstände, die damit verbunden sind.

Ich habe um diese Umstände gekämpft seit der Studentenzeit bis heute. Die einzige Therapie, die mich zumindest für Stunden vergessen lässt, über mein reales Leben nachzudenken. Und so habe ich auch das Schützenfest in Gillrath gesehen: Einmal in der Lage sein, all das abzulegen, was mich belastet. Einfach nur schwerelos für Stunden meines Lebens zu sein!"

„Alice, Du hast mein Wort meiner Verschwiegenheit. Ich weiß, was ansonsten womöglich mit Dir geschehen würde. Ich verspreche Dir, Du wirst irgendwann in fernen Jahren, wie heißt es so treffend „wenn es so weit ist" nicht alleine sein. Ich bin bei Dir, halte Deine Hand und gehe ein Stück Deines Weges mit Dir! Auch wenn es das letzte ist, was mich allerdings unendlich traurig machen würde.

Und bin ich wirklich einmal nicht da, dann schau in Deine Seele, sie ist der Spiegel meiner Versprechen.

*Halte es dann so wie ich es mit Gott halte:*

*Es ist nicht wichtig,*

*dass es Gott gibt.*

*Wichtig ist nur,*

*dass man glaubt,*

*dass es ihn gibt!*

…dann bist du in der zweifelnden Gesellschaft der meisten „Gläubigen".

*Aber wer hält* **meine** *Hand, wenn ich „vor Dir gehe", Alice? Es gibt kein Schema für diese Abberufungsliste, nicht mal das Alter ist eine Garantie für die Reihenfolge!"*

*„Ich gebe zu, schon einige Männer in meinem Leben kennengelernt zu haben. Sie waren älter oder jünger, charmant oder überheblich, klug oder einfach nur nett, nach Erfolg strebend oder faul im positiven Sinn.*

*Letztere brauchten keinen Fleiß. Ihre Intelligenz ersetzte ihn. Sie waren Kavaliere oder Machos! Wollten bewundert werden oder sich selbst bewundern! Überraschten oder enttäuschten mich, aber ohne mich ernsthaft zu verletzen, denn sie berührten meine Seele nicht!*

*Soll heißen: Ich kenne die meisten Schokoladen- oder die Schattenseiten von ihnen, und konnte sie vom ersten Augenblick an katalogisieren.*

*Aber niemand war wie DU!*

*Es fehlte ihnen ein einziges Wort, das den Unterschied ausmacht zwischen Dir und ihnen:*

*Das Wort „oder"! Sie waren so **oder** das Gegenteil – niemals beides!*

*Du brauchst diesen Unterschied nicht – **Du bist immer beides**. Darin liegt Deine Einzigartigkeit, liegt das, was ich an Dir liebe!"*

Längst haben sich ihre Körper infolge ihrer Emotionen zu einem „Gordischen Knoten" umschlungen, also mit „normalen" Mitteln nicht zu entfesseln!

*Liebe braucht keine Sexualität -*

*so wenig wie Sexualität Liebe braucht!*

Und sie würden es auch nicht zulassen. Das ist die Liebe, die auf Sexualität, also auf Eigennutz, verzichten kann. Eigentlich die einzig wahre Liebe! Denn es ist nicht mal ein Verzicht, es ist die Vollkommenheit, glücklich zu sein nur durch eine Berührung - die, die Zärtlichkeit niemals zerstört.

Aber...

*Sexualität ist auch*

*die intimste Offenbarung zwischen zwei*

*Menschen,*

*die nur unter Liebenden als Ausdruck tiefster*

*Zuneigung verstanden wird.*

Leon ist nicht der „junge, wilde Liebhaber", wie man vielleicht aufgrund seines athletischen Outfits annehmen könnte. Nein - er ist da eher schon der „Softy Lover", der eine Frau in Trance versetzen kann mit seinen Worten – seinen Berührungen.

Und dann muss **sie** nur noch „geschehen lassen" bis der Vulkan in ihr zu brodeln beginnt, und kurz vor der Eruption steht, um ihr schier grenzenloses Verlangen nach Zärtlichkeit zu bedienen. Um auf diese Weise ihre aufkeimende Ungeduld ad absurdum zu treiben.

Und dann bäumen sich zwei Körper im Einklang auf, um im nächsten Augenblick in sich zusammenzufallen. Und für wenige Sekunden scheinen sie ihr Bewusstsein zu verlieren. Ihre Körper schweben in einer Hemisphäre, die man nur in diesem Zustand erreichen kann.

Ihre Körper zittern und ihr Atem überschlägt sich.
Und nur ganz allmählich finden sie in den Modus der Normalität zurück und diese weicht von einer inneren Zufriedenheit hin zu einer zufriedenen Sättigkeit.

So verharren sie eine ganze Weile, ohne ein Wort zu sprechen, bevor Alice als erste wieder in die Spur findet. Und doch ist schon eine ganze Weile vergangen, bevor sie leise ein Gespräch beginnt.

*„Hast Du noch Zeit und Interesse für eine ganz süße Geschichte, Leon?"*

*„Ist das Dein gedanklicher Übergang? Würde mich freuen! Es hat aber nichts mit dem Tod zu tun oder? Ich meine so alt bist Du nun auch wieder nicht!"*

*„Du Fiesling! Gute Nacht!"*

*„Du könntest gar nicht einschlafen, ohne sie mir erzählt zu haben! Ja, so seid Ihr Frauen eben! Also bitte!"*

*„Auf der anderen Seite des Tisches von mir saß bei dem Beerdigungskaffee ein netter, älterer Herr, erinnerst Du Dich? Er war ein Schulfreund meines Onkels.*
*Wir hatten bald Kontakt, nein, keine Sorge, er war 89 Jahre!*
*Und jetzt bitte keine anzügliche Bemerkung wegen des Altersunterschiedes, Leon!"*

*„Wieso? Passt doch!"*

„Du kannst ein wunderbarer Liebhaber sein und gleichermaßen ein Ekel von einem Mann."

„Aber doch ein Mann, oder?"

„Hör auf! Also, obwohl sein gleichaltriger Freund beerdigt wurde, hatte man nicht den Eindruck, dass er trauerte. Das hat mich ermutigt, ihm eine Frage zu stellen:

„Waren Sie ein Freund meines Onkels?"

„Sogar ein Schulfreund, meine Dame!"

„Hätte aber nicht gedacht, dass Sie auch schon so alt sind!"

„Bin ich auch nicht! Ich werde erst nächstes Jahr neunzig...ha, ha."

Was für ein Schlitzohr...!!!

„Sie trauern wohl mehr innerlich, oder?"

„Nein! Ich trauere gar nicht, schöne Frau. Weshalb auch? Schauen Sie, Ihr Onkel hat diese Welt verlassen und somit sein irdisches Leben aufgegeben. Aber „oben" geht das Leben doch weiter, wenn auch etwas anders als hier unten!"

„Und Sie glauben daran, oder?"

„Nein! Ich glaube nicht fest daran, aber ich **hoffe,** dass mein Glauben sich erfüllt. Wenn aber nicht, hatte ich auf Erden bisher 89 Jahre, die mir das Leben, und ich hoffe auch meinen Tod, durch diese Hoffnung erleichtert haben!

Denn...

Glaube -

ist Vertrauen auf Zeit

Liebe -

ist ein Geschenk auf Zeit

# Hoffnung aber –

## ist Trost auf Zeit

„Und wenn es dann doch anders kommt?"

„Diesen Irrtum werde ich dann nicht mehr wahrnehmen!"

„Darf ich Sie noch was fragen, Herr..."

„Ernst, einfach nur Ernst! Ernst wie Spaß... nur zu!"

„Eigentlich ist es eine rein rhetorische Frage und nicht sehr
angebracht bei einer Beerdigung...
Wenn es möglich wäre, also rein utopisch, würden sie sich auf einen
Deal mit mir einlassen?"

„Mit Ihnen würde ich jeden Deal eingehen. Vorausgesetzt, ich hätte
auch etwas davon ...ha...ha,!"

„Stellen Sie sich also vor, Ernst, ich biete ihnen meine Jugend,
immerhin fast 50 Jahre Altersunterschied, gegen Ihre fast schon
gläubige Hoffnung auf ein Leben nach dem Tod. Nehmen Sie an?"

„Eine „coole" Vorstellung - so sagt man doch heutzutage, oder?
Aber nein, danke! Da muss ich dankend ablehnen!"

Das intime „Du" scheint den beiden aufgrund des allzugroßen
Altersunterschieds deplatziert. Oder ist es das Thema, das beiden
einen gehörigen Respekt voreinander abverlangt...?

„Ihre Jugend, meine liebe Freundin, wird irgendeinmal in meinem Alter
ankommen. Und dann stehen sie da, wo ich jetzt bin. Vor dem Tod
nach dem Leben und vor dem Nichts – wie furchtbar für Sie!

Und die Zeit nach dem Tod dauert bekanntlich länger, als ihre Zeit
davor.

Sie glauben nicht daran und hoffen nicht einmal darauf. Nochmal: Wie
furchtbar!
Aber vielleicht werden wir uns trotz alledem dort oben wiedersehen...

*Auch wenn Sie, wie gesagt, nicht daran glauben, ist dieser Gedanke nicht wundervoll?*

*Und das auch noch für eine so lange Zeit dort oben…*

*Es ist wie in den Märchen: Man weiß, dass sie erfunden sind und sie erfreuen uns dann doch, wenn sie gut enden.*

*Nein - die Bibel ist keine Märchenfibel. Man muss nur den wunderbaren und wundersamen Erzählungen und Vergleichen Glauben schenken…"*

*„So einfach geht das, Ernst?"*

*„Ja, wenn man nicht nur daran glaubt, sondern darauf hofft, Alice!"*

Und ein vielsagendes Grinsen gleitet über sein Gesicht!

*„**Alice?** Sie kennen meinen Namen?"*

*„Wenn nicht, wäre ich wohl der einzige Depp hier im Lokal! Und noch eins:*

*Das Leben ist zeitlebens eine Lehrzeit –*

*und die Erfahrung ist sein Lehrherr!*

*Alles kann man lernen im Leben, nur nicht die Erfahrung, sie muss man erleben.*

*Ich bin ein Beispiel dafür!"*

Leon hat bis jetzt mit stillschweigendem Respekt vor dem Alter und dem Alten zugehört.

*„Eine tolle Antwort des Alten, Alice.*

*Aber Dir fehlt anscheinend irgendein Glaube, oder? Auch die Hoffnung? Du hast anscheinend Angst vor dem Tod! Erklärt mir einiges!"*

*„Erklärt Dir was, Leon?"*

„Ist schon gut, Alice, vergiss es!"

„Sprichst Du wieder diese Psychopharmaka an, Leon? Ich fahre nach Hause, also wenn Du mit möchtest..."

Sie hat Recht! Es waren wiederum ihre Tabletten! Und wiederum kommen sie ihm in den Sinn!
Und plötzlich wird ihm einiges klar. So sieht also die Welt einer Superfrau aus! Sie hat ihrer Krankheit ihrem außergewöhnlichen Ehrgeiz und Erfolg entgegengesetzt. Wollte sich selbst etwas beweisen und auf diese Art die Depressionen, also die Leiden der Seele, besiegen. Die Pillen sind nur als paralelle Unterstützung gedacht.

Ihre Seele ist dennoch zu kurz gekommen, aber wen interessiert das schon in dieser Scheinwelt? Und wer blickt schon hinter ihre Fassade?
Möchte das überhaupt jemand, diese dunklen Seiten sehen?

Es gibt sie zu allen Zeiten des Jahres, wenn auch zugegeben, vermehrt in den tristen Tagen des Monats November...

*Die Leiden der Seele*

*sind wie Novembergefühle.*

*Frohsinn und Glück*

*sind irgendwo liegengeblieben.*

*Schwermut und Angst*

*sind stattdessen geblieben..*

*Fast jeden Tag...*

*von sieben bis sieben.*

Dennoch lehrt uns das Leben, dass Novembergefühle in jedem Monat des Jahres bei uns Einlass finden können...

Möchte Alice sich nicht lieber in „ihrer Sonne" aalen, statt in ihrem Schatten zu stehen? Ist der Glamour und sind die Lichter des angeblichen Glücks nicht viel gefälliger, als das Dunkel der geschlossenen Augen und die Angst, diese wieder zu öffnen?

Eine Frau mit dem Charisma „einer Mensch gewordenen Göttin", geboren auf den simplen Gefilden einer Dorfidylle!

Aber niemand ist da, der ihre Seele auffängt.

In diesen Gedanken versunken bereut Leon, dass er Alice mit ihren Problemen alleine hat gehen lassen.

Als es an seiner Türe läutet, ist er neugierig erleichtert.

*„Entschuldige bitte Alice! Ich weiß nicht, wie mir das passieren konnte. Komm rein, bitte! Möchtest Du reden?"*

*„Auch! Aber ich möchte, dass jemand meiner Seele zuhört, auch wenn ich mich wiederhole, aber meine Angst wiederholt sich ja auch!"*

*„Dann tu es!"*

### *Erlaubt ist was hilft!"*

*„Leon, setz dich bitte zu mir. Aber schau mich nicht an. Ich bringe ansonsten kein Wort heraus."*

*„Trotzdem: Darf ich Dich in den Arm nehmen, ohne dich anzuschauen, Alice?"*

*„Lass gut sein, Leon! Ich weiß, dass ich mich wiederhole, und es wird auch nicht ehrlicher, wenn ich es tue. Aber es tut mir jedes Mal gut, wenn jemand zuhört! Vielleicht auch zum wiederholten Male. Es tut meiner Seele gut, wenn ich auch ihr meine Ängste erklären kann, obwohl meine Seele sie alle kennt, denn bei ihr sind sie zuhause."*

Ein paar Minuten später...

*„Danke, Leon, dass Du mir zugehört hast...habe ich vergessen Dir zu sagen...*

*„Alles gut mein Schatz!"*

Leon weiß, dass es im Grunde ihre Furcht ist, sich nicht mit ihrem Alter arrangieren zu können.

Und weil sie glaubt, dass sich mit jedem ihrer Geburtstage auch der Altersabstand zu Leon vergrößert - welch ein Irrglauben! Wie groß also muss ihre Panik sein, um nicht zu wissen, dass dies nicht möglich ist.

*„Ich denke Du liebst Geburtstage? Wenn ich an den Geburtstag meiner Mutter oder an das Schützenfest denke, da bist Du ja förmlich explodiert!*
*Warst zumindest zeitweise der Mittelpunkt dieser Veranstaltungen!"*

*„Auch eine Schutzhandlung! Nach dem Motto: Seht her, wie glücklich ich bin! Oder, wie gut es mir geht!"*

*„Alice! Dein Geburtstag macht mir allerdings auch Sorgen:*

*Was schenkt ein vermögensloser Student einer Frau, die schon alles besitzt? Und was sie noch nicht besitzt, braucht sie sich nicht einmal zu kaufen! Das tun andere für sie, allerdings nicht mit Bafög! Passt vielleicht nicht in diese Thematik, aber beschäftigt mich!"*

*„Stimmt nicht Leon! Auch ich kann mir nicht alles kaufen und bekomme auch nicht geschenkt, was ich gerne möchte!"*

*„Und was wäre das, Alice? Bitte, bitte Alice, gib mir einen Tipp!"*

**„Lass mich ein Teil Deiner Zeit sein!"**

Ein paar Tage später kommt Leon vom Besuch seines Freundes „nach Hause".

Am „Hof", wie auch er mittlerweile liebevoll seinen Wohnbereich nennt, steht das Auto seines Großvaters. Bei Alice brennt noch Licht in ihrem Arbeitszimmer. Aber was heißt das schon!
Der Grund für die Beleuchtung kommt gerade aus dem Haus...

*„Hallo Großvater! Du hier?"*

*„Ja – aber es ist ein...“*

*„...ich weiß - ein Geheimnis. Ein Geheimnis in **Deinem** Alter, Opa, und vor allem vor wem?“*

*„Was soll **das** denn heißen, **in meinem Alter?**“*

*„Gar nichts Opa! Gestern Mittag war übrigens mein Vater hier mit einem Blumenstrauß so groß, dass man durchaus hier eine Filiale von Fleurop eröffnen könnte. Er hat mich nicht gesehen! Können wir uns beim nächsten Mal bitte auf einen gemeinsamen Termin für die Besuche einigen, ansonsten gibt es in Aachen bald ein neues Mehrgenerationenhaus. Ach noch was, Opa! Keine Sorge! Wem sollte ich schon davon erzählen? Oma hat schon vergessen, was ich ihr sagen will, bevor ich es ausgesprochen habe!“*

*„Ich habe Dir doch gar nichts verboten und es gibt auch nichts zu erzählen, Leon. Aber sieh an, mein Enkel! **Du** wohnst jetzt hier, wie ich höre!“*

*„Auch wie Du siehst. Deshalb bin ich so spät noch hier, und Du Opa?“*

*„Geschäftlich, Leon, geschäftlich! Und, wie gefällt es Dir hier?“*

*„Wahrscheinlich noch nicht ganz so gut wie Dir?“*

*„Was sollen diese dauernden Anspielungen, Leon?“*

*„Nur so! **Ich** muss mich erst noch akklimatisieren, da seid **Ihr Beide**, ich meine Du und mein Pa, klar im Vorteil!“*

*„Leon, was denkst Du eigentlich von mir?“*

*„Eigentlich das Gleiche wie von meinem Vater. Aber ich denke, was ich wirklich denke, willst Du nicht wissen! Komm gut nach Hause und grüß Oma von mir! Ach vergiss es, mach es wie sie...*

Leon macht das, was er eigentlich immer in letzter Zeit macht. Er liegt auf seinem Couchbett und spielt mit der Fernbedienung bis es der Flimmerkiste schwindelig wird. Ansonsten fällt sein Blick in regelmäßigen Abständen auf sein Handy, ob er nicht eventuell doch ein akustisches Zeichen überhört hat – leider bisher vergebens! Eigentlich weiß er nicht einmal selbst, worauf er wartet...oder worauf er hofft...

Vielleicht noch einmal Yvonne anrufen, mal hören wie es ihr so geht. Eine Idee, die immer wieder mal aufkeimt, die er aber genau so schnell verwirft.
Nicht anders ist es heute, oder doch?

Er zuckt zusammen. Das Handy! Er zuckt wieder. Es ist Alice! Schnell noch etwas Rasierwasser ins Gesicht - einen Kaugummi nachschieben. Aber warum eigentlich- es ist doch nur das Handy...

*„Ja bitte?...“*

*„Leon hast Du ein paar Minuten Zeit für mich?“*

*„Welcher Mann in Aachen und um Aachen herum hätte das nicht für eine solche Frau?“*

*„Schleimer!“*

*„Komm rein! Alice. Welch seltener Besuch!“*

*„Ist das jetzt ein Vorwurf? Du bist zu Allem fähig!““*

*„Nein! Ich denke, die selbstverständlichste Sache der Welt für Dich!“*

*„Für **Dich** etwa nicht?“*

Sie darf sein Grinsen nicht sehen!

*„Leon, mein Handy streikt, und das auf der ganzen Linie, nichts rührt sich mehr!“*

*„Kann ich mir in Deiner Hand eigentlich kaum vorstellen!“*

*„Hör bitte auf, hilf mir lieber!“*

Und nach einer „kurzen, fachmännischen Diagnose“:

*„Du hast Dir wahrscheinlich ein Virus eingefangen, also nicht mit mir, ich bin schon eher ein Glücksfall, und auch weniger Du, als vielmehr Dein Handy...“*

„Ein Virus auf dem Handy? Das gibt es? Und woher kommt so was?"

Und mit einem überlegenen Smiley als Gefühlsausdruck:

„Nun, am häufigsten, wenn man mit fremden Männern verkehrt"

„Ich verkehre nicht mit **fremden** Männern, ich kenne sie alle!"

Der Konter sitzt!

„Und jetzt kann ich das Handy wohl wegschmeißen?"

„Nein! Sicherer ist, wenn Du die fremden Männer wegschmeißt!"

„Verarsch mich bitte nicht!"

„Würde ich nie wagen! Möchtest Du was trinken?"

„Wasser, bitte!"

„Das gibt's bei mir nur fließend und ohne Kohlensäure!"

„Dann doch ein Bier vielleicht, aber bitte im Glas."

Wann immer sie zu späterer Stunde den Raum verlassen wird, werden 6 Flaschen aufgereiht und luftgefüllt in der Ecke des Zimmers stehen.

„Danke Leon, Du bist ein Wunderheiler! Es funktioniert wieder!"

„Also, wenn Du mal krank bist, Alice...

„...gehe ich doch lieber zum Arzt. Ich bin nun mal kein Handy! Und außerdem stellt dieser richtige Diagnosen, und berechnet mir nicht für die Therapie einer Magenverstimmung das Honorar für eine Herztransplantation."

„Spielst Du etwa auf mich an, Alice? Ich habe doch gar keinen Euro dafür verlangt!"

„Hast Du nicht. Aber aufgrund der Schwere und der Dauer der Defektbeseitigung wahrscheinlich mit einem höheren Honorar spekuliert!"

„Alice, was glaubst Du wohl, was Du im Handyshop bezahlt hättest?"

„Siehst Du! Das meine ich! Aber wahrscheinlich nichts. Schließlich habe ich selber den Defekt eingebaut. Ein beabsichtigter Bedienungsfehler!"

„Und warum bist Du dann damit zu mir gekommen, Alice?"

„Aus dem gleichen Grund, warum Du so lange mit der Reparatur beschäftigst warst!"

Später wird sie folgenden Text einer WhatsApp- Mtteilund von Leon lesen:

Es war heute ein wunderschöner Abend. Schade nur, dass ich so viel „arbeiten" musste!

Sie zurück:

„Selber schuld! Und wie hätten wir dann die Zeit totgeschlagen?"

„Zeit ist das Wichtigste, was wir besitzen. Alice. So etwas schlägt man nicht tot!

*Nutze deine Zeit:*

*heute -morgen jeden Tag!*

*Denn nichts von ihr kehrt wieder…*

*nicht die Stunde – nicht der Tag…*

*nicht einmal ein Wimpernschlag.*

Und auch in 2000 Jahren ist es noch niemandem gelungen, die Zeit zu bestechen…

„Habe ich schon mal gehört!"

„Hören tun es viele, Alice. Aber verinnerlichen nur wenige!"

„Um diese Sinnsprüche beneide ich Dich! Wann darf ich die ganze Sammlung einmal lesen?"

„Ich bin vorsichtig geworden, Alice! Wenn es keine Abart der Masche mit der Briefmarkensammlung ist, also nach dem Motto: Möchtest Du mal meine Sammlung sehen? Im Ernst, dann, wann immer Du möchtest! Aber wo? Gehn wir zu Dir oder bleiben wir bei mir?

Übrigens: Noch eine Kostprobe gefällig: Nenn mir einfach einen Buchstaben!"

„Okay, nehmen wir also das „F"

„Du meinst „F" wie..."

„Leon, hüte Dich...!"

„Warte doch ab: Also „F" wie Frauen. Okay:

*Viele Frauen sind nicht ausgezogen*

*anziehender als nicht angezogen.*

„Hast Du noch eine Flasche, bitte? Siehst Du, „Flasche" hätte eben auch gepasst. Auf das Naheliegende kommt man zuletzt."

Sie fragt sich Nachschub und verteidigt meine Wortwahl?

„Nur, wenn Du noch einen Buchstaben nennst."

„Ich denke, ich weiß, worauf Du wartest, Also gut „L"- wie Liebe.

*Es ist Liebe,*

*wenn Treue kein Versprechen,*

*sondern die Erfüllung*

*der Gefühle ist.*

„Ich glaube, ich muss jetzt gehen. Weißt Du, der Alkohol..."

„Also doch die vorsorgliche Ausrede...?"

„Dabei hast Du gerade erst bewiesen, wie schön ernsthaft Du sein kannst, Leon! Was ist also nun meine Schuldigkeit?"

„Das ist aber jetzt nicht Dein Ernst? Kein Geld! Vielleicht aber ein Honorar in anderer Form..."

„Und Tschüss!"

Leon begleitet Alice zur Türe und man kann die erotischen Schwingungen im Raum förmlich greifen.

Eine Stille, die mehr sagt, als tausend Worte...

*Stille ist die Zeit –*

*über Gesehenes,*

*Gehörtes oder*

*Erlebtes nachzudenken...*

*Um sie zu ändern,*

*fortzuführen oder*

*in die Zukunft zu intensivieren.*

Und dann liegen zwei Menschen mit gleichen Gedanken, Wünschen und Träumen in verschiedenen Betten, die auch noch in verschiedenen Räumen stehen, und finden keinen Schlaf.

Luftlinie nur wenige Meter voneinander getrennt und doch gefühlt eine meilenweite Entfernung. Und beide fürchten, etwas falsch zu machen, was dann unwiderruflich nicht mehr reparabel wäre. Und das, obwohl es nicht einmal begonnen hat, oder doch?

Alice spürt, dass dieser junge Mann etwas hat, was ihr gefährlich werden könnte, weil **es** ihr gefällt...weil **er** ihr gefällt.

Diese Aura, dieser smarte Charme und dann noch diese intelligente Reife!

Und Leon? Er weiß schon lange, dass **er ihr** gefällt. Eine Gefährlichkeit seinerseits kann er nicht erkennen, aber Neugier und Sehnsucht – oder andersrum?

Aber per Handy kann doch nichts passieren, nein, natürlich nicht! Man kann auch tugendhafter als der Papst sein! Nur mal hören, ob sie gut „angekommen" ist – nein – nicht die Ankunft des Papstes....

*„Sorry, Alice! Funktioniert das Handy immer noch?"*

*„Leon - Du? Ich schlafe schon lange, hab nicht einmal gehört, dass Du mich angerufen hast!"*

*„Deshalb wollte ich auch gar nicht ans Telefon gehen, Alice, als Du abgehoben hast!"*

*„Denke einfach an was Schönes! Stell Dir doch Deine Freundin Yvonne vor!"*

*„So reden nur Unwissende, Alice! Wenn Du sie gekannt hättest, hättest Du mir diesen Vorschlag erspart!"*

*„Was heißt hier gekannt **hättest**"?*

*„Es gibt keine Yvonne mehr, zumindest nicht mehr für mich! Aber, kommt Zeit kommt Rat! Wer weiß..."*

*„Lass Dir was Anderes einfallen, bist doch sonst nicht so fantasielos, Leon!"*

*„Eben! Deshalb weiß ich, dass die Zeit Deinen Rat schon im Gepäck hat!"*

*„Dann öffne das Gepäck, Leon, ich bekomme sonst keine Luft mehr!"*


Telefonat beendet!

*„Die Türe ist offen!"*

Und dann stehen sich zwei Menschen gegenüber und schweigen sich an. Tausend Gedanken könnten sie denken, aber nicht auch nur ein einziges Wort aussprechen. Aber diese Aufgabe übernehmen ihre Augen, und zwar mit einer Intensität, die ihre Seelen zittern lässt.

Alice' Gedanken kreisen in die Zukunft. Sie sieht diese Jugend, die vor ihr steht...

*...Was wird sein, wenn das Neue oder die Neue – wenn ich dies nicht mehr für ihn bin... wenn eine Jüngere seinen Weg quert...?*

Es ist das Privileg von Leon' s Jugend, nicht in solch temporären Kategorien zu denken, zumindest nicht in solchen Augenblicken. Er denkt in Momentaufnahmen der Gegenwart, und die lassen seine Knie weich werden.

Jetzt hat auch Alice diese Gegenwart erreicht, und sie übernimmt eine Initiative, die ihr selber vorher von sich nicht bekannt war. Aber sie kann nicht anders, sie lässt ihre Gedanken aus ihrem Kopf, folgt nur ihrem Gefühl. Und sie vermeidet bewusst, an ihr Bauchgefühl zu denken!

Sie schlingt ihre Arme um seinen Körper, legt ihren Kopf auf seine Brust und erwartet seine Zärtlichkeiten. Alles wie damals auf dem Spielplatz und doch alles anders. Damals war das Ende der Zärtlichkeiten durch die offenen Grenzen des Platzes absehbar. Aber heute...

Heute sind sie allein mit einer Fülle von Zeit für Dinge, von denen jetzt beide wissen wie sie enden, nein wie sie weitergehen...heute Nacht!

*Wenn laute Lippen leise schweigen,*

*und zwei sich einen Atem teilen,*

*um diese Stille nicht zu stören.*

*Sie deshalb ihre Herzen rügen,*

*weil Pochen diese Ruhe weckt.*

*Wenn Augenpaare Blicke suchen,*

*und Blicke innig lang verweilen,*

*weil sie jetzt sehn, was sie nie fanden.*

*Und wenn auf seinem Mund ihr Finger,*

*ihn keinen Kuss vermissen lässt,*

*weil dieser zärtlicher als Küsse -*

*seine Sehnsucht träumen lässt.*

*Wenn er dann seine Augen schließt,*

*um sie so besser zu erkennen.*

*Wenn seine Hand die Ihre sucht -*

*nicht mal um sie festzuhalten -*

*nur um ihre Haut zu spüren.*

*Wenn eine Schauer heißkalt prickelnd*

*über Haut und Herzen läuft,*

*spüren zwei in dieser Zeit*

*- für eine kurze Ewigkeit -*

*die Stille einer Zärtlichkeit!*

Und nun sind es nur noch wenige Schritte, bis sie an der Türe des Tabubruches klopfen! Wer öffnet sie nun als Erster...?

Und Leon kann nur glücklich sein, wenn nicht auch die Partnerin glücklich ist, das ist seine Ehrlichkeit. Aber darin liegt auch sein Erfolg beim „schwachen Geschlecht", wobei er diesen Begriff über alles hasst. Er weiß es besser...

## *Der Schoß einer Frau*

## *ist das Machtzentrum der Welt!*

Diese Tatsache hat Helena ihren Mitmenschen bereits in der Antike vermittelt!

Leon hat sich vor Alice positioniert und sein athletischer Oberkörper drängt sie rücklings gegen die Schlafzimmertür. Keine wirkliche Gegenwehr, wie Alice es Leon zu vermitteln versucht, denn hinter ihrem Rücken hat ihr Arm die Türklinke niedergedrückt. Ihr Fuß hat die Türe aufgedrückt, so unauffällig, wie man jemanden in der Öffentlichkeit ohrfeigt.

Dann fallen zwei Körper auf der Suche zueinander sanft auf das Bett und es folgt ein intensiver Kuss zur Ouvertüre. Leon übernimmt in der Folge jede weitere Initiative und unterbindet jegliche Intension von Seiten Alice'.

Fallen lassen soll sie sich, einfach nur geschehen lassen und genießen. So interpretiert Leon die Bedürfnisse seiner femininen Mitmenschen, und er hat Erfolg damit, heute wie früher!

Hin und wieder öffnet er einen Knopf ihrer Textilien und täuscht seine Neugier auf ihr „Innenleben" vor, indem seine Hand die Teile streichelt, die bis jetzt durch ihren Stoff verschont blieben. Und wenn sie glaubt, dass es so weitergeht, zieht er scheinbar desinteressiert seine Hand zurück, nicht aber ohne ihr enttäuschtes Atmen vernommen zu haben.

Als dennoch die letzte Hülle gefallen ist, wird es bald keinen Teil ihres wunderbaren Körpers mehr geben, den Leons Hände nicht berührt und sein Mund nicht geküsst haben!

# *Kleider machen Leute –*

## *keine Kleider machen Menschen!*

Das schönste Kleid einer Frau ist das durchsichtige Fleischfarbene!

Und irgendwann mutiert ihre nicht mehr vorhandene verbale Konversation in eine stille erotische Geräuschkulisse.

Mit der Dauer dieses erotischen Entrees verstärkt Leon wohl wissend die Ungeduld seines wunderschönen Mediums. Und er treibt auf diese Weise das Procedere auf seinen Höhepunkt.

Und sie hat gelernt aus dieser Dokumentation: Nein, weder agieren noch reagieren ist gewollt, sich fallen lassen... man kennt es!
Jeder Versuch von ihr zu reden, erwidert er mit einem Kuss und erstickt auf diese Weise ihr Redebedürfnis. Sie ist eine Gefangene ihrer Leidenschaft, und sie ist es gerne, nein - sie genießt es…

So also geht „geschehen lassen" - genießen durch Nichtstun, aber mit sehr viel erotisch aufsteigendem Gefühl.

Und irgendwann werden sich die Erwartungen ihrer Körper erfüllen, nämlich, dass sich die Teile zusammenfinden werden, die der liebe Gott zur Erhaltung der „Spezies Mensch" dafür erfunden hat. Ob er dabei auch an ein einhergehendes Vergnügen gedacht hat – wer weiß das schon...

Für die Protagonisten aber schon mehr als eine angenehme Nebenerscheinung.

Und ihre Leidenschaft steigert sich im Pulsschlag der rhythmischen Bewegungen ihrer Körper.

Auf dem schwindelerregenden Höhepunkt ihrer wonnigen Aktivitäten verlieren sie für Bruchteile von Sekunden ihr Bewusstsein, sie schweben im schwerelosen Zustand.

So muss es wohl sein, wenn Vulkane erupieren!

Und nach einem temporären Atemstillstand über erregte Atemnot bis hin zum befreiendem Atemzug am Ende dieser Kette, fallen ihre erhitzten Körper, beseelt vom Eindruck des so eben Erlebten, ermattet aber glücklich in die Kissen zurück.

Sie reden nicht miteinander, schauen sich nur zufrieden lächelnd an.

Und man muss kein Prophet sein, um sicher zu sein dass sich dieses Procedere selbstverständlich wiederholen wird...irgendwann in naher Zukunft...und dann immer öfter aber auch immer wiederkehrend in seiner Heftigkeit? Die Statistik diesbezüglich weist andere Reaktionen auf!

Denn genau diese Selbstverständlichkeit mündet früher oder später aber in Gewohnheit, und diese Gewohnheit macht oberflächlich – phlegmatisch.

Nichts wird mehr so sein, wie beim ersten Mal. Denn in der Folgezeit wird die aufregende Neugier der Spontaneität fehlen. Es wird fehlen die Neugier auf **das**, nein auf **die** Neue, und damit die Spannung. Spannung in jeder Form lebt von der Neugier!
Die Zukunft wird zeigen, inwieweit diese These auch auf das Verhältnis zwischen Alice und Leon zutreffen wird.
Aber denkt man an ein Inferno wenn man den 7. Liebeshimmel gerade erst verlassen hat bzw. noch immer auf seinen Wolken schwebt?!

Beide haben sich mehr mit **Menschen** als **Leuten** beschäftigt in dieser Nacht, die mehr als 24 Stunden dauerte, die sogar auf profane Vorsorgungsabläufe wie Essen und Trinken verzichten konnte. Alles wonach sie verlangten war **bei ihnen** oder **zwischen ihnen**, wenn dort noch ausreichend Platz gewesen wäre.

So leben die Beiden eine ganze Weile miteinander. Die Welt ist eine Wunderschale für beide. Im gleichen Maße wie Leon das Studium vernachlässigt, glaubt auch Alice einige ihrer Aufträge ans Ende der Liste stellen zu können, die sie nun einmal eigentlich früher termingerecht bearbeitet hätte!

Sie stuft die Aufträge ihrer Mandanten wider besseren Wissens herunter und ordnet sie ihren persönlichen Bedürfnissen unter!

Und sie hat, trotz ihres „Alters", eine neue Lebensweisheit erkannt:

Die beiden wollen, brauchen und genießen „ihre" Zeit, so als müssten sie vorarbeiten für die Zeit, in der sie eigentlich wieder mehr Zeit für sich selber haben werden und wollen...ein jeder für sich!

Dieser gefühlte und auch gelebte Wohlstand ist für Leon nicht der einzige, den er genießt. Er ist jung. Und seine Jugend lässt ihn auch die sich hieraus praktischen Vorteile genießen.

Alice' Jeep fährt er nur noch zur Uni. Ansonsten sitzt er hinter dem Steuer ihres luxeriösen Jaguar.

Für die „unerfahrenen weiblichen Dinger" auf der Strasse, deren Augen sich fast im Innenraum der Karosse zu verlieren scheinen, hat er selber fast keine Augen mehr, aber eben nur fast. Manchmal könnte man glauben, er lebe nachdem Motto:

*Ist das Essen okay -*

*ist das Alter der Köchin zweitrangig.*

Doch hin und wieder revidiert sein Verhalten diesen Anschein!

Denn auch die beste Küche braucht Abwechselung, will der Hunger nicht nur durch Essen, sondern durch Geschmack gestillt werden.

Bei Kleinkindern zeigt sich dieser Wechselmodus sehr deutlich, indem sie ein Spielzeug beiseite legen, weil sie ein neues bekommen haben.

Aber noch genießt Leon die „großen Auftritte" bei den diversen Events seiner „frühreifen Mitdreißiggerin", und die meisten genießt diese in der Umgebung rund um die Pferde.

Und das rund um das schönste und größte Pferdestadion der Welt. Hier in ihrer neuen Heimat, inmitten von Pferdestallgeruch und dem Stampfen der Hufen ihrer geliebten Vierbeiner, genießt sie es, trotz aller Verpflichtungen, zu relaxen, trotz aller sozialen und geschäftlichen Verpflichtungen.

*Beim Singen macht der Klang die Stimme aus –*

*beim Reden ist es der Ton –*

*und bei den Pferden ist es das Wiehern!*

Sie erfindet immer neue Sprüche rund um ihre Lieblinge.

Einem Lokalreporter hat sie einmal in einem Interview gebeichtet:

**„Die Soers wird niemals meine Heimat werden.**

**Ein Mensch hat eben nur eine Heimat. Diese Heimat ist dort, wo er seine Wurzeln hat. Und der Mensch hat seine Wurzeln dort, wo ihn jeder Stein und er jeden Stein kennt, und wenn er sogar merkt, wenn einer nicht mehr da ist!**
**Aber in der Soers möchte ich gerne sein, wenn ich nicht in Gillrath bin!"**

Eine Aussage, die so mancher Aachener mit gemischtem Erstaunen zur Kenntnis genommen hat!

Für Leon ist die Welt der High – Society Aachens das Parkett auf dem er sich zwischenzeitlich souveräner bewegt, als früher auf dem Fußballplatz in Gillrath.


## DER CHIO


Als Nächstes steht der CHIO an, und damit auch die „Media – Night", ein weiteres tolles Event! Die pferdesportlichen wie auch die gesellschaftlichen Promis Aachens und darüber hinaus geben sich hier ein Stelldichein, und Leon in Begleitung von Alice Bongartz, oder auch umgekehrt, ist dabei!

Manchmal etwas beschmunzelt als ihr „Loverboy" von neidischen „Geschlechtskameradinnen", aber auch nicht weniger beneidet von den männlichen Begleitern dieser weiblichen Gäste.

Und für dieses außergewöhnliche Event steht Professor Büllbeckers „Media Night".

**Professor Dr. Hermann Büllbecker,**

der Alleininhaber der Lambertz Gruppe, hat dieses Promi-Treffen weltweit bekannt gemacht. Er ist der Klassenprimus der Branche, der in seinen Unternehmen die ultimativen Assessoires schon zu Zeiten des Jahres für den „gehobenen" Weihnachtsteller produzieren lässt, wenn seine Kundschaft sich noch in der Sonne Spaniens suhlt.

Und wie könnte es anders sein, gehört auch Alice, und nicht zu vergessen, wie bereits erwähnt, neuerdings als „Anhängsel" ihr Begleiter Leon, dazu. Ein Traum für einen 18-Jährigen! Einmal neben den Menschen zu stehen und mit ihnen Konversation machen, die seine Kameraden nicht einmal aus den Medien kennen!

Und wer Alice begrüßt, kann gar nicht umhin, ihren Begleiter mit mehr oder weniger ehrlichen bzw. sinnlosen Floskeln die „Referenz" zu erweisen, so will es nun mal die Etikette.

Er genießt die diskreten Blicke der weiblichen Menschen hinter den Rücken ihrer schon in die Jahre gekommenen Begleiter. Was sie wohl denken mögen...Und was sie sich wohl wünschen...Hoffentlich nicht das Gleiche wie er...wie der, den sie mit ihren Augen verschlingen - oder vielleicht doch...oder **hoffentlich** doch!

Dr. Hermann Büllbecker führt auch an diesem Abend Regie in seiner souveränen Art bei dieser Galaveranstaltung, einem Event der Superlative! Insbesondere, wenn man Schokolade genauso mag, wie die Trägerinnen, die Schokolade in phantasievollen Kreationen präsentieren. Aufgelegt auf die schöne Haut der Models und geschaffen vom Chefdesigner höchstpersönlich!

Ob es bei diesen einladenden „Auslagen" auf ihren Körpern zu „Kostproben" der „Gäste" gekommen ist, ist nicht bekannt.

Es bleibt zu erwähnen, dass die Models keine Newcomer sind, sondern die bekanntesten Models der Branche zählen. Und sie kaschieren, wie bereits erwähnt, ihre Dünnleibigkeit mit reichlich und phantasievoll beladenden Schokoladen–Kreationen. Und das erteilt über die ganzen Körper, die aber trotz der vielen Schokolade auch nicht feminin völliger werden – eigentlich schade!

Denn was für ein Widerspruch:
Es ist, als würde Raimund Calmund für Diätkost Reklame laufen, das Eine kann er nicht und das Andere mag er nicht.

Und wer weiß, vielleicht steht irgendwann auch Leon als männliches Modell und als „Schokoladen – Printenmann" auf dem Laufsteg.

### Dr. Marcel Philipp

Aachens Oberbürgermeister und Erster Bürger der Stadt, passt eigentlich nur als Vertreter seiner politischen Stellung hierhin. Mögen mag er diese Auftritte nicht! Genau das aber macht ihn so sympathisch, auch für Leon. Er bewundert ihn wegen seiner schlichten Bürgerlichkeit, ein Metier aus dem auch Leon stammt.

Die „modellartigen Auftritte" der Damen sind zum Anbeißen für den, der Schokolade mag. Und die, die eher weniger Süßigkeiten, sondern mehr „Süßes" bevorzugen, ohne zunehmen zu wollen, warten, bis die Schokolade „dahingeschmolzen" ist!

Der absolute Star, und das Gegenteil vom OB Philipp, ist der Gastgeber –

Dr. Hermann Büllbecker!

Leon wird später einmal Alice fragen:

*Was eigentlich ist er? Eine „maskuline Femina" oder ein „feminines Maskulinum" – also quasi ein Neutrum?*

Er präsentiert sich bei solchen Events am liebsten selbst vorneweg, erst später seine „Promis". Aber auch das nur, weil diese seinem Image in die Karten spielen!

Leon ist einer von ihnen, noch kein Promi, maximal ein „Second – Hand Promi", aber immerhin!

Heute aber ist **Iris Berben** zu Gast,

genau wie **Heidi Klum und Claudia Schiffer.**

Ferner die „Let's Dance Jurorin **Motsi Mabuse.**

**Onella Muti** ist ebenfalls zugegen,

wie auch **Liz Baffoe** und **Verena Pooth.**

Aber auch die Männer naschen noch gerne vom Tisch der Eitelkeiten und zeigen sich mit den Schönen der Geschlechter.

Der „Ex-Promi" **Boris Becker** freut sich noch einmal Schokolade naschen zu dürfen, ohne dafür zahlen zu müssen, was er ohnehin nicht könnte!

Leons Hunger auf Neugierigkeiten diesbezüglich nehmen von Mal zu Mal eher ab.
Wie gesagt ist ihm das „Prinz Philipp – Modell" des englischen Prinzgemahls: *Immer einen Schritt hinter der Königin zu wandeln,* von Mal zu Mal immer überdrüssiger geworden.

Es hat etwas Wichtiges verloren: Die Neugier! Und immer häufiger hat er Nostalgiegedanken und dazu gehören auch Gedanken an alte Freunde.

Zum Beispiel der Fußballplatz an der Bergstrasse in Gillrath! Vielleicht ein 1:0 Sieg der DJK Gillrath in der Kreisklasse B gegen den ewigen Lokal-Rivalen Stahe-Niederbusch! Ein Siegtor, das er selbst nicht mal geschossen hat, wie auch...auf der Ersatzbank? Aber ist das wichtig? Er war dabei!

Immer öfter werden in ihm Erinnerungen und Wünsche wach...
Einmal noch so richtig die „Sau rauslassen..."

„Die Sau rauslassen?"

Bei diesem Stichwort fällt ihm eigentlich nur  „Rock am Ring!" ein! Ein unvergessliches Musikevent für jeden, der diese Art „Musik" nicht nur im angetrunkenen Zustand ertragen kann.

Waren das noch Zeiten am Nürburgring!
Zum Frühstück grillen - dann trinken! Zum Abend grillen – dann trinken! Dann ab zu den Bands an die Bühne – nur ein bisschen trinken…soviel man gerade noch bis hierhin transportieren kann.

**# Die toten Hosen mit Campino – „Bring me the Horizon" – Amon Amarth # …**

und wie sie alle heißen!

Wie gesagt: An der Bühne ist Trinken ohne Grillen, quasi nur „Softy-Saufen" angesagt, was jeder anders interpretiert.

Dann zurück zum Zelt. Oft nur zum Biwak! Also eines von der Größe „Platz für eineinhalb Erwachsene!" Nebeneinander fällt schon schwerer!

Einmal Toilette, bevor Bettruhe für mindest 2 Stunden ansteht – Uppss …nass! Das hat schon einer…sozusagen Open - Air – WC!

Und am nächsten Morgen wiederholt sich das Procedere! Man kennt die Reihenfolge...

Der dritte Tag verläuft etwas ruhiger, die Heimfahrt steht an. Grill entsorgen, Zelt entsorgen, Restmüll entsorgen...

Und als Leon den ganzen Ablauf auf seinem geistigen „Bildschirm" hat,

läutet sein Handy.  Nein, besonders gläubig ist er nicht, aber jetzt glaubt er doch an eine göttliche Vorsehung.

*„He Alter, alles klar bei Dir?"*

*„Selber Alter! Was steht an?"*

*„Eigentlich ganz simpel Leon. Es geht um Folgendes: Hast Du keine Lust, ich meine natürlich nur, wenn sich die Gitterstäbe Deines goldenen Käfigs noch einmal öffnen, mit zu „Rock – am Ring" zu fahren? Wir sind fast alle zusammen, die alte Clique eben!"*

*„Weißt Du Kurt…"*

*„Nein ...weiß ich nicht. Aber ich kann's mir denken! Klär es einfach ab oder noch besser: mach schön „bitte, bitte"...und wedel mit dem Schwänzchen, hat noch jedem Hund geholfen...sogar Schweinehunden!*

*Vielleicht dieses Mal sogar einmal öfter als sonst...ich meine wedeln. Du weißt schon!*
*Bei „grüner Ampel" meld' Dich einfach! Übrigens, eine Karte hast Du schon, auch noch zum halben Preis.*

*Rudi liegt im Krankenhaus, komplizierter Beinbruch, ist mit dem Rennrad gestürzt!"*

Und noch mal Kurt...

*„ ...der Platz neben ihr ist leer..."*

*oder wie geht diese Schnulzen – Melodie?*

*Nein ernsthaft Leon, sie fährt alleine mit. Rudi besteht darauf!"*

*„Und ich bin der ultimative Ersatz, ja?"*

*„He Alter, wie bist Du denn drauf. Ich wollte Dir etwas Gutes tun!"*

*„Mit Rock am Ring oder mit Beate? Ich kenne sie kaum, habe sie erst einmal gesehen, und da ist sie mir tierisch auf den Sack gegangen! Würde sie nicht einmal als Stiefmütterchen auf die Fensterbank stellen."*

Beate ist tatsächlich eine Frau, aber gleichzeitig eine Tabuzone für sexuell gesteuerte Intensionen jeglicher Art fremder Männer. Für diese Sorten weiblicher Menschen ist der Keuschheitsgürtel, die eisernen Treuegelöbnisse der Damen des Mittelalters, nun wirklich nicht erfunden worden. Allerdings **mit** diesem Gürtel wäre zumindest die Männerwelt um ein vergnügliches Kriterium zur Menschheitserhaltung gebracht worden.
Aber wie lange so ein Klischee Bestand hat, kann man nur auf dem Prüfstand testen.

*„Du musst nicht mit ihr ein Zelt teilen, das lösen wir anders."*

*„Du verstehst mich, Du bist ein wahrer Freund, Kurt!"*

*„Wie teuer ist die Karte?"*

*„Neupreis" 220,--€. Mach Deinen Preis mit Bea aus! Aber so etwas zahlst Du doch aus der Portokasse, bei so einem Dukatenesel wie Du ihn im Stall hast...!"*

Portokasse...ein Wort das sich fast magisch in Leon' s Gehirn festsetzt!

Am nächsten Morgen hat der Alltag wieder schnell den Hof vereinnahmt.

Heinz, also Leons Vater, bringt Alice die Spendenbescheinigung für die großzügige Geste bei der Jubiläumsveranstaltung vorbei.

Ein denkbar schlechter Zeitpunkt! Leon hat ihr gerade von seinem Plan, dem „Drei-Tages-Trip mit Musik" erzählt, und sie gleichzeitig um eine „geringen" Vorschuss auf die nächsten „Aushilfstätigkeiten" in der Zukunft gebeten. Sie ist sauer, nein stinksauer, obwohl sie noch gar nicht weiß, dass eine Cliquen-Angehörige solo „mitreist". Und sie hat auch von den anderen Gepflogenheiten bei diesem Event keine Ahnung.

Taktisch klüger wäre an Leons Stelle gewesen, wenn er ihr das so lange bis unmittelbar „vor dem Ausflug" verschwiegen hätte.

Aber so lassen ihn und noch mehr Alice die Gedanken daran nicht mehr los!

Aber erstmal ist sein Vater jetzt dran!

*„Warum schickt Ihr mir diese schnöde Spendenbescheinigung nicht einfach mit der Post? Was soll dieser Unsinn? Habt Ihr nichts anderes zu tun. Du hältst mich von der Arbeit ab und meine Zeit ist sehr kostbar.*

*Erst die Blumen, nun das! Und als Nächstes? Heinz, es reicht! Ich möchte Dich in Zukunft weder hier noch irgendwann in meinem näheren Umfeld sehen! An meiner Einstellung zu Dir hat sich nichts geändert!*

*Lass es einfach und kapier endlich, dass es vorüber ist...wenn schon nicht für Dich aber umso mehr für mich...ein für allemal!"*

*„Der Vorstand glaubte, dieser Weg sei persönlicher!"*

*„Der Vorstand, ja? Und Du? Was glaubst Du? Dieser Weg kommt mir gelegen, oder?"*

*„Warum bist Du so sauer, ich will doch nur Dein Bestes!"*

*„Genau das befürchte ich! Aber wenn Du nicht aufhörst, mir nachzustellen, will ich für Dich noch was ganz Anderes!"*

*„Willst Du mir drohen?"*

*„Ob es eine Drohung ist, weiß ich nicht. Aber unterlässt Du Deine „Dienstfahrten" in die Nähe des Hofes nicht, werde ich Deinen Dienstherrn involvieren. Dann werde ich ihm sagen, was seine Mitarbeiter während der Dienstzeit tun, und glaube mir, ich habe keine Hemmungen, Strafantrag wegen Stalkens zu stellen. Ich will endlich meine Ruhe vor Dir haben! Ich habe es, nein, **Dich** satt.*

*Und da wir einmal dabei sind: Ich lebe in einer festen Beziehung, zumindest noch zu diesem Zeitpunkt. Ich möchte nicht, dass man Dich in meiner Gesellschaft sieht!"*

*„Warum? Weil ich ihn kenne? Glaubst Du vielleicht, er kann Dir die Jugend zurückgeben, die Du vor Jahrzehnten bereits verloren hast?*

*Wie billig ist das denn?*

*Alice, Du bist ein erotischer Vielfraß. Du schreckst vor nichts zurück, aber ich habe auch meine Mittel! Wirst schon sehen, was Du davon hast! Du wirst es noch bitter bereuen!"*

*„Und das ausgerechnet aus Deinem Mund! Es ist, als würde der Satan an der Himmelspforte klopfen und um Einlass bitten!"*

*„Dich würde er dort bestimmt nicht finden, denn Du schmorst dann längst in seiner Hölle!"*

*„Verschwinde! Hau endlich ab! Du widerst mich an!"*

*„Unterschreib hier den Erhalt der Spendenbescheinigung!"*

*„Hoffentlich hast Du jetzt nicht gerade einen Vertrag mit diesem fragwürdigen Herrn unterschrieben, Alice!"*

Beide haben im Eifer des Wortgefechtes nicht bemerkt, dass Sabine schon eingetroffen ist, um ihre Freundin zum Shoppen abzuholen.

*„Ach, so ist das! Sie ist die neue Beziehung! Ja klar! Mal was anderes, wenn man das „männliche" Geschlecht soweit „durch" hat!"*

*„Was für ein widerlicher Fiesling Du doch bist!"*

Sabine ist ihm so weit nahe gekommen, dass der Abstand reicht, ihm eine Ohrfeige zu verpassen.


## OMAS GEBURTSTAG


Auch in Gillrath ist die Jagdsaison eröffnet. Zwar ist das Revier von Opa Fritz eher bescheiden, dafür aber ist er vor Widersachern sicher. Den Letzten haben sie schließlich vor einiger Zeit zu Grabe getragen.

Marita Franzen wohnt zwar noch „zuhause", lebt und liebt, wie gesagt, aber getrennt von Tisch und Bett von ihrem Mann. Könnte sich allerdings jetzt ändern, nachdem das Revier „Soers" für ihren Mann Heinz „gesperrt" ist. Noch aber geht sie ihre eigenen Wege. Und sie ist die einzig weibliche, aber durchaus erfolgreiche Jägerin in der Familie.

Heute erhält sie einen Anruf von ihrem Vater. Es ist eine Einladung zum Geburtstag ihrer Mutter.
Eine Einladung, die auch an Leon geht, und aus besonderem Anlass auch an Alice.

Eine Einladung, der die Beiden mit gemischten Gefühlen entgegensehen, der sie sich aber trotz der widrigen Familienverhältnisse nicht entziehen können.

„Und die Bongartz lädst Du also auch ein? Bin gespannt, ob und wenn, wie das Fest über die Bühne gehen wird, nach dem Desaster an Kirmes!"

„Ich weiß meine Tochter, es wird nicht einfach, aber ich werde mich vorher mit ihr aussöhnen.!"

„Hoffentlich will sie das Gleiche auch mit Dir!"

Nein – gelungen ist es ihm nicht. Wie auch...

Aber beide gemeinsam dort erscheinen? Bleibt immerhin noch Leons Vater Heinz und zum Schluß der Alkohol...nein!

Alice und Leon entscheiden, dass Leon als Enkel alleine dorthin fährt.

Und dann ist er da, der Tag, vor dem Leon sich bis dato gefürchtet hat - Omas Geburtstag.

„Bringst Du mich hin und kommst mich bitte wieder abholen? Es ist für mich eine Zwangsveranstaltung **ohne Dich**, aber **mit Dir** geht auch nicht! Bist Du so lieb? Kannst ja an der „Tanke" warten, meine Mutter wird nicht dort sein!"

„Stopp! Ich habe noch nicht zugesagt, Leon. Ich habe meinen Preis!"

„Er ist genehmigt, das ist kein Preis, wohl eher ein Vergnügen!"

„Hallo Leon! Was hast Du jetzt wieder im Fokus?
Erst ist es der Vater, dann der Sohn, fehlt jetzt nur noch der Patriarch des Clans, und alle haben nur eines im Sinn!"

Für sie alle ist...


## „Sex" die schönste Zahl zwischen 5 und 7!

Man sieht, wie vielseitig Sex sein kann, sogar die Schreibweise…

„Nein Leon! Schau, wie Du hinkommst. Zurück kannst Du ja Euren „Wald- und Wissen–ICE" nehmen! Vielleicht macht er einen Umweg *via Soers? Oder besser noch: Bleib gleich für immer in Gillrath. Dort passt Du auch besser hin!"*

*"Hast wohl vergessen, dass Du auch von dort stammst? Aber was ist bloß nur los mit Dir, Alice? Ist immer noch diese blöde Musikveranstaltung schuld?"*

*"Blöde Veranstaltung? Und warum möchtest Du trotzdem dahin? Gibt es außer Saufen und Gegröle ohne Noten noch einen anderen Grund?"*

*"Man macht dort keine Bekanntschaften, sie kommen zusammen angereist, wenn Du das meinst! Und auch unsere Clique besteht nur aus Pärchen!"*

*"Aber doch nur, wenn auch **Du** mitfährst, oder?"*

*"Wie meinst Du das?"*

Leon ist in diesem Moment bewusst geworden, dass er Alice gegenüber nicht ganz ehrlich war.

> *...denn auch eine halbe Wahrheit*
>
> *ist eine ganze Lüge!*

Und er hat einmal zu ihr gesagt:

> *"Fast immer ist die erste Lüge*
>
> *der Anfang vom Ende!*
>
> *Denn sie ist ein Anfang ohne Ende!"*

Schlimmer aber ist, dass er sich nicht mehr sicher ist, was ihn zu dieser Lüge bewogen hat. Die Musik, die Geselligkeit, oder doch die Tatsache, dass Rudi im Krankenhaus liegt, obwohl beide, also er und Bea, beim Kennenlernen keine Gelegenheit ausgelassen haben, sich aus dem Weg zu gehen! Warum auch immer...

Aber wenn er es sich so recht überlegt, hat er bei dieser kurzen Begebenheit auch wiederum ein paar Dinge bei ihr gesehen, die ihn doch an feminine Assessoires erinnert haben.

Was soll der Quatsch! Er hat Alice belogen aber nicht betrogen und so soll's bleiben! Basta!

*„Leon, hör auf zu lamentieren! Tu' was Du willst, aber ich bin außen vor! Ich möchte mit Deiner Sippe nichts zu tun haben.*
*Du bestimmst Deinen eigenen Weg –* **mit** *mir oder* **ohne** *mich!"*

*Begehst du einen Weg –*

*definiere erst dein Ziel!*

*Zweifelst du an deinem Weg –*

*schau auf das Ziel!*

*Es hat diese Zweifel bereits überwunden!*

…denn der Weg st das Ziel!

*„Dann kann ich meinem Großvater wohl ausrichten, dass auch er, wie alle meine Familienmitglieder, Hausverbot bei Dir haben?"*

*„Nenn es wie Du willst! Aber vorher soll er mir noch das längst überfällige Geld vorbeibringen, nein, besser: Er soll es überweisen.* ***Du*** *kannst mir übrigens auch die letzten rückständigen Mieten noch überweisen, nein - Du zahlst besser cash, bevor Du verschwindest! Man weiß ja nie..."*

*„Und woher soll ich das Geld nehmen?"*

*„Siehst Du, genau das meine ich!*

*Einen Teil könntest Du zum Beispiel einsparen, indem Du nicht mit zu diesen grölenden Junkies fährst!"*

*„Also doch! Da ist sie wieder! Deine Neurose. Die Angst, den Vergleich mit jüngeren „Vergleichssubjekten" zu verlieren."*

Jetzt ist auch Leon in den Strudel ihrer schlechten Laune geraten. Und sie meint es ernst! So hat er sie selten erlebt.

Gottlob wird Opa heute nicht mehr bei ihr auf dem Parkett erscheinen. Er ist ausnahmsweise mit Oma beschäftigt, na ja weniger mit ihr, als mehr mit der Vorbereitung ihres Geburtstagsfestes.

Auch Oma freut sich schon, wenn sie auch nicht weiß worüber. Ihr Mann hat ein großes Plakat mit einer noch größeren „75" über der Haustüre angebracht. Und jedes Mal, wenn seine Frau vergessen hat, wie alt sie wird, schickt er sie hinaus. Und wenn sie wieder ins Haus kommt, muss sie ihm berichten, was sie gelesen hat.

*„85! Fritz, ich habe die Zahl 85 gelesen!"*

*„Nein Sofia, Du wirst 75 Jahre!"*

*Man kann die Zeiger der Uhr*

*vor- oder zurückdrehen,*

*An der Zeit wird sich nichts ändern!*

*„Trotzdem! Ich freue mich ja so für Dich, dass Du so alt geworden und noch so gesund bist."*

*„Ja...ja..., nicht alle Menschen haben das Glück Goldhochzeit zu feiern, so wie ich! Schade dass Du dann nicht mehr dabei bist, Fritz"!*

Allmählich treffen die ersten Gäste ein, eigentlich noch zu früh - laut Einladung. Aber man will schließlich nicht verpassen, wenn die Tochter des Hauses nach so langer Zeit der Trennung wieder ihren Eltern begegnet. Für viele ohnehin der Höhepunkt des Festes.
Oma freut sich riesig, dass so viele Gäste **„zur Kirmes"** gekommen sind.
Irgendwann naht dann auch der „Höhepunkt", wenn auch mit einstündiger Verspätung.

Marita überwindet ihre Dickköpfigkeit, geht zu ihrer Mutter, umarmt sie und... weint, sie weint bitterlich!

Und die Mutter: Sie hält sekundenlang ihre Tochter im Arm...auch sie weint.

Hat sie Marita erkannt, trotz ihrer fortgeschrittenen Demenz? Wie gesagt, es gibt solche Phasen bei dieser Krankheit, diese temporären Erinnerungsmomente, zumal, wenn die Erinnerungen weit zurückliegen.

Und das ausgerechnet jetzt – in diesem Augenblick! Ein Geschenk des Himmels, also? Obwohl einige Gäste auch enttäuscht sind, hatten sie doch eine ganz andere Szenerie erwartet.

Als Leon zum Fest erscheint, ist sein Opa gerade dabei, die Gäste zu begrüßen.

Und er weiß, worauf alle warten: Die Lüftung seines mit Sehnsucht erwartenden Geheimnisses. Sein Geburtstagsgeschenk für seine Frau!

Dazu führt er die Anwesenden in den Wintergarten, der noch mit Planen abgehangen und durch Sichtschutzwände für die Außenwelt abgeschirmt ist. Unter diesen Umständen ist hier tagelang geschaffen worden. Und nun wird das Werk endlich „freigelegt".

Und man traut seinen Augen nicht! Hier ist ein Ambiente entstanden, das seinesgleichen sucht, aber nicht finden wird. Und so etwas kann nur **eine** Künstlerin in der Region geschaffen haben.

*„Leider ist die Schöpferin dieses Kunstwerkes, das es eines ist, steht wohl außer Zweifel, heute verhindert, denn eigentlich sollte sie ihren Geniestreich selber vorstellen."*

Und voller Stolz präsentiert der Auftraggeber das Werk nun ungeniert als seine Idee.

Der Wintergarten ist in eine Felsgrotte verwandelt. Steinstufen führen hinab zum Teich. Die Wände rechts und links sind Felsimitate mit indirekter Beleuchtung, die eine übergroße Seerose anstrahlen.

Das Dach ist per Knopfdruck zu öffnen oder zu schließen, je nach Witterung.

Am Teich ist eine kleine Terrasse in die Landschaft integriert. Ebenfalls indirekt ausgeleuchtet.

Aber alles wird übertroffen von einem Duft, der über dem Teichwasser liegt:
Das gelb angestrahlte Teichwasser schimmert wie Mondlicht, und über dem Teich steigt ein sanfter Nebel empor. Alles nur chemisch nachvollziehbar für Experten! Aber dann spürt man, was Oma *Seerosenduft* nennt.

Es gibt keinen Duft, mit dem man ihn vergleichen oder beschreiben könnte. Und niemand kann sagen, wo er herkommt - aber er ist da!

Oma hat also Recht! Es gibt diesen Seerosenduft!

Wie immer Alice dieses Wunder für Oma geschaffen hat, es ist das „Non –Plus" des Abends und weit darüber hinaus! Und die Mixtur wird Alice' Berufsgeheimnis bleiben!
Ob man Alice nun mag oder nicht: Hier bestaunen Freund und Feind die Einmaligkeit ihres Schaffens!

Opa hat Oma vom Teich unter einem Vorwand während der Bauphase ferngehalten. Sie sollte sein Geschenk nicht vor dem heutigen Tage sehen!
Und zum zweiten Male zeigt sie atypische Emotionen. Sie umarmt ihren Mann, legt ihren Kopf an seine Brust, weint und flüstert

*„Danke!"*

Am heutigen Abend, und wahrscheinlich noch an vielen anderen Tagen, wird sie von ihrem Platz hier am Teich so schnell nicht mehr weichen.
Sie wird die Seerosen gießen, die Plastik-Schwäne füttern, und vieles mehr.

Leon fühlt sich in dieser Gesellschaft als Ausgestoßener. Man meidet ihn, zumindest seine nähere Verwandtschaft. Opa bemerkt die Situation und „dreht" mit seinem Enkel eine „Runde um's Haus".

*„Ist das tatsächlich noch Omas Auto dort, Opa?"*

*„Ja! Ist es!"*

*„Und warum ist es mit einer Plane abgedeckt, es steht doch in der Garage?"*

„Omas Wunsch, für den Fall, dass eine Windböe das Dach der Garage abdeckt! Aber was sie nicht weiß, es ist abgemeldet. Nur die Autokennzeichen, natürlich ohne Stempel, sind noch dran."

Und dann schmunzeln sie sich verständnisvoll an.

„Schade, könnte es gut gebrauchen, Opa. Mein Wagen hat einen Motorschaden! Würde ihr den gerne abkaufen, auf Raten natürlich!"

„Keine Chance! Aber wie geht's Dir eigentlich so, mein Junge? Machst keinen so glücklichen Eindruck?"

„Kann ich bei Euch schlafen, Opa? Ich weiß, es kommt heute ungelegen für Euch."

„Nein, überhaupt nicht! Natürlich kannst Du bei uns übernachten. Sagst Du mir auch warum?"

„Morgen! Ja Opa? Morgen werd ich es Dir bestimmt sagen."

Im Hause übernimmt immer mehr der Alkohol die Hausordnung! Die Gesellschaft ist polarisiert in „für Leon" und „gegen Alice" oder aber „gegen Alice und gegen Leon", niemals aber „für beide"!

Zu den Letzteren gehören Leon' s Eltern. Sie nutzen mehr oder weniger jede geeignete oder ungeeignete Gelegenheit, ihn auf sein Liebesverhältnis anzusprechen. Entweder hämisch oder zynisch, in jedem Fall aber abwertend und meist hinter seinem Rücken.

Als sein Vater sein verträgliches Alkoholquantum überschritten hat, wird er ausfallend:

„Na, durftest Du auch wieder mal alleine raus? Wo ist denn Deine Mama ha...ha...? Bestell Deinem alternden „Immergrün", dass es ihr noch einmal leid tun wird, mich bei meinem Dienstherrn angeschissen zu haben! Aber er hat diesen Quatsch ohnehin nicht geglaubt".

Und dann rastet Leon aus. Er hastet zu seinem Vater, und als er gerade seine Hand hebt, haben sich zwei männliche Gäste als Rammbock zwischen die Streithände positioniert und verhindern einen Eklat, möglicherweise sogar ein Familienunglück.

Denn auch seine Frau, also Leons Mutter, glaubt nun plötzlich, ihren Mann zumindest verbal unterstützen zu müssen:

*„Und wenn wir schon mal dabei sind: Sie wird auch noch bereuen, meine Familie zerstört zu haben!*
*Für alles im Leben muss man bezahlen. In diesem Fall werde **ich** dafür sorgen!"*

Dafür ernten die beiden **keinen** Beifall.

*„Hört mal, Ihr Beiden! Das sind massive Drohungen! Dir muss ich das ja wohl nicht erklären, Heinz! Aber an Deiner Stelle wäre ich doppelt vorsichtig mit solchen Äußerungen. Du weißt doch, wie oft solche Dinge Gegenstand von Strafverfahren werden. Vielleicht durch dumme Zufälle! Ich werde jedenfalls nicht verschweigen, sie gehört zu haben, falls ich jemals in die Situation kommen werde, aussagen zu müssen!"*

Er ist ein pensionierter Polizeibeamter und weiß, wovon er redet.

*„Wie meinst Du das? Du pensionierter „Kollegen–Klugscheißer"? Ich kann Dir auch ein „paar" auf's Maul geben. Kannst Du dann gleich mitanzeigen!"*

*„Ich habe gesagt, was ich meine! Und Du hast Dich schon immer überbewertet in allen Situationen. Ohne Deine Uniform hättest Du nicht die Hälfte von dem erreicht, und was Du arroganter Weise, Deiner Unwiderstehlichkeit zuschreibst!"*

*„Sieht Deine Frau das auch so, Du kleiner Ex–Kommissar für „Kinder-Räubergeschichten?"*

*„Nein! Für sie bist Du **mit** und **ohne** Uniform das gleiche Arschloch!"*

Leon zieht sich zurück und schluckt zwei - bis vier Mal drei Klare und zwei Bier. Das alles trinkt er „ex"! Ein bisschen viel Zahlenwerk, wenn man's getrunken hat.

Apropos „Ex".


Auch Yvonne ist zwischenzeitlich zur Gesellschaft gestoßen und meldet sich bei Leon zu Wort.

*„Kann ich Dich mal bitte sprechen, Leon? Nur ganz kurz!"*

*„Wenn Du das schaffst, Yvonne?"*

Sie ist schlank geworden, macht keinen gesunden Eindruck. Später wird er erfahren, dass sie an Bulimie erkrankt ist. Eine Essstörung, die sehr häufig psychische Ursachen hat.
Auch das wirft seine Mutter ihrem Sohn Leon in diesem Augenblick vor: Schuld an Yvonnes Krankheitszustand zu sein.

*„Lass uns in Ruhe Marita, **ich** möchte mit **Leon** reden!"*

*„Ja, Yvonne! Es ist mir ernst. Alice und ich sind ein Paar, und niemand wird das ändern können, so sehr sich hier auch alle mühen!"*

*„Doch Leon – **ich**! Niemals werde ich mich damit abfinden! Ich werde Wege finden, dass Du wieder zu mir zurückkommst. Dass wieder zusammenfindet, was zusammengehört.*

*Zumindest aber, dass Du von ihr loskommst, koste es was es wolle, auch meine Freih..."*

Und es ist wieder der besagte Kripo-Pensionär, der ihr den Mund zuhält. Er hat alles gehört und wollte es gar nicht! Und auch nicht, dass sie sich ins Gefängnis redet!

Leon hält sich weiterhin zurück. Er will einen noch größeren Eklat vermeiden. Er ist aber erstaunt ob dieser Gemeinsamkeit, wenn es darum geht, Alice zu verunglimpfen.

Es gibt nicht wenige, die befürchten, dass diese Geburtstagsfeier eskaliert.

Andererseits gibt es auch nicht wenige die hoffen, dass es passiert.
Wem also kann es das Schicksal nun Recht machen?
Aber das Schicksal ist es gewohnt, immer nur kritisiert zu werden, von welcher Seite auch immer!


Und dann läutet es an der Türe. Opa öffnet.

*„Gibt es das? Ich denke, Du bist verhindert?"*

Aber noch ahnt niemand, welches „Schicksal" vor der Türe steht. Man hört eine Stecknadel auf den Boden aufschlagen, die gar nicht gefallen ist.

In einem Sarg kann es nicht leiser zugehen, zumindest wenn er schon vor der „Grube" steht!

So also hört sich die neugierige Hoffnung auf eine Sensation an!

*„Komm doch rein, die Gäste werden sich freuen!"*

Und mit stolzer Brust kann er wider Erwarten eine schöne Frau und eine begnadete Künstlerin seiner Gesellschaft präsentieren. Aber es gibt eigentlich nur wenige, die sie nicht kennen.

*„Liebe Freunde, liebe Geburtstagsgäste: Ich freue mich, Euch mitteilen zu können, dass Alice Bongartz doch noch zum Geburtstag meiner Frau gekommen ist. Tritt bitte näher, Alice!"*

Alice hat schon ganz andere Auftritte souverän gemeistert, vor größerem Publikum, auch „mit ohne" Mikro!
Einer ihrer alten Wegbegleiter hat einmal versucht, ihr die „Angst vor großen Tieren" zu nehmen und gemeint:

*„Sieh Alice. Und wenn es der Bundespräsident ist, der Dich eingeladen hat, stell ihn Dir einfach auf der Toilette mit heruntergelassener Hose und Hosenträgern vor."*

Na ja! Aber heute sitzt hier niemand auf der Toilette. Zumindest niemand, den sie sich gerne dorthin gewünscht hätte!

Ihre Beine zittern. Also lenkt sie die Blicke der Anwesenden auf ihren Mund.

*„Hallo Frau Breuer! Herzlichen Glückwunsch, auch von mir! Ich hoffe, das Geschenk ihres Mannes hat Ihnen gefallen?"*

*„Hallo Frau Franzen! Wer hat Sie denn eigentlich eingeladen?*

*Leon mein Junge. Warum hast Du mir nicht gesagt, dass Deine Mutter auch kommt?"*

„Es ist nicht Leons Mutter, Schwiegermutter. Es ist Alice Schwarzer, oh sorry! Ich meine natürlich, Alice Bongartz. Sie ist die Geliebte Deines lieben Enkels Leon!"

„Ja Frau Breuer. Und Ihr Schwiegersohn hat noch eines vergessen: Ich war auch mal **seine** Geliebte, also die Geliebte Ihres Sohnes Heinz!"

Eine Situation, die wiederum polarisiert in Menschen, die laut lachen, weil Etikette ihnen fremd sind, und in Menschen, denen das Mitgefühl mit Alice in ihren Gesichtern geschrieben steht.

„Wie auch immer Frau Breuer! Ich habe auch noch ein persönliches Geschenk für Sie. Hier ist eine Eintrittskarte für den CHIO, und zwar für den „Großen Preis von Aachen!" Sie haben einen Ehrenplatz und sitzen neben Professor Dr. Büllbecker!"

„Neben dem „Printenmann? Ist das auch eine Ehre? Ich meine, ich kenne mich da nicht so aus. Aber den Sieger kenne ich doch! Hab ich ihn doch schon 1984 gesehen. Es ist Hans Günther Winkler! Guck ich mir doch nicht zweimal an!"

„Dann wissen Sie sicher auch, wie das Siegerpferd heißt?"

„Klar doch. Es war Halla! Sein Bestes!"

„Stimmt das Alice?"

„Korrekt!"

Und nun ist es so still wie vor ein paar Minuten, als Alice die Bühne betrat. Das Langzeitgedächtnis dieser Krankheit wird wieder einmal seinem Ruf als unauslöschbare Festplatte des Gehirns gerecht.

Neu ist allerdings die Reaktivierung des Kurzzeitgedächtnisses. Aber die Medizin macht ja jeden Tag Fortschritte…

„Für den Fall, dass Sie nicht daran interessiert sind, haben ich Ihnen als kleinen Ersatz noch ein paar Blumen mitgebracht - bitteschön!"


„Seerosen? Sind Sie wahnsinnig geworden? Waren Sie etwa an meinem Seerosenteich?"

„Um Gottes Willen, nein! Ich weiß nur, dass es Ihre Lieblingsblumen sind."

Und dann wieder Heinz:

„Merkst Du was, Alice? Selbst Deine alte Nachbarin nimmt nichts an von Dir, nicht mal das, was Du verschenkst!"

„Umso schöner wäre es dann nur, wenn auch die, von denen ich schon lange nichts mehr wissen will, auch so reagieren würden! Aber diese Spezies versucht es immer noch bis zum heutigen Tag. Es gibt Männer die sind lästiger als Mücken, wenn irgendwo noch ein Licht brennt auf dieser Welt, das sie glauben, umkreisen zu können...Die eigene Hummel zuhause vergessen sie dann nur allzu gerne."

„Was hat diese Schlampe gesagt, Heinz? Du suchst immer noch ihre Nähe?"

„Du hast Dich verhört, sie hat gemeint, deine Tochter sei eine Hummel!"

Was für eine Logik einer dementen Frau – Chapeau!

„Aber leider lässt er es nicht beim Umkreisen, Frau Breuer! Er will wie immer den „crash!"

Und jetzt hat der Alkohol bei Heinz und seiner Frau den letzten Rest ihres selten da gewesenen Anstandes aufgelöst.

„Du redest noch schlimmeren Scheiß als meine wirre Schwiegermutter, Alice. Und sie ist dement! Aber wer weiß? Vielleicht hast Du ja auch schon die ersten Symptome?"

Und jetzt meldet sich die Hauptfigur des heutigen Abends, wie man sie kennt, zu Wort:

„Was ist mit Kondomen?"


„Symptome, arme Irre!"

„Was hast Du gesagt, Heinz? Arme Irre? Zu Deiner Schwiegermutter und meiner Frau? Schäm Dich! Und so was ist mein Schwiegersohn..."

„Ich mich schämen? Was müsstest Du dann tun, Schwiegervater? Wie oft warst Du denn in letzter Zeit in der Soers, bei ihr auf dem Hof, um konkret zu sein?"

„Frau Breuer. Leon und ich sind jetzt weg. Lassen Sie sich nicht diesen schönen Tag verderben, selbst wenn einige Familienmitglieder das mit aller Kraft versuchen!
Ihr Schwiegersohn hat weder Benehmen noch Respekt! Weder vor Menschen und Krankheit - noch weniger vor dem Alter!
Darum wird er auch niemals bei der Polizei Karriere machen. Er war, ist und wird immer eine kleine, graue Maus bleiben, ein polizeidienstlicher Nobody. Aber so kennen die Kollegen ihn ja!"

„Ich bin also eine kleine graue Maus, ja?"

Leon:

„Lass gut sein, antworte ihm bitte nicht, Alice!

Und was ist meine Oma, Vater? Eine arme Irre, ja? Aber Du bist ähnlich krank, aber hältst dich für gesund. Ihr seid euch quasi ähnlich...! Nein, das wäre eine gemeine Beleidigung für meine Oma!"

„Nimm Deine „Tennie–Spätlese" unter den Arm und verschwinde, Leon, aber für immer!"

Und dann hat niemand der Anwesenden eine Chance einzugreifen.

Alice macht zwei Schritte vor und verabreicht Heinz eine schallende Ohrfeige.

Zuerst sehr perplex, greift er dann aber Alice' Arm und schüttelt sie durch. Und noch bevor die Umstehenden verstehen ,was passiert ist, ist Heinz zu Boden gegangen, -niedergeschlagen vom eigenen Sohn - zum Teil! Den anderenTeil hat der Alkohol besorgt.

„Du bist schon lange nicht mehr unser Sohn, Leon! Aber jetzt sehen auch die Menschen hier, warum das so ist. Du hast Dich soeben selbst entlarvt."

Auch seine Mutter ist auf dem Boden neben ihrem Mann zusammengesunken, wobei auch hier der Alkohol maßgeblich beteiligt war, aber zugegebener Maßen auch eine tiefe Enttäuschung und die Erkenntnis der eigenen Ohnmacht.

Und Alice setzt noch einen drauf! Auch sie ist tief gedemütigt und die gesamten Rachegelüste finden sich in ihren Worten wieder:

„Leon gib auf! Er ist Dein Vater und **wahrscheinlich** auch Dein Erzeuger!
Lass uns fahren, bevor noch ein Geständnis über Deine „Schwangerschafts – Herkunft" folgt, von wem auch immer! Heute ist alles möglich oder anders ausgedrückt: nichts unmöglich!"

Leon erlebt den ersten Teil der „Heimfahrt" noch im Kampfmodus – aggressiv - impulsiv – verbal unkontrolliert.
Aber Alice ist schon ein paar Tage länger auf dieser Welt, um nicht zu wissen, wie man mit so einer Situation umgeht.

„Hallo Leon! Bitte aussteigen, wir sind zu Hause! Leon bitte, werd wach!"

„Ach Opa, noch 5 Minuten, bitte. Dann steh ich ganz bestimmt auf!"

„Leon! Du bist nicht bei Deinen Großeltern, Du bist auf dem Hof! Du bist mit mir nach Aachen gefahren!"

„Bin ich das? Du hast doch gesagt, ich solle besser gleich in Gillrath bleiben!"

„Ach, sieh an! Daran erinnerst Du Dich sogar im volltrunkenen Zustand! Dieses Gen hast Du wahrscheinlich von Deiner Großmutter geerbt, „temporäres Erinnerungsvermögen" trotz Volltrunkenheit oder Demenz! Beachtenswert!"

„Lass mich raus, ich möchte auf mein Zimmer, Alice!"

„Du hast mich einmal in „**deinem** Zustand" auf **mein** Zimmer gebracht. Heute ist die Zeit, mich zu revanchieren, nein, zu danken. Ich war ein

*Leben lang darauf bedacht, bei niemandem in Kreide zu stehen! Gib mir Deinen Arm!"*

*„Alice, wir können das nicht wiederholen! Weil ich kein Kleid trage!"*

*„Na und? Dann zieh ich Dir Deine Hose aus!"*

*„Geht trotzdem nicht! Es donnert und blitzt nicht!"*

*„Stimmt! Dann stell ich eben die Nachttischlampe auf Intervall!"*

*„Und der Donner?"*

*„Ich lasse einfach einen Kochtopf auf die Fliesen knallen!"*

*„Ha...Ha...Okay, Alice! Fast an alles gedacht! Hast nur vergessen, dass der Alkohol, ich meine rein biologisch, wichtige Utensilien inaktiviert hat!"*

*„Ich denke, diese „Utensilien" sind damals doch auch nicht zum Einsatz gekommen?"*

*„Hast Du sie denn bemerkt, Alice?"*

*„Hör auf, sonst schläfst Du in der Pferdebox!"*

*„Nicht so schlimm, wenn nur die Stute nicht auch noch rossig ist!"*

*„Du meinst – wie... Hast Du dabei jemand bestimmten im Auge – vielleicht sogar mich?"*

*„Hast Du vielleicht Eisen unter den Füßen?"*

*„Ja, aber nur wenn ich nebenan in der Eissporthalle Schlittschuh laufe!"*

Einige Wochen gehen ins Land und der Nürburgring ist bereits im arbeitsbedingten Vorbereitungsmodus.
Leon hat sich bis zu diesem Zeitpunkt nicht mehr bei Kurt gemeldet, was aber nicht bedeutet, dass er den Termin „Rock-am-Ring" vergessen hätte – im Gegenteil!
Aber dennoch fürchtet er sich vor dem Tag, wenn er erneut mit Alice darüber reden muss. Und dafür hat er seine Gründe. Nein, es ist mit

Sicherheit nicht sein Desinteresse an diesem Event. Auch hier im Gegenteil!

Es ist die bekannt unangenehme Frage: „Wie sag ich's meinem Kinde?"
Schließlich hat er noch das Gesicht vor Augen und ihre Worte im Ohr, als er seine, zumindest aus seiner Sicht, bescheidene Bitte, ihr zum ersten Mal vorgetragen hat. Andererseits hat er seitdem viele Pluspunkte gesammelt. Nicht zuletzt, als er sie vehement gegen die körperlichen Attacken seines Vaters verteidigt hat.

Macht schließlich auch nicht jeder Sohn! Seither hat er ihr fast jeden Wunsch von den Augen abgelesen und tatsächlich auch viel öfter in diese geschaut. Und was sind schon drei Tage im Leben von zwei Menschen die sich über alles lieben!

Schließlich…

*Auf Zeit trennt das Leben -*

*auf ewig der Tod!*

Und dann denkt er über seine Taktik nach:

Soll ich mir eigentlich einen Spickzettel machen, damit ich auch keine Argumente vergesse? Aber dort müssten dann auch die Gegenargumente darauf stehen, Alice ist schließlich nicht blöd!

Okay...man kann doch beim Aufschreiben schon mal was vergessen...oder?

Und in Gillrath?

Hier dreht sich die Welt mehr oder weniger immer noch um Oma Breuers Fünfundsiebzigsten.

Es gibt nicht mehr viele „kulturell - verbindende Veranstaltungsorte", wie die Pizzeria  oder den Fußballplatz im Ort, oder wo immer sich die Menschen noch treffen oder versammeln können. Immer aber steht ein Eklat oder ein dörfliches „Eklatchens" des jeweiligen Tages ganz oben auf der Tagesordnung.

Und irgendwie wird die gesamte Familie Breuer mit Anhang involviert, wird aber immer mehr oder weniger auch isoliert.
Vieles ist nicht mehr so familiär wie noch vor dem Fest.

*„Hallo Oma Sofie! Sag mal, ist Onkel Fritz vielleicht in der Nähe?"*

*„Und wer sind Sie?"*

*„Hallo, Oma! Ich bin Alice Bongartz! Deine frühere Nachbarin!"*

Auch Alice vertraut dabei auf die Symptomen des Kurzzeitgedächtnisses.

*„Kenne ich nicht, und ich bin mit Sicherheit nicht Ihre Oma!"*

Hoffnung zerstört!

*„Sofie, gib mir bitte mal den Hörer!"*

*„Wie soll das denn gehen? Der Zuhörer ist doch nicht hier…"*

*„Breuer – bitte!"*

*„Hier ist Alice, hallo Fritz. Alles überstanden? War ja kein schöner Abschluss!"*

*„Na ja! Hattest ja auch Deinen Anteil, um nicht zu sagen eine Mitschuld daran! Sorry, aber das sind nun mal Fakten!"*

*„Wenn Du das so siehst! Wie auch immer!*
*Aber da wir schon mal bei Fakten sind: In meiner Buchführung steht immer noch ein offener Betrag in Höhe von 11. 521,-- € - abgerundet für Dich: 11.520,-- € zu Buche.*
*Hat Leon Dich nicht daran erinnert? Ich hatte ihn darum gebeten?"*

*„Hat der Junge bestimmt vergessen! Na ja - bei all dem Trouble!"*

*„Und Du hast es wohl aus dem gleichen Grund vergessen – oder?"*

*„Ja – tatsächlich, habe ich!"*

*„Macht nichts! Du hast noch 14 Tage Zeit, dann allerdings müsste ich das Mahnverfahren einleiten. Und das wollen wir doch beide nicht – oder? Bis dann!"*

*„Hallo Schatz!"*

*„Hallo Leon! Was gibt's denn, wenn Du mich schon so begrüßt?"*

*„Was soll das, Alice, mach ich doch immer! Aber was ich eigentlich fragen wollte, hast Du was dagegen...?"*

*„Hab ich nicht, oder besser, nicht mehr! Mach was Du willst, wenn Du wieder die besagte Sache meinst.*

*Ich habe mir überlegt, dass es **Deine** Chance ist, **mir** Deine Liebe zu beweisen, weil Du weißt, wie ich darüber denke. Ich gönne Dir das Vergnügen, jedoch nur im Rahmen von Musik und Trinkgelagen, braucht man wahrscheinlich hin und wieder in Deinem Alter. Nein, Leon! Ich meine es nicht ironisch. Aber denke daran, es ist für Dich im Besonderen eine Gratwanderung!*
*Eine falsche Entscheidung und unsere Wege trennen sich. Es ist nicht so, als würde ich Dir dieses Vergnügen nicht gönnen, nur weil ich dem Event nichts abgewinnen kann. Aber eine Entscheidung **dafür** würde bedeuten, dass Du Dich nicht nur **gegen mich,** vielleicht auch gegen mein Alter entschieden hast, sondern **für Dich** und für Deine Jugend! Also eine Grundsatzentscheidung, wenn es so etwas zwischen Verliebten überhaupt gibt. Wenn es denn überhaupt noch Verliebte sind. Denk darüber nach.*
*Unsere Beziehung, vielleicht sogar unsere Liebe, steht unwiderruflich auf dem Prüfstand!"*

## ROCK AM RING

*„Alice, Du weißt, dass ich Dich liebe!"*

*„Ja, ich habe geglaubt es zu wissen. Aber ich wusste auch, dass es einmal vorbei sein würde. Wusste nur nicht, dass es möglicherweise so früh sein wird. Dann werde ich wieder da sein, wo ich vor Dir war!*

*Alleine und von allen Bekannten wahrscheinlich mitleidig oder hämisch belächelt. Ja – und das sogar zu Recht."*

*„Ach das ist Dein größtes Problem! Und ich dachte, die Trennung würde Dir schwerfallen?!"*

*„Natürlich tut sie das, und wie!"*

*„Hab ich gerade aber nicht gehört von Dir!"*

*„Nimm das Kuvert und dann amüsier Dich mit Deinen Freunden! Und noch was: Ich meine es ernst!"*

*„250 Euro? Bist Du verrückt? Das wollte ich nicht! Danke, Alice! Ich werde Dich nicht enttäuschen. Ich möchte noch einmal zu ihnen gehören, nicht mehr und nicht weniger!"*

*„Halt das Geld bitte, und zieh es von meinen Schulden bei dir ab!"*

*„Nein, Leon, Du musst lernen, dass das zwei verschiedene Paar Schuhe sind!*

*Über meine Enttäuschung sprich mit mir, wenn Du zurück bist! Aber sei dann ehrlich zu mir. Eine Enttäuschung schmerzt, aber eine Enttäuschung in Zusammenhang mit einer Lüge ist mehr als eine Enttäuschung und mehr als ein Schmerz. Es kann der Zusammenbruch der Seele sein!"*

*„Darf ich heute Nacht nicht bei Dir bleiben Alice?"*

*„Natürlich darfst Du das, Leon, aber ich möchte es nicht! Du hast Dich bedankt, nicht mal das wollte ich - und nun geh!"*

*„Wie meinst Du das - Alice?"*

*„Das weißt Du, da bin ich mir sicher!*
*Ach ja! Und noch mal: Dieses Geld ist ein Geschenk von mir, **mein** Beitrag zu **Deinem** Vergnügen. Du musst also den Betrag nicht unter „Verbindungen" verbuchen!*
*Wenn Du morgen früh abgeholt wirst, sei bitte nicht zu laut! Und bis dahin möchte ich keinen Kontakt mehr, nicht böse gemeint, Leon! Gute Nacht!"*

*„Gute Nacht wer oder was, Alice?"*

*„Gute Nacht, Leon!"*

*„Nicht mehr? Für heute soll das genügen. Später werden wir sehen!"*

*„Du traust mir nicht, oder?"*

Leon wird und kann nicht schlafen! Und schon wieder raubt Goethes Faust ihm den Schlaf: *Zwei Seelen schlagen ach in meiner Brust!*

Am nächsten Morgen fahren zwei Wagen mit insgesamt sieben Personen „Lebendinventar" vor.

Leon wartet schon vor dem Hof, um Alice nicht zu stören.

*„He Alter – wohin willst **Du** denn verreisen? Wir fliegen nicht nach Mallorca. Schaut mal Leute! Da kommt unser „Golden Boy" – 1 Koffer und 2 Taschen. Hast Du Klamotten und Verpflegung für die ganze Clique eingepackt? Du brauchst exakt 2 Unterhosen – 1 T-Shirt zum Wechsel von links auf rechts und vielleicht noch ein Cape. Der Ring ist immer für ein Gewitter gut. Also, pack wieder aus!"*

Leons Platz ist die einzig noch freie Sitzfläche in Kurts Wagen, und ist, wie könnte es auch anders sein, wenn der Teamchef Kurt plant, neben Beate, kurz Bea genannt.

*„Wie lange brauchen wir noch Kurt?"*

*„Ist doch scheiß egal! Du hast doch eine nette Begleiterin neben Dir! Ich denke, so eine knappe Stunde noch!"*

Jede Minute ist eine Minute zuviel, wenn man seit knapp einer Stunde nur zwei Worte von der Angesprochenen zurückbekommt. Der nächste Versuch…

*„Beate, warst Du schon einmal am Ring?"*

*„Nein! Aber ich hatte mal einen solchen von meinem damaligen Freund…"*

*„Ich meine, warst Du schon mal bei Rock am Ring?"*

*„Nein!"*

*„Dann bist Du bestimmt neugierig oder?"*

*„Ja!"*

*„Hast Du schon mal im Zelt übernachtet?"*

*„Nein!"*

*„Dann bist Du bestimmt neugierig oder?"*

Mein Gott – jetzt geht's auch schon bei mir los!

Und hinter dem Steuer und auf dem Sozius werfen sich zwei Menschen weg vor Lachen.

*„Geht es Rudi schon besser?"*

*„Ja!"*

*„Er hat keine Schmerzen mehr?"*

*„Nein!"*

*„Weißt Du schon, wann er voraussichtlich entlassen wird?"*

*„Nein!"*

Was für eine Frau! „Ja" - „nein" – „ja" - kein „vielleicht" – kein „könnte sein" – nein immer eine klare Ansage! Eine Traumfrau für jeden Mann, wenn die Flitterwochen vorbei sind!

Oder aber, dass sie einmal „ja" mit sexuellen Konsequenzen für sie ausspricht!

*„Könntest Du Dir eigentlich vorstellen, dass wir diese Tage zusammen verbringen, schließlich sind wir beide solo!"*

*„Ja!"*

*„Und würdest Du Dir das auch wünschen?"*

*„Hmm...?"*

Und die Beifahrer auf den Logenrängen im Wagen brüllen vor Lachen.

„Leiser" geht es leider wirklich nicht!

*„Bea! Wenn Du es Dir doch wider Erwarten, ich meine, gesetzt den Fall es könnte sein, noch einmal anders überlegst, würdest Du das mich auch wissen lassen, aber nur wenn es Dir nichts ausmacht?"*

*„Mal sehen!"*

Hallo! Leon zuckt zusammen! Falscher Text! Ein Fremdtext und das mit so einer vielsagenden Prognose für den Rest des Kurzurlaubs! Was ist passiert?

*„Hast Du Dich jetzt versprochen, Bea?"*

*„Nein!"*

*„Gott sei Dank! Und ich dachte schon, ich müsste mir Sorgen machen!"*

*„Nein!"*

*„Ich bin beruhigt!"*

So zugetextet mit wortloser Konversation erreichen Leon und seine Crew das Ziel. Was für eine Erlösung! Und seines ganzen Frustes entledigt er sich mit einem lauten Schrei beim Verlassen des Autos, fast wie der Schrei von Tarzan im Urwald, als er Jane zum ersten Mal sieht. Heute ist es anders rum, heute möchte „Tarzan" „seine Jane" am liebsten zum letzten Mal sehen.

Nach Lachen, wie es die beiden Anderen immer noch tun, ist ihm aber nicht!
Er „sprengt" sich aus einem Reservoir der räumlichen und mentalen Eingeschränktheit und endlich frische Luft!
Atmungsgfreiheit!

Und als die „rock-erfahrenen" sechs Mitglieder der Crew sich um die Fertigstellung der Unterkünfte in Form von zwei Zelten mit einer lt. Beschreibung garantierten
Übernachtungsmöglichkeit  für jeweils 4 Personen pro Zelt kümmern, haben Bea und Leon freiwillig das Catering in Form von Grillen und Getränken übernommen!

Und da sie bei den Trinkgelagen sich selber auch nicht ausschließen, führt dies selbst bei Bea zu ungeahnten Konversationen. Und diesmal sogar in Form von zusammenhängenden Worten und Sprüchen, und einige von ihnen sind nicht einmal unanzüglich.

Während von den „Montagearbeitern" mit jedem in die Erde versenkten Zelthering dieser Erfolg mit einem Wodka begossen wird, halten es die beiden Köche ähnlich: Jede gegrillte Wurst – ein Wodka – Prost!

Und dann ist Richtfest!

Zwei Servietten werden als Richtkranz an den Spitzen der Zelte angebracht- und fertig!
Das Diner ist zum Genuss aller erfolgreich verteilt, und jetzt folgt der Nachtisch!
Also erstmal ein „Magenberuhiger" zwecks Verhinderung von Reflux – also der Rebellion der Magensäure.

*„Und wer bezieht nun welches Zelt?"*

*„Ganz einfach: links die Mädels und rechts die Jungs!"*

Der Vorschlag von Kurt – dem „Chef-Coach", man höre und staune!

Und wieder Judith:

. *„Wie langweilig! Wir sind doch nicht im Internat! Okay, grundsätzlich geht es wahrscheinlich nicht anders, aber man könnte es gedanklich einmal anders durchspielen!"*

*„Kannst du uns mal erzählen, wie Du Dir das „anders" vorstellst, Judith!"*

*„Klar Kurt! Also das Spiel soll uns, natürlich nur theoretisch, aufzeigen, was die Konstellation der Zeltbelegung ergeben würde, wenn das Schicksal entscheiden würde!"*

*„Und wer spielt das Schicksal, Judith?"*

*„Diese leere Flasche Wodka hier!"*

*"Ich denke, jetzt hast Du uns alle neugierig gemacht! Also los!"*

*„Okay: Wir legen die Flasche auf den Campingtisch, und zwar in die Mitte. Jemand von uns bekommt die Augen verbunden und dreht die Flasche. Wir stellen uns in der Runde um den Tisch und, zum Beispiel Bea, als Jüngste, dreht die Flasche.*
*Der oder die erste, auf den der Flaschenhals im Ruhestand zeigt, müsste das Zelt Nummer 1 beziehen der Zweite das Zelt Nummer 2, usw. immer im Wechsel.*
*Also Bea! Augen verbinden und drehen!*

*Eindeutig Leon! Der Flaschenhals zeigt auf Dich. Also stell Dich bitte vor das Zelt   Nr. 1!*

*Und weiter!*

*Sarah, Du bist an der Reihe! Stelle Dich bitte vor Zelt Nr. 2!*

*Und weiter geht's mit Spiel Nr. 3!"*

Es ist überdimensional laut im Umfeld des weiten Geländes. Gegröle, Musik, nur hier ist es mit einem Schlag in Anbetracht der „Schicksalsentscheidungen" durch die Flasche fast ruhig. Es ist, als würde ein Stromschlag durch ihre Körper jagen, wenn die Flasche „Pause macht".
Sie schauen sich alle zur gleichen Zeit an, um im gleichen Augenblick ihre Blicke zu senken. Ein Szenario, das als Unterhaltung gedacht war, verfällt jetzt für gefühlte Unendlichkeiten in Sprachlosigkeit.
Sie verharren in gemeinsamen Gedanken, ohne jemals mit einem anderen darüber zu sprechen.
Aber die meisten kennen sich schon zu lange, um nicht die Gedanken eines jeden Anderen zu kennen.

*„Mein Gott, ist grad ein Unglück passiert? Ihr seht zumindest so aus! Es war ein Spiel! Nicht mehr und nicht weniger! Aber ich denke, wir hören auf damit und trinken stattdessen alle einen Wodka. Also, liebe Freunde, prost auf unsere Freundschaft!".*

...die nicht gerade überzeugende Ansprache des Häuptlings Kurt an seine Indianer.

Und in den folgenden Stunden wird alles getrunken, was flüssig ist und nach „Sprit" riecht. Besonders beliebt: Wodka – Lemmon! Bier gehört quasi zur Beilage wie der Salat zum Menü. Alles wird getrunken – außer nichts.

Und so präpariert, geht's zu den Musikbühnen. Verpflegung in Form von Dosenbieren in den Taschen gehört natürlich zur Ausrüstung! Man steht also vor den Großen dieser Musikbranche im Abstand von wenigen Metern! Hört ihnen zu und jene, die, die Texte beherrschen „singen" mit. Und nahezu alle haben ihre Arme von hinten über die Schultern ihrer Partnerinnen gelegt und tanzen gemeinsam auf der Stelle.

*„Und?"*

*„Bitte?"*

*„Komm schon!"*

Es ist Bea, von der diese Einladung ausgeht, zur vollständigen Überraschung von Leon. Er zögert ein weinig, wirkt erstaunlich unsicher, aber es macht ihn gleichzeitig auch neugierig.

*„Kannst auch da bleiben!"*

Aber Leon wäre nicht Leon, würde er so etwas ausschlagen, auch wenn er den „Erfolg" für sich im Augenblick noch nicht überschauen kann.
Und schon bald hat er sich eingefügt in das allgemeine Feeling dieser Atmosphäre, das fast alle Anwesende zu beseelen scheint.

Auf dem „Heimweg" gehen die beiden zwar getrennt, im Gegensatz zu den Andern.

Aber dennoch so dicht beieinander, dass ihre Hände sich berühren – nein – nicht zufällig.

Am nächsten Tag das gleiche Procedere. Grillen – essen – trinken – tanzen vor den Bühnen.

Und doch wird dieser Tag ganz anders als gestern verlaufen.

Es ist so gegen Mitternacht, als ein Gewitter aufzieht. Nichts Neues am Ring! Und deshalb sind die Freunde darauf vorbereitet. Jeder hat einen Plastik–Umhang, ersatzweise eine Plastiktüte dabei. Alle - bis auf Bea. Sie hat daran nicht gedacht, oder nicht darum gewusst. Aber dafür hat sie etwas Anderes! Panische Angst vor Gewittern. Eigentlich mehr vor dem Donnern, als vor den Blitzen.
Und so zuckt sie auch jedesmal beim Grollen über den Wolken zusammen.
Als die ersten Tropfen fallen und das Gewitter näher rückt, gibt es kein Halten mehr. Sie will schnellstmöglich zum Zelt. Die übrigen Mitglieder scheinen dem Wetter trotzen zu wollen.

Als Bea sich auf den Weg macht, so mitten durch das Dunkel und wahrscheinlich das Zelt nicht findet, hält es Leon nicht mehr.
Er rennt ihr hinterher und teilt sich sein Cape mit ihr. Dem Geraune und Verblüffung der Clique bezüglich seiner „Hilfsbereitschaft" entgeht er auf diese Weise.

„Kannst Du bei mir bleiben, bis das Gewitter vorbei ist? Ich sterbe sonst vor Angst!"

„Um Himmelswillen, bloß das nicht! Es starben schon zu viele Menschen, sogar Unwetter!"

„Wieso das denn? Auch alle bei „Rock am Ring"?"

„Nein, weniger. Eher beim „Großen Preis von Deutschland". Zum Beispiel: Aryton Senna auf William-Renault am 01. Mai 1994!"

„Der ist auch hier aufgetreten?"

„Aufgefahren, Bea! Er war Formel 1-Rennfahrer. Aber lassen wir das! Ich warte draußen, bis Du umgezogen bist!"

„Warum das denn, Leon! Komm rein! Oder hast Du noch keine Frau in Unterwäsche gesehen?"

„Auch! Aber eigentlich mehr „mit ohne!"

*Für manchen Mann ist die Intelligenz einer Frau*

*erotischer als ihr Körper!*

*Es kann daher durchaus sein,*

*dass Sexualität mit einer unintelligenten Frau*

*für ihn unerotischer ist,*

*als Sexualität ohne Frau!*

So nahe liegen Körper und Geist also beieinander!

Auch Leon zieht sich bis auf seinen Slip aus.

Und dann sieht er auch Bea „mit ohne Slip". Eigentlich sieht er sie mit ohne alles!

So oder so ähnlich zumindest hat er es an anderer Stelle schon einige Male erlebt!

Auch die These:

*Viele Frauen sind oftmals Mogelpackungen!*

*Denn es ist nicht drin,*

*was drauf steht!*

Und dennoch macht er eine sehr lebenswichtige Erfahrung:

*Wer hungert, verzichtet gerne auf ein Filet,*

*sondern nimmt, was satt macht.*

*Zur Not auch ein vertrocknetes Brötchen!*

Es kommt schlicht und ergreifend also nur auf den Nahrungsbedarf an!

Sein großer Irrtum!
Hier liegt allem Anschein nach keinesfalls ein vertrocknetes Brötchen auf der Matratze!
Die antiquitierten Kleider Bea's haben ihren makellosen erotischen Körper verheimlicht. In solchen seltenen Fällen untertreibt die Packungsbeilage um Längen den Inhalt!

Und das aktiviert seine Intensionen.

*„Komm, ich reib Dir die Haare trocken, Bea!"*

Und als er ihren Kopf zwischen seinen Händen hält, hält auch **er** inne. Seine Hände ziehen ihr Gesicht zärtlich an seine Wangen. Sie schauen sich verunsichert an, bevor seine Lippen ihren Mund berühren.

Und es folgen zum wiederholten Male jene oft zitierten 10 Sekunden vor dem ersten Kuss.
Heute und hier müssen auch 5 Sekunden genügen. Mehr Vorlauf zu den Rückkehrern von der Musik bleibt ihnen nicht.

Und sie lässt geschehen...eigentlich mehr noch!
Dann fallen ihre Körper auf die Luftmatratze, ohne, dass sie voneinander losgelassen hätten. Und was im Stehen begann, vollenden sie im Liegen - lange, intensiv, leidenschaftlich, tabulos. Alles scheint erlaubt!


Und wo ist ihre Angst vor Gewitter? Wahrscheinlich im Donnerrollen untergegangen!
Es wird eine Nacht, die mehr will, als nur dieses eine Mal. Ja, so kann man sich irren, selbst ein „Profi" wie Leon!

*„Wärmst Du mich ein bisschen. Ich zittere, aber nicht vor Kälte!"*

Leon zieht ihren Körper in seinen Schoß und sein starker Arm legt sich um ihre Taille. Dass es nicht mehr gewittert, ist beiden nicht aufgefallen, denn sie haben ihre eigenen Blitze!

*„Was wird die Zukunft bringen – das „Morgen"? Schlechte Gewissen oder schöne Erinnerungen, Leon?"*

*„Wahrscheinlich beides. Aber vielleicht noch mehr. Vielleicht den Beginn einer neuen Situation, der wir uns dann stellen müssen!"*

*„Wie nennst du das? Eine neue Situation? Aber dennoch: So weit bist Du schon, Leon?"*

*„Mit Sicherheit nicht, Bea! Aber so weit, dass ich überlege, wie Du wohl reagieren wirst."*

*„Wenn ich das wüsste...aber sollten wir dies nicht einfach der Zukunft überlassen? Sie wird die Antworten für uns finden!"*

Irgendwann müssen sie wohl trotz der Geräuschkulisse eingeschlafen sein. Schön müde und mit wunderschönen Visionen, zumindest was Bea betrifft!
Und so ist auch zu erklären, dass beide nicht hören, dass sich ihre Clique den Zelten nähert.

Vielleicht ist es eine „intermaskuline Intension", die Kurt in seinem Wortlaut immer kräftiger werden lässt. Außerdem pfeift er aus voller Brust die „Cliquen – Hymne".

*„Kurt, warum pfeifst Du so laut? Mir schmerzt mein Ohr!"*

*„Tu ich das, Renate? Ist mir gar nicht aufgefallen. Außerdem habe ich gute Laune!"*

Und ein kleiner Schubs gegen ihre Rippen bringt ihr Gehirn auf Trapp.

Auch Leon hat es gehört und hat alles verstanden. Flucht ist das Gebot der Stunde, und zwar in das andere Zelt.

*„Trinken wir noch was oder gehen wir gleich auf die Matratzen?"*

*„Noch ein Absacker für alle! Nur die beiden lassen wir schlafen."*

*„Sie können einem leid tun, beide sind ja sooo alleine!"*

*„Glaubst Du das wirklich, Kurt?"*

*„Und warum glaubst Du das nicht? Sieh mal, wie friedlich sie in ihren Zelten liegen! Die Eine im linken – der Andere im rechten Zelt!"*

*„Steck es weg!"*

...ist die Aufforderung von Renate, und steckt Leon heimlich sein T-Shirt zu.

*„Es hat sich in unserem Zelt verirrt!"*

*„Danke, Renate!"*

Seine Überzeugungskraft ist längst nicht so wirksam, wie Kurt das von sich glaubt.
Und genau das spürt man auf der Heimfahrt.
Man spricht, was man glaubt sagen zu müssen, und verschweigt, was ohnehin jeder glaubt verschweigen zu müssen.
Obwohl Kurt und Renate um das „junge Glück" wissen, meiden Leon und Bea jeglichen Kontakt. So offiziell soll die Beziehung dann doch noch nicht sein. Und wer weiß, vielleicht war es auch nur ein „One–Night–Stand".

*„Machs gut, Alter! Und bestell Alice viele Grüße, oder doch lieber nicht. Lass von Dir hören!"*

**Gehört** hat jedenfalls Alice die Heimkehrer, **vermeidet** es aber bewusst, als Empfangskomitee im Türrahmen zu erscheinen.

Auch Leon zieht es vor, sich in sein Gemach zurückzuziehen. Er hat nur einen Wunsch – duschen, am besten eine halbe Stunde lang! Einfach die letzten Tage herunterspülen. Und vielleicht auch Bea abduschen? So wie er es früher immer gemacht hat, als er noch erfolgreich auf Beutezug war?

So bleibt er jedenfalls eine ganze Weile auf Tauchstation, um „über Wasser" nicht gesichtet zu werden.
Hin und wieder und immer öfter schaut er aber jetzt auf sein Handy.
Er weiß nicht einmal, von wem er eine Nachricht erwartet. Von Alice oder Bea – oder von Bea oder Alice?

Aber heute hat erst einmal Alice ihren Auftritt per „Whats App":

*„Ich habe hier meine Geldkassette, Leon. Die ist Dir ja nicht unbekannt. Es fehlt Geld. Leg den Fehlbetrag zurück, und bring sie mir bis heute Abend vorbei – samt Inhalt! Ansonsten erstatte ich Anzeige!"*

*„He, was ist los, Alice. Es war alles, wie Du es Dir vorgestellt hast!"*

*„Das hoffe ich lieber nicht!"*

*„Was willst Du von mir, Alice. Ich stehle nicht! Oder ist es einfach nur die Retourkutsche für meinen Ausflug?*

*Bist Du eine Schwalbe und fliegst Du schon so tief, um „ganz unten" noch zu ergattern, was es nach dem Unwetter „ganz oben" nicht mehr zu kriegen gibt?"*

*„Wahrscheinlicher ist, dass Du derjenige bist, der fliegt, und zwar vom Hof! Vorher aber mein Geld zurück!"*

*„Und wie willst Du der Polizei beweisen, dass Geld fehlt?"*

*„Überlass das mir! Noch was: Sagt Dir der Name „Beate" vielleicht etwas?"*

*„Ja... ja...sie ist der Freund meiner Freundin, warum?"*

*„Oh, immer noch etwas durcheinander, oder? Ist es nicht eher umgekehrt, wenn überhaupt?*

*Mehr ist sie also nicht? Und wie stehst **Du** zu ihr?"*

*„Wie meinst Du das? Ich habe in den drei Tagen ganz selten neben ihr gestanden...!"*

*„Wohl öfter gelegen. Wahrscheinlich aber weniger **neben** ihr.*

*Noch ein Rat eines an Lebenserfahrung und Lebensjahren Dir überlegenen Mitmenschen? Siehst Du selbst das Alter hat nicht nur Nachteile!*

*Also: Ich würde mir meine Freunde besser aussuchen. Irgendjemand hat über Handy bei mir angerufen und mir Details von ihr und Dir erzählt. Das kann nur einer aus Deiner Clique gewesen sein. Er möchte mich kennenlernen und mir noch mehr von Euch erzählen.*

*Schnee von gestern, interessiert mich nicht mehr! Aber das mit dem Kennenlernen schon. Werd ich mir doch überlegen, jetzt, wo ich wieder leben kann, wie's mir wieder gefällt!"*

In Gillrath weht derweil ein etwas ruhigerer Wind, auch nicht gänzlich windstill, aber immerhin.

Heinz und Marita leben immer noch zusammen, lieben aber noch immer getrennt.

Opa übt sich immer noch in „Nachbarschaftshilfe" bei der „unschuldig - Geschiedenen". Unsinn – ein Widerspruch! Muss eher heißen „schuldlos Geschiedenen".

Aber genau diese Dame wird von Tag zu Tag saurer, da sie zu wissen glaubt, wo „Opa" einen Teil seiner Abende verbringt.

Für Oma kein Problem. Sie verbringt die Tage in ihrer „Sommerresidenz". Und wenn ihr Mann das Licht über dem Teich anknipst, nimmt sie auf ihrer Luftmatratze Platz und „sonnt" sich. Nicht aber, ohne sich vorher eingecremt zu haben. Von wegen Sonnenbrand und so...So kann auch der Regen keinen Schaden anrichten.

Schließlich hat ihr Mann eine „Hunderter-Birne" eingedreht.

Yvonne frisst mittlerweile fast alles und ohne Kontrolle in sich hinein, um es anschließend wieder in die Toilette zu „schmeißen". Der Preis des „Menüs" spielt dabei keine Rolle! Und die paar Groschen Wassergeld…

Jetzt, nachdem die gröbsten Spuren des Schützenfestes verweht sind, ist das Dorf fast wieder zur Normalität zurückgekehrt.

Und Leon?

Kürzlich erst durfte er noch einmal in der Gegenwart seines Alters sein, und das Leben genießen, statt in der Zukunft von Alice leben zu müssen. Was ja immerhin bedeutet: 17 bis 18 Jahre seines Lebens jedes Mal zeitlich und mental zu überspringen.

Und daran denkt er immer öfter, nicht unbedingt sehnsüchtig, aber doch auch ein wenig wehmütig. Sehnsüchtig deshalb nicht, weil Sehnsucht immer bedeutet, sich etwas zu wünschen, ohne es selten zu bekommen. Aber kann er das wirklich nicht?

Normalität hat das Verhältnis der beiden, trotz aller Widerwärtigkeiten, die zwischen Leon und Alice herrschen, mit dem Dorf gemeinsam. Denn in jeder Gemeinschaft gibt es nicht nur „Schön-Wetter-Tage", sondern es gehören auch **Gewitter** zum Klima. Insofern ist es nichts Außergewöhnliches im Laufe eines Jahres. Und es gehört zudem zur Klimanormalität, wenn es auch durchaus spektakulärer als Sonne, Regen und Wind ist! Und es hat auch noch etwas Praktisches: Ein Gewitter reinigt die Luft, so glaubt der Volksmund, und hat dabei vergessen, wie oft sich so ein Gewitter zu einem gefährlichen Brandherd entwickelt hat.

Normalität zeichnet sich auch dadurch aus, dass alles in gewohnten Bahnen verläuft. Man nennt dies auch Alltag. Alle Tage sind anscheinend gleich! Was einerseits sehr bequem sein kann, weil die Tagesabläufe berechenbar sind, andererseits jedoch nicht einer gewissen Monotonie entbehren.
Im Dorfleben fällt diese Einseitigkeit weniger auf, da sie sich auf mehrere Personen verteilt. In einer Beziehung jedoch teilen sich diese Einseitigkeit maximal zwei Personen. Und das kann durchaus zu Konflikten wie Gleichgültigkeit führen, und ein Verhältnis auf Dauer durchaus gefährden.

Diese Gefahr besteht augenblicklich auch bei Alice und Leon. Denn wenn das Schönste in einer Liebesbeziehung nur noch als „normal" empfunden wird, wird man es bald gar nicht mehr empfinden!

Welcher Mensch empfindet schon Normalität? Oder anders ausgedrückt: Welche Normalität führt schon zu Empfindungen? So leben die Beiden trotz anderweitiger früherer Planungen schon eine ganze Weile **nebeneinander.**

...Stagnation ist oft ein tödlicher Infekt in einer Beziehung... Und es gibt nicht wenige Paare, deren Beziehung an diesem Zustand gescheitert ist. Gefühlt ist es wie ein Krimi ohne Spannung, ohne Tod und Täter!

Und irgendwann bricht irgendeiner, oder aber auch beide aus, und suchen einen neuen Kick, zumindest temporär, für den das Leben noch lebenswert erscheint. Und dann sucht man diesen Kick eigentlich gar nicht und findet ihn trotzdem, weil man weiß, wo man ihn nicht vermutet. Manchmal täuscht aber auch diese Vermutung und man wird überrascht – nicht immer angenehm!

Leon hat sich heute nach reiflicher Überlegung, leider nicht unter Abwägung möglicher Folgen, entschieden, den Schritt aus der Tristesse zu wagen. Um es vorweg zu nehmen, es wird ihm gelingen:

Beas Handy läutet. Angenommen! Aufgelegt!

Noch einmal das Gleiche, in allen Punkten! Halt! Nein! Ihr Handy ist jetzt aus!
Was anfangs für Leon noch nach einer Langeweileüberbrückung für ihn aussah, weitet sich jetzt zu einer Ungeduldigkeitsprobe für ihn aus.

Er schreibt eine WhatsApp – und wartet und wartet – keine Resonanz!

*Dabei hat sie genau gesehen, dass ich angerufen habe! Also gut, wenn sie nicht mehr will, ist mir auch egal! Was glaubt sie, wer sie ist. Das war's – und tschüss! Und dann doch...*
*Hat sie wirklich das alles, hat sie **mich** schon vergessen? Nach **so** einer Nacht? Wie glücklich war sie? Oder hab ich mir das alles nur eingebildet? Sie könnte zumindest mit mir reden, nach dem „Zelt – Event"! Oder ist sie aus diesem Grund sauer? Der langen Absistenz wegen? Also Frust pur?*

Dann schreckt er auf! Also doch! Und sein Ego wächst über ihn hinaus!

*„Hi Bea! Ich habe schon ein paar Mal vergebens Dich zu erreichen versucht. Warum hast Du eben nicht abgehoben? Aber erzähl, wie geht es Dir?"*

*„Das solltest Du besser Deine schwangere Bea fragen! Ich meine... so als werdender Vater!"*

Fuck! Alice!

„Alice?"

Und dann schaut er auf sein Handy, was er besser vorher getan hätte! Und nun erkennt er unbehaglich, wie bequem so eine Monotonie des Alltags sein kann.
Und er wird dies mit jedem weiteren Augenblick immer mehr spüren! Eben war die Welt zwar langweilig aber lebbar...ja, und insgeheim sehnt er sie zurück.

*„Bist Du verrückt geworden, was soll das, Alice?"*

*„Ich hatte einen Anruf von einem Deiner Kumpels, denke ich! Er will 2.500 € , um in Holland ein Baby abtreiben zu lassen. Er behauptet, es handele sich hierbei um ein erfolgreiches Ergebnis vom Konzert am Ring! Du und Bea hättet Euch das gemeinsame Erinnerungsstück geschenkt!"*

*„Was für ein Bullshit! Wer sagt denn so was? Kennst Du auch seinen Namen?"*

*„Ist Dir das jetzt wichtig oder zählt nicht eher die Tatsache, dass Du mit diesem PiPi-Mädchen geschlafen hast?*
*Ich diskutiere nicht weiter mit Dir. Räum Dein Zimmer und dann verschwinde vom Hof! Verschwinde! Und zwar für immer! Du passt nicht in mein Leben!""*

*„Hör mir bitte zu, Alice. Können wir nicht morgen darüber reden – bitte?"*

*„Okay, Du kannst morgen ausziehen. Aber reden bloß nicht mehr. Du hast mich zur Genüge belogen. Es kotzt mich an, nein, **Du** kotzt mich an. Zieh aus und zahl Deine  Schulden! Nein andersrum! Mein Leben kann ohne Dich nur besser werden!"*

*Frauen sagen die Unwahrheit -*

*nur Männer lügen!*

*„Alice, der Anrufer wollte Geld von Dir erpressen. Schalte die Polizei ein. Ich kläre **meinen** Part auf **meine** Art!"*

*„Glaubst Du etwa, das hätte ich ihm nicht auch gesagt? Und weißt Du, was er geantwortet hat?*

„Und was wollen Sie der Polizei sagen, wahrscheinlich, wenn ich das Geld abhole…?

Womöglich, dass ich Sie erpressen will? Dann werde ich den Bullen sagen, dass ich den Geldbetrag abhole, den Sie mir zugesagt haben, damit Bea Lange ihr Baby, das auch ein Produkt **Ihres** Lovers, Leon, Frau Alice Bongartz, aus einem kuscheligen Zelt am Nürburgring ist, in Holland von einem vielleicht nicht kompetenten, aber dafür geldgeilen Gynäkologen abtreiben lassen will.

Und Dass Sie das Unterfangen finanzieren, damit die Öffentlichkeit nicht die Nase daran kriegt, dass Ihr Lebensgefährte der Vater ist, weil damit Ihr Image unwiderruflich angekratzt wäre. Argumente mehr als genug, oder finden Sie nicht?

Ach, bevor ich es vergesse: Zeit- und Treffpunkt werde ich Ihnen kurzfristig telefonisch mitteilen….

*„Und jetzt Du Klugscheißer? Schläft mit einer dahergelaufenen Schlampe in einem dreckigen Zelt und schwängert sie auch noch! Weiß der Teufel welche Krankheiten Du hierher geschleppt hast.“*

*„Alice, ich muss rausfinden, wer der Anrufer war. Ich glaube nicht, dass es einer aus der Clique ist, aber wir werden sehen!“*

*„Ist mir Scheiß egal, er bekommt eh keinen Cent von mir. Verschwinde einfach innerhalb der nächsten 24 Stunden, aber nicht, bevor Du Deine Schulden in Höhe von netto 975,- €! beglichen hast!“*

*„Hi Kurt! Kannst Du Dir vorstellen, dass das einer aus unserer Clique war? Oder hat Bea vielleicht gequatscht?“*

*„Beides stimmt mit Sicherheit nicht! Nur Renate und ich wussten davon, Leon.*
*Und auch wir wussten nur, dass Du bei ihr im Zelt warst. Das „Übrige“ war für uns eine „vage Vermutung“.*

*Fuck you!*

*Und Bea? Bist Du denn überhaupt sicher, dass sie tatsächlich schwanger ist? Was ich weiß, ist, dass sie nicht mehr mit Rudi zusammen ist. Aber den Grund kenne ich nicht."*

Nicht unbedingt eine Beruhigung für Leon!

*„Leon, behalt die Nerven. Ich werd sehen, was sich machen lässt."*

Leon bittet derweil seinen Großvater, ihn zum Hof nach Aachen zu bringen.

*„Mach ich mein Junge, aber ich lass Dich vorher raus. Alice muss mich nicht sehen!"*

Leon hakt nicht nach. Er hat andere Sorgen genug!

Auf seinem Bett in Aachen versucht er, den heutigen Tag zu analysieren.
Aber mit diesem Tag alleine gelingt das nicht, zumindest nicht die Ursachenforschung für dieses Resümee.

Dann endlich das Handy.

*„Kurt – sag was Du weißt!"*

*„Leon, das Wichtigste zuerst: Bea ist nicht schwanger – sagt sie. Das bringt uns aber nicht wirklich weiter. Vielleicht aber das: Ich kenn den Anrufer! Es ist Bea's Bruder Jens! Nur **ihm** hat sie andeutungsweise von Euch erzählt. Und da er schon einmal eine Jugendstrafe wegen räuberischer Erpressung abgesessen hat, scheint er die Gunst der Stunde zwecks Aushebung einer Geldquelle erkannt zu haben. Und jetzt versucht er, sie nutzen zu wollen.*

*Also, Alter! Fazit: Vater werden wirst Du also wahrscheinlich nicht! Denk daran: Vater werden ist nicht schwer – Vater sein dagegen sehr!"*

*„Alles gut Du Arsch! Aber trotzdem  vielen Dank! Hast was gut bei mir!"*

Mit dieser Info im Kopf riskiert er, entgegen aller Verbote, Alice in ihrer Wohnung aufzusuchen. Er klingelt nicht mal an der Türe, weil er befürchtet, dass sie ihm „keinen Einlass gewährt", sondern er öffnet mit „seinem" Schlüssel die Haustür.

## DIE ESKALATION

„**Du**? Wie kommst Du hier rein?"

„Mit dem Schlüssel!"

„Spar Dir Deine Witze! Was willst Du? Mir die Schlüssel zurückbringen? Ich hoffe,

 Du hast auch das Geld dabei?"

„Gib mir bitte 5 Minuten, Alice!"

„Dann krieg ich das Geld, ja?

Es ist meinerseits alles gesagt und von Dir will ich nichts mehr hören, also geh endlich!"

„Beate ist nicht schwanger!"

„Ist allenfalls für Dich schön, oder auch nicht, wer weiß...
Mich interessiert es jedenfalls nicht. Oder willst Du mir damit sagen, dass Du nicht mir ihr geschlafen hast? Aber auch das wär mir Scheiß egal!"

„Nein!"

„Was nein?"

„Ich habe einen Fehler gemacht – ja! Und es tut mir furchtbar leid. Ich würde alles dafür geben, wenn ich ihn rückgängig machen könnte."

„Bis zum nächsten Mal – nein! Game over – go home!"

„Aber ich bin doch **hier** zuhause!"

„Du weißt doch, es war einmal – so fangen alle Märchen an...!"

„Noch eines, Alice. Ich kenne den Anrufer."

„Behalt es für Dich!"

„Es ist Beates Bruder. Er ist schon einmal wegen räuberischer Erpressung in Verbindung mit Brandstiftung in Jugendhaft eingesessen!"

„Heiratest ja in einen tollen Clan ein!"

„Ich heirate gar nicht ein."

„Stimmt! Du machst es wie immer! Nicht heiraten, nur auf „alles steigen, was nicht bis drei auf die Bäume ist."

So schaukelt sich die verbale Auseinandersetzung hoch, bis sie schließlich eskaliert.

„Nochmals, und zum letzten Mal, bevor ich die Polizei rufe. Ich möchte mit Dir und Deinem abstrusen Umfeld nichts mehr zu tun haben. Ich werde Dein Zimmer im Hof desinfizieren lassen, um mich vor eingeschlepptem Ungeziefer, Bakterien und Viren zu schützen.

Vergiss Deine Schulden nicht, zumindest nicht die, die Du bei **mir** hast. Über die übrigen wirst Du wahrscheinlich die Übersicht verloren haben, sowohl der Höhe des Betrages wie auch der Namen der Gläubiger nach!"

„Ich bin also Ungeziefer für Dich – ja?"

„Ja! Aber nicht nur DU! Dein „sauberer" Vater, insbesondere aber Dein Großvater, der Methusalem der Infektionsherde..."

„Alice, hör auf - ich warne Dich!"

„Was willst Du? Mich warnen? Und was willst Du verhinderter Erwachsener tun, wenn ich nicht reagiere?"

„Treibe es nicht auf die Spitze!"

„So wie Du? Oder Dein Vater, der mich immer noch stalkt. Oder Deine Mutter, die mir telefonisch mit verstellter Stimme droht, weil sie mir für alles die Schuld gibt."

„Alice, zum letzten Mal, hör auf, wenn kein Unglück geschehen soll."

„Und wenn nicht? Willst Du das Unglück herbeiführen? Oder Ihr alle Drei zusammen? Zuzutrauen wär es Euch allen. Aber sagst Du mir auch noch wie? Ich möchte schließlich wissen, wer mich wie um die „Ecke" bringt, ha, ha?"

„Jetzt ist Schluss! Noch ein Wort..."

„Und dann? Okay! Aus der Reihe aus diesem miesen Clan tanzt eigentlich nur Deine Oma!"

„Lass meine Oma aus dem Spiel! Du weißt, was sie mir bedeutet."

„Was denn? Ich wollte sie doch nur in Schutz nehmen. Wahrscheinlich steht sie jeden Morgen vor dem Spiegel des Alibert-Schranks, schaut hinein und ruft „ihrer Nachbarin", also ihrem Spiegelbild, ein „Guten Morgen" zu, all das, weil ihr sie so weit gebracht habt!"

„Nein, das stimmt absolut nicht, und Du weißt das! Ich hoffe, dass Du auch einmal so krank wirst wie sie, Du Hexe! Das Alter dafür hast Du ja!"

Und als Alice den Briefbeschwerer vom Schreibtisch nehmen will, steht Leon neben ihr und hält kraftvoll ihren erhobenen Arm fest.

**„Lass mich los! Du tust mir weh! Lass meinen Arm los. Au - Du brichst mir den Arm!! Mein Gott – du tust mir weh – au! Was willst Du? Mich umbringen? Lass mich endlich los! Ich kann nicht mehr..."**

Auf dem Hof beginnt der Morgen wie immer – die ausstrahlende Ruhe der Tiere, und der damit verbundene Friede. Man kann ihnen alles erzählen, den eigene Frust und seine Freude auf das gemeinsame Wiedersehen. Tiere können sich nicht mit Menschen reden, aber ihnen alles mitteilen und sie verstehen!

Leon hat schon seinen Seesack gepackt. Sein definitiv letzter Morgen hier. Da ist er sich sicher, und doch wird er sich irren...oder vielleicht doch nicht?

Plötzlich unterbrechen schrille Hilferufe die morgendliche Idylle dieses Landlebens.

*„H...i...l...f...e...!*

*Mein Gott, hört mich denn keiner...*

*H...i...l...f...e...! H I L FE!*

*Ruft endlich die Polizei und den Krankenwagen! Hier ist etwas Furchtbares passiert...Mein Gott...Warum kommt denn niemand?*

*H...i...l...f...e...! Warum hilft mir denn keiner? Meine Chefin...!"*

*„Warum schreist Du so, Maria! Mein Gott, was ist denn passiert? Bist Du überfallen worden? Bist Du verletzt?"*

*„Leon – endlich! Nein, **mir** fehlt nichts! Aber...ab...da ...da drin...?"*

Und dann verliert sie das Bewusstsein!

Leon rennt ins Haus, um ein Glas Wasser zu holen und lässt es vor Schreck zu Boden fallen!

Und nun steht er fast selber kurz vor einem Kollaps...

*„Alice, Alice bitte! Was ist geschehen? Antworte mir doch! Warum sagst Du denn nichts, Alice, bitte! Bist Du gestürzt?"*

Längst hat er sich über ihren Körper gebeugt, streichelt sie, küsst ihr Gesicht.

Eine stumme irreale Kälte hat ihren Körper erfasst. Und das Blut,in der ihr blondes Haar liegt, scheint ebenfalls erstarrt! Ihr Puls schlägt nicht mehr, und auch ihr Herz hat seine Tätigkeit eingestellt. So also fühlt sie sich an - die Totenstille.
So fassungs- und hilflos steht also ein Lebender dem Tod gegenüber…

Und Leon wird klar, dass er zum ersten Mal in seinem Leben den Tod in seinen Händen hält.

Während seine Tränen über seine Wangen auf ihr Gesicht triefen, schießen ihm obskure Gedanken durch den Kopf. Steht er möglicherweise hier vor dem Ergebnis seiner Auseinandersetzung mit der Toten...War er es vielleicht? Sogar, ohne es gewollt zu haben...Befand er sich in seinem Jähzorn in einem Ausnahmezustand...Hat sie nach seinem Verlassen des Hauses einen Herzinfarkt bekommen und ist dabei unglücklich gestürzt? Und es machen sich zweifelhafte Ängste in ihm breit.

*Tränen sind das Ventil der Seele.*

*Schließt das Ventil –*

*ertrinkt die Seele!*

Als er aus dem Haus kommt, hält er immer seine Hände vor sein Gesicht. Er ist fassungslos. Ist er doch oder?
Natürlich ist er das!

*„Maria, Du kannst nicht hier bleiben. Du warst im Haus. Da hast Blut an Deinen Kleidern ... was denkst Du wohl, glaubt die Polizei?"*

*„Aber ich war's doch nicht Leon, das weißt Du doch auch, oder!"*

*„Ich glaube natürlich, dass Du es nicht warst, Maria – aber wissen...na, ja! Ich war schließlich nicht dabei, als Du sie gefunden hast."*

*„Aber Leon, warum sagst Du so was? Warum sollte ich so etwas tun?"*

*„Was ist Maria? Warum schaust Du mich so seltsam an?"*

Wieso kann ein Mann in dieser Verfassung so schnell wieder seine Gedanken ordnen? So rational denken? Seine große „Liebe" ist tot. Denkt er trotz aller Verwirrungen logisch, und zwar zum eigen Vorteil...?

Die Polizei informieren...Krankenwagen anrufen...mich aus dem Kreis der Verdächtigen herausnehmen...oder Letzteres vielleicht doch nur eine Taktik eines folgenschweren Plans? Soll sie etwas vertuschen, was die Kripo ohnehin ermittelt? Die versuchte Vertuschung würde sie doch nur verdächtiger machen, oder?

„Hör zu Leon. Ich hatte gestern meine Haustürschlüssel hier im Haus vergessen. Meine Eltern waren nicht zuhause und deshalb bin ich zurückgekommen."

„Aber da war wohl nichts, Maria, oder? Sonst hättest Du doch wohl nicht bis heute morgen gewartet!"

„Nein! Das heißt, ich weiß es nicht. Wie hast Du eben gesagt: Ich war nicht dabei! Auch ich weiß nicht, wie Euer Streit ausgegangen ist!"

„Du meinst die kleine Meinungsverschiedenheit zwischen Alice und mir?"

„Kleine Meinungsverschiedenheit, ja? Immerhin hat Alice Dich lautstark gebeten, sie loszulassen, weil Du ihr wehtust!"

„Ich rufe die Polizei und Du fährst nach Hause, Maria. Klamotten in die Waschmaschine. Und dann wartest Du, bis die Polizei sich bei Dir meldet!"

„Aber warum denn? Ich bin unschuldig! Nein, Leon! Ich warte hier, sonst mache ich mich verdächtig! Aber vielen Dank für Deine Fürsorge, wenn Dein Rat denn ehrlich gemeint war."

„Maria – noch mal. Wieso schaust Du mich so fragend an? Gibt es einen Grund dafür?"

Aus gefühlt allen Himmelsrichtungen rasen Polizei- und Krankenwagen mit Blaulicht und Martinshorn im Minuten- Abstand in Richtung Soers.

Am Tatort bietet sich den Beamten ein Bild des Grauens.

Die Zimmer durchwühlt. Schränke geöffnet und der Inhalt samt Schubladen liegt verteilt auf dem Boden. Gegenstände sind im ganzen Zimmer verstreut. In allen anderen Zimmern ein ähnliches Bild!
Und zwischen all dieser Unordnung liegt regungslos in ihrer Blutlache der leblose Körper von

*Alice Bongartz!*

Einer der Beamten bückt sich über Alice, bzw. über ihre leblose Hülle. Fühlt ihren Puls...nein, kein Zweifel – **sie ist tot**!

Sofort wird die Spurensicherung zum Tatort geordert, während sich vor dem Haus bereits die ersten Gaffer eingefunden haben.
Wie ein Lauffeuer hat sich die Nachricht von Alice' Tod verbreitet. Verbreiten werden sich aber auch die abenteuerlichsten Geschichten rund um ihren Tod...so als wären alle am Tatort und zur Tatzeit dort gewesen. Aber wer weiß...vielleicht nicht alle, aber vielleicht doch zumindest einer von ihnen!

*„Halt! Niemand betritt das Haus! Das gilt auch für Sie! Bitte zurücktreten!"*

*„Aber ich wohne hier!"*

*„Wie ist Ihr Name?"*

*„Franzen – Leon Franzen..."*

*„Franzen...Franzen...Sind Sie vielleicht der Sohn von unserem Kollegen Heinz Fran...?"*

*„...Ja, der bin ich!"*

Und die beiden Polizisten sehen sich vielsagend an.

*„Ich weiß woran Sie denken"*, wirft Leon ein, ohne eine Reaktion der Polizisten zu bekommen, die er aber auch nicht ernsthaft erwartet hatte.

*„Haben **Sie** die Tote gefunden?"*

*„Nein, es war die Putzfrau, Maria! Sie steht dort hinten."*

*„Halten Sie sich zur Verfügung."*

*„Sie Sind Maria? Sie haben also die Tote gefunden? Erzählen Sie mal, wie und wann war das?"*

*„Das weiß ich fast genau. Es muss gegen 10 gewesen sein. Um diese Zeit beginne ich mit meiner Arbeit hier im Hause!"*

*„Als was arbeiten Sie hier?"*

*„Ich bin die Putzhilfe, aber im Sprachjargon von Frau Bongartz, ihre Haushaltshilfe – so war sie eben."*

*„Seit wie vielen Jahren?"*

*„Seit sechs Jahren - etwa!"*

Und der erfahrene Polizist hakt nach. Er weiß die Aussagen von Zeugen innerhalb der ersten 24 Stunden nach einem Ereignis wie diesem sind die wichtigsten, denn sie beruhen auf frischen Erinnerungen, die das Hirn quasi noch vor Augen hat, abgelegt auf den vorderen Seiten der „Festplatte". Soll heißen, jederzeit griffbereit!

*„Sie haben also die Tote gefunden. Erzählen Sie uns bitte die Situation und bitte erinnern Sie sich auch an Details. Lassen Sie die Zeit noch einmal Revue passieren und erzählen Sie mir auch Dinge, die Sie für unwichtig erachten."*

*„Wie gesagt: Gegen 10 Uhr wollte ich die Türe zum Haus aufschließen. Dann bemerkte ich einen Schlüssel, der von außen im Schloss steckte. Ich zog ihn ab und betrat das Haus."*

*„Wissen Sie, wer außer Ihnen noch einen Schlüssel besitzt?"*

*„Ja! Frau Bongartz, Leon Franzen und ich."*

*„Aber einem der Genannten muss der Schlüssel im Schlüsselloch gehören? Da stimmen Sie mir doch zu? Sie hatten Ihren eigenen Schlüssel in der Hand, bleiben also demnach die Tote und Leon Franzen.*

*Was geschah weiter?"*

*„Ich bin also ins Haus und habe den Schlüssel von der Türe irgendwo im Büro deponiert. Wo genau – ich weiß es nicht mehr... Ich war beim Anblick von Frau Bongartz, die auf dem Boden lag, so durch den Wind...*
*Nach meiner Schockstarre, so nennt man wohl den Zustand nach einem solchen „Fund", bin ich raus! Bloß weg! Raus auf den Hof und habe um Hilfe gerufen. Hier drinnen hätte mich ohnehin niemand gehört."*

„Weil niemand da war?"

„Ja! Aber das habe ich nicht bedacht!
Das heißt doch, ich habe es gehofft, dass Leon mich vielleicht hört."

„Wieso sollte er auf dem Gelände sein?"

„Weil er hier wohnt in einem zum Etablissement umgebauten ehemaligen Stall! Aber, bitte, fragen Sie ihn doch selber – er steht da hinten!"

„Das haben wir heute schon mal gehört, oder Herr Kollege?
Okay! Unsere vorerst letzte Frage. Haben Sie den Schlüssel auf der Haustüre vielleicht erkannt, ich meine, hatte er vielleicht ein besonders Merkmal, ein markantes Schlüsselbund, einen Anhänger oder Ähnliches?"!

„Ich habe befürchtet, dass Sie mich das fragen würden. Wissen Sie Leon und ich..."

„Sie beide hatten eine Beziehung und jetzt möchten Sie ihn schützen?"

„Ich möchte ihn nur nicht belasten. Können **Sie** das verstehen?"

„Durchaus! Aber hier geht es nicht um ein Kavalierdelikt, hier geht es möglicherweise um ein Tötungsdelikt. Das bedeutet, hier kämpft jeder auf seiner eigener Seite um nicht in die Seite des Anderen hineingezogen zu werden. Jeder versucht, seine eigene Haut zu retten - verstehen **Sie** das...?"

„Also gut! Ich kenne den Schlüssel bzw. das Amulette, an dem er befestigt ist."

„Erzählen Sie!"

„Er gehört Leon Franzen."

„Herr Franzen, würden Sie mal bitte zu uns kommen…Danke! Sie haben einen Schlüssel vom Haus - richtig?"

„Ja!"

„Darf ich den mal bitte sehen?"

„Was für ein tolles Amulett!"

„Ein Geschenk von Alice. Ein Willkommensgruß, damals zu meinem Einzug hier auf dem Hof!"

„Damals - war wann?"

„Vor etwa zwei Jahren."

„Als ihr Untermieter oder vielleicht auch als ihr „mehr"?

„Alice und ich hatten eine Beziehung. Deshalb sehen Sie mich auch hier völlig aufgelöst. Ich bin am Ende."

„Sie werden mir vorher aber dennoch ein paar Fragen beantworten müssen. Wenn ich Sie richtig verstehe, war es eine Liebesbeziehung. Wenn ich was Falsches sage, korrigieren Sie mich.
Sie waren heute auch schon im Büro der Toten. Haben Sie irgendetwas angefasst?"

Und Leon versucht, seine Tränen zu unterdrücken.

„Ja!" schluchzt er,

„Ja ich habe Alice, also Frau Bongartz, angefasst! Habe ihr Haar und ihre Wange gestreichelt – ihre Stirn geküsst. Es war furchtbar! Und ich spürte innerlich, wie die Angst in mir aufstieg."

„Angst wovor, Leon? Dass jemand ins Zimmer kommt?"

„Nein – weil ich spürte, dass ich den Tod berührte! Alles war so unheimlich ruhig an ihr. Nicht die geringste Bewegung. Haben Sie schon mal auf den Körper eines Menschen geschaut, der das „Atmen vergessen hat?" Ich glaubte für sie atmen zu müssen, kennen Sie das?
Und ihre Haut war von einer stillen Kälte überzogen, unheimlich..."

„In einer solchen Situationen waren Sie in der Lage, solche Feststellungen zu machen? Erstaunlich...!"

„Empathie gehört wohl nicht zum Unterrichtsstoff auf der Polizeischule. Ich glaubte soeben, meinen Vater reden zu hören, oder?"

*„**Wir** stellen hier die Fragen! Und sind **Sie** froh darüber, Herr Franzen, denn so lange wir das tun, sind wir noch nicht zu der Überzeugung gekommen, dem Täter gegenüber zu stehen. Zumindest würden unsere Feststellungen dem Staatsanwalt nicht ausreichen, einen Anfangsverdacht festzustellen, um einen Haftbefehl auszustellen. Aber warten wir ab, noch sind wir ja nicht fertig.*

*Apropos Staatsanwalt und Haftbefehl.*
*Sollten Sie doch, aus welchem Motiv heraus auch immer, zu der Einsicht gelangen, dass es von Vorteil für Sie sein könnte, mit uns zu kooperieren, indem Sie ein Geständnis ablegen, könnte sich das durchaus, nicht zuletzt, wegen Ihres Alters, beim Staatsanwalt strafmildernd in Bezug auf die Höhe des Strafmaßes auswirken. Glauben Sie mir, im Leben ist nicht alles entschuldbar, aber vieles in seiner Ahndung verhandelbar! Auch – nein gerade - im Strafrecht!"*

Nach eine kurzen Schweigepause...

*„Und was raten Sie demjenigen, der aufgrund des Zusammenspiels unglücklicher Zufälle als Verdächtiger gilt, aber keine Verbrechen begangen hat? Soll er lieber ein Geständnis ablegen, um 3 Jahre in Haft zu müssen, statt 10 Jahre aufgrund einer Indizienlage ohne Geständnis?*
*Glauben Sie, ich weiß nicht, was Sie wirklich wollen? Ein schnelles Ende der „Partie" – ein weiteres Beförderungsindiz für Ihren Chef!*

*Warum sagen Sie nichts, Herr „Kriminaloberrat" und künftiger Polizeipräsident der Dienstelle Aachen in spe und designierter Nachfolger von Herrn Weinspach?"*

*„Werden Sie nicht unverschämt! Ab jetzt antworten Sie nur noch auf meine Fragen!"*

*„Und wann habe ich das nicht geta...?"*

*„Verdammt noch mal! Schweigen Sie endlich!*
*Haben Sie irgendwas verändert oder vom Tatort mitgenommen?"*

*„Was jetzt? Soll ich schweigen oder antworten? Sie müssen sich schon entscheiden!"*

*„Waren Sie in Ihrem früheren Leben Verwandlungskünstler? Eben noch fast in den eigenen Tränen ertrunken, und jetzt versuchen Sie schon witzig zu sein?"*

*Nur ein Clown weint,*

*wenn man nicht über ihn lacht!*

Ein taktisches Manöver also?

*„Nein – ich habe nichts angefasst, nur Alice gestreichelt."*

*„Und Ihr Schlüssel?"*

*„Ja stimmt! Den hab ich aus dem Büro mitgenommen!"*

*„Also doch! Und warum?"*

*„Ich hatte ihn gestern Abend vergessen. Als ich ihn heute auf ihrem Schreibtisch liegen sah, habe ich ihn mitgenommen."*

*„Und warum?"*

*„Und warum? Und warum? Es ist meiner! Außerdem lag Alice tot auf dem Boden. Ich war in ihrem Büro, dann mein Schlüssel... Was wird man wohl, nein, werden Sie wohl glauben oder zumindest denken…? Ich bin doch der Verdächtige, oder? So sehen Sie es doch jetzt wohl?"*

*„Also die Gene eines Polizeibeamtensohnes, oder? Oder wollten Sie vielleicht doch etwas vertuschen?"*

*„Nein! Nochmals: Ich wollte nur nicht, dass mich jemand verdächtigt, wofür ich nicht in Betracht komme!"*

*„Wieso?"*

*„Weil ich es nicht getan habe!"*

*„Weil Sie **was** nicht getan haben, Herr Franzen?"*

*„Ich habe sie nicht umgebracht!"*

*„Wer sagt denn, dass sie getötet wurde?"*

Mittlerweile nimmt der Arzt, Dr. Alfred Kaiser, auf seinem Arbeitsplatz, das sind die Kellerräume der Pathologie, neben dem toten Körper von Alice sein Frühstück zu sich.

*„Guten Morgen, Doc! Oh, Ihr Brötchen ist gerade vom Teller auf den Bauch von Frau Bongartz gerutscht!"*

*„Kannst' mal sehen. Auch Brötchen irren sich. Normalerweise landen sie* **im** *Bauch! Aber macht nichts. Es gibt schlimmere Orte, wo ein Brot auf seine Verwandlung wartet."*

*„Was bist Du für ein Mensch? Bist Du überhaupt einer? Arbeitslos könntest Du eigentlich nie werden! Zur Not steigst Du eben bei Thönnies ein! Ich glaube, Du würdest selbst Deine eigene Frau filetieren, oder?"*

*„Nein! Nur im Notfall, wenn mein Kollege sich seine Krankheit in Form von Stresssymptomen genommen hat! Aber Stress gibt es hier unten nicht! Es gibt keinen ruhigeren Ort im ganzen Hause als hier im Keller!*
*Zugegeben – man ist nie alleine! Aber fast alle Besucher hier sind stocksteif, wenn sie mich sehen, oder so durchgefroren, dass sie nicht mehr reden können.*

*Aber nein! Mein Brötchen klauen, macht hier fast keiner von ihnen. Wenn sie auch*
*weg von zu Hause sind, hat doch keiner die Etikette verlernt, denn sie wissen, wo sie herkommen – leider nicht wo sie hingehen!"*

*„Schluss jetzt! Was glauben Sie, Doc? Wann ist der Tod eingetreten?"*

Und wie in jedem Krimi... immer die ähnliche Antwort:

*„Schwer zu sagen, aber ich denke, sie ist seit 10 bis 12 Stunden tot. Also wahrscheinlich zwischen 20 und 22 Uhr gestern Abend. Genauere Angaben kann ich erst nach dem Frühstück machen."*

*„Todesursache?"*

*„Ein Stich mit einem spitzen Gegenstand in ihre Brust, eigentlich scha..."*

*„Doc...!"*

*„Also: Weniger wahrscheinlich mit einem Messer. Aber eigentlich dürfte der Stich keine lebenswichtigen Organe verletzt haben. Wahrscheinlich hat sie vor Schreck keine Luft mehr bekommen..."*

*„Doc, bitte! Sie wissen hoffentlich, wer da vor Ihnen liegt!"*

*„Natürlich – alles wie immer! Eine Leiche! Wissen Sie, wenn man erst mal so weit ist wie sie, spielen Namen keine Rolle mehr. Sie hören ja nicht mehr zu, wenn man mit ihnen redet. Selbst Petrus fragt nicht mehr, wer sie sind, wenn sie vor seiner Türe*

*stehen."*

„Sie" oder „du" – Etikette spielen keine Rolle mehr bei ihren Unterhaltungen. Sie „duzen" sich, weil sie sich schon lange kennen und „Siezen" sich aus Respekt. Verwechseln aber gegenseitig oft die Reihenfolge!

Es ist dieser makabre Humor, der vermutlich den meisten Pathologen innewohnt, quasi das Equivalent für ihren tristen Job. Aber dieser Doc ist eine ganz besondere Ausfertigung seiner Spezies.
Ihm würde auch der Tod des Papstes nicht näher gehen. Er sieht keinen Menschen, er sieht nur Tote! Auch der Papst ist für ihn einfach nur tot, okay, auch nackt. So haben ihn außer ihm tatsächlich nur wenige gesehen! Vielleicht sein Leibarzt noch! Aber der musste sich selbst beim Abhören der Lunge seine Augen verbinden und die Ohren zuhalten.

Aber eine winzige „Kleinlichkeit" am Körper des „Heiligen Vaters" soll er auch ohne Augenbinde und trotz Lupe nicht gefunden haben! Wie auch? Hat der Papst sie doch nur benutzt, ich meine diese Winzigkeit", bei einem „überflüssigen" Druckgefühl seiner Blase. Für seine zweite Verwendungsmöglichkeit fehlte ihm das Medium, zumindest jetzt als Papst! Früher – ja früher war auch er mal ein „Mann in den besten Jahren"! Und damals – ja auch damals gab es schon Messdiener „in den besten Jahren". Heute sind die „Herren" in den roten bzw. lila Purpurmänteln, Bischöfe oder Kardinäle, bis einer von ihnen vielleicht auch einmal Papst wird...dann trägt er meistens weiß, als Farbe seiner Unschuld!

Ja, der Papst wahrscheinlich in einigen Fällen auch gerne mal fremde Hilfe in Anspruch nehmen...Schließlich hat selbst er nur zwei Hände...und die braucht er für die Kommunionausteilung an seine „Schafe"! Die „Böcke" waren schon zu allen Zeiten bei der Gelegenheit in der Dorfkneipe.

Gerüchte...Gerüchte...

## DIE ERMITTLUNGEN

Nachdem Alice ihren Hof zum letzten Male „verlassen hat", beginnen die Beamten mit ihren Routineuntersuchungen, nicht jedoch ohne vorher das Interieur des Hauses mit einem kurzen, aber intensiven Blick bewundert zu haben. Diese Einrichtung, gepaart mit den durchwühlten Räumen, lässt sie erst einmal an einen Raubüberfall denken. Eine Annahme, die schon bald in ihrer Realität erschüttert wird.

Einer der Beamten findet bei den Sachen am Boden ein Handy neben dem Schreibtisch, das augenscheinlich nicht von der Toten stammt. Mittlerweile ist auch die Mordkommission Aachen, in Person von

Kriminalrat Horst **Paulus** an ihrer Spitze,

den beiden leitenden Beamten **Uwe Bienert,** Kriminalhauptkommissar

und seinem Kollege Kriminaloberkommissar **Kai Hoffmann**

eingetroffen.

Die beiden Ermittler haben sich gemeinsam schon in vielen anderen Fällen als erfolgreiches Team erwiesen.
Das weiß auch ihr Chef zu schätzen. Kaschieren sie doch seine fehlenden Praxisroutine mit ihren langjährigen Erfahrungen, ohne jedoch das Klischee von Krimis im TV von dem unbedarften Chef als Schreibtischtäter hier bedienen zu wollen.

Für die beiden Ermittler ist insbesondere das am Tatort gefundene Handy von Bedeutung.
Und genau hier setzen sie ihre Ermittlungen ein.

„Viermal wurde dieses Handy angerufen, und jedes Mal dieselbe Nummer, und alle in der Zeit zwischen 22.30 und 23.00 Uhr".

„Kai. Ruf doch mal an – bin gespannt!"

„Hallo! Mit wem spreche ich?"

„Wer ist denn dort am Handy?"

„Hier ist die Polizei! Mein Name ist Hoffmann. Sagen Sie mir bitte auch, mit wem ich spreche?"

„Jansen – Sie sprechen mit Frau Jansen! Die Polizei? Mein Gott... Was ist passiert?"

„Wollte ich eigentlich gerne von Ihnen wissen, schließlich haben Sie gestern Abend innerhalb kurzer Zeit viermal diese Handynummer angerufen!"

Und nachdem die Personalien aufgenommen sind, ist das Gespräch vorläufig beendet!

„Eigenartig, wir sollten mal eine Dienstreise nach Gillrath unternehmen und einen Herrn Friedrich Breuer und eine Frau Jansen aufsuchen. Breuer gehört das Handy, und die Jansen ist die Anruferin!"

„Aber zuerst vernehmen wir die Hausangestellte und dem Lover der Bongartz, oder?"

„Also, nimm Du diese Maria zuerst ran!"

„Hallo...Herr Kollege..."

„Ja, ja! Selbst den Tod vor Augen denkst Du immer nur das „Eine"!

„Ich bewege mich nur auf ihrem Niveau, um den Ermittlungen einen realen Background zu geben. Das erleichtert das Vorstellungsvermögen!"

„Hau ab und arbeite endlich!"

Und das tut er!

*„Sie sind also die gute Seele des Hauses, oder?"*

*„Nein! Das war Frau Bongartz, aber sie ist ja jetzt tot!"*

*„Und Sie haben sie gefunden. Erzählen Sie die Geschichte noch ein Mal, bitte."*

Nein, Kai wollte wirklich keine Zeit schinden, um sie, zumindest körperregional bedingt, aus dem Blickwinkel beobachten zu können. Aber dennoch hatte die Beobachtung nun wirklich nur etwas mit seinen dienstlichen Aufgaben zu tun.
Denn so ein Anblick auf wichtige Details hebt die Stimmung...oder was auch immer.

*„Fangen wir einfach mit dem Morgen an, an dem Sie Frau Bongartz gefunden haben, alles andere ist ja schon dokumentiert!"*

*„Aber auch das Andere habe ich schon erzählt!"*

*„Ich weiß. Aber trotzdem noch einmal, bitte."*

*„Ich bin gegen 10 Uhr zum Hof gekommen und wollte die Haustüre aufschließen...*

*Ja! Ich habs ja schon gesagt. Es war Leons Schlüssel."*

*„Was taten Sie dann?"*

*„Ich habe aufgeschlossen..."*

*„Mit seinem Schlüssel, oder?"*

*„Ja! Und dann sah ich das Büro. Frau Bongartz war tot! Sie lag da in ihrem eigenen Blut"*

*„Woher wissen Sie, dass es „ihr Blut" war?"*

*„Von wem denn sonst?"*

*„Könnte auch vom Täter stammen, vielleicht als Folge eines Kampfes! Okay. Erzählen Sie also bei der weiteren Vernehmung nur Ihre realen Wahrnehmungen. Nichts für ungut, aber Rückschlüsse sollten Sie den weiteren Ermittlungen überlassen.*

*Dazu passt noch etwas. Sie sagten, sie „war tot". Woher wissen Sie das?*
*Haben Sie sich davon überzeugt, ihren Puls gefühlt oder Ähnliches?*

„Nein! Um Himmelswillen! Das hätte ich nicht gekonnt. Aber man sah das doch!"

„Das meinte ich eben: Nur noch Fakten, bitte! Man kann aus einer Distanz ein Koma kaum von einem Todeszustand unterscheiden.

*Was haben Sie mit Leons Schlüssel gemacht?"*

„Ich denke irgendwo im Büro abgelegt. Vielleicht auf dem Schreibtisch…?"

„Was denn nun?"

„Ich sage gar nichts mehr! Erst soll ich nur sagen, was ich weiß, und jetzt sage ich das, was ich glaube, und das ist auch wieder falsch!"

„Sorry – war mein Fehler!"

„Wie gesagt, ich bin mir nicht sicher. Ich war so geschockt!"

„Mitgenommen haben Sie den Schlüssel jedenfalls nicht wieder?"

„Nein! Warum auch?"

„Bei Ihrer ersten Aussage unmittelbar nach Eintreffen der Polizeibeamten, sagten Sie, dass Sie am Abend des Tattages noch einmal beim Hof vorbeigeschaut haben? Warum?"

„Ich hatte meinen eigenen Haustürschlüssel vergessen und wollte ihn mir bei Frau Bongartz abholen."

„Wie spät war es?"

„Es wird so gegen 20.00 Uhr gewesen sein."

„Erzählen Sie weiter, bitte!"

„Ich stand also vor ihrer Haustüre und wollte gerade aufschließen – ging aber nicht! Es steckte schon ein Schlüssel im Schloss. Dann hörte ich laute Stimmen aus dem Haus."

„Waren ihnen die Stimmen bekannt?"

„Ja! Es waren Frau Bongartz' und Leons Stimmen. Sie stritten zwar in letzter Zeit immer häufiger, aber nie in diesem Ton und in dieser Lautstärke wie an diesem Abend!"

„Wieso?"

„Frau Bongartz schien zu schreien vor Schmerzen. Sie flehte Leon an: Aua! Lass mich los, bitte! Hilfe! Du tust mir weh!"

„Konnten Sie den Streitigkeiten entnehmen, worum es ging?"

„Nicht wirklich! Aber eigentlich ging es in letzter Zeit immer nur um ein Thema, nämlich um die „Drei-Tagestour zu Rock am Ring", an der Leon zusammen mit seiner Clique unbedingt teilnehmen wollte."

„Und Frau Bongartz war dagegen, oder?"

„Ich denke, sie hatte Angst. Angst, Leon an eine Andere auf dieser Tour zu verlieren. Schließlich fuhr Leon mit seiner alten Clique, Jungs wie Mädels! Kein Teilnehmer älter als 25 Jahre."

„Vielen Dank! Kann nur nicht versprechen, dass es die letzte Anhörung war."

„Ist okay! Und entschuldigen das von eben!"

„Ist auch okay! Schon vergessen."

An anderer Stelle im Präsidium, nur zwei Türen weiter, hört sich das so an:

„Nehmen Sie bitte Platz, Herr Franzen. Sie sind der Untermieter von Frau Bongartz?" – so Hauptkommissar Uwe Bienert zu Leon.

„Ja – bin ich! Und ich bin der Sohn..."

„**Ich** weiß, wessen Sohn Sie sind. **Sie** sollten aber wissen, dass diese Tatsache für die heutige und für jede weitere Befragung oder Vernehmung irrelevant ist. Also bitte..."

„Ich bin Student und wohne seit einiger Zeit hier!"

„Heißt exakt wie lange?"

„So etwa 2 Jahre!"

„Und ohne „etwa"?

„Exakt also zwischen 22 und 26 Monaten!"

„Gilt auch für alle weiteren Antworten - bitte „exakt". Vielleicht nur etwas genauer!"

„Okay!"

„Sie sind bzw. waren „der Mann an Alice Bongartz Seite"?"

„Ja!"

„Und waren wo gestern zwischen 19.00 und 22.00 Uhr?"

Diese kurzen prägnante Fragestellungen, die seinem Gegenüber nur wenige Möglichkeiten bieten, länger nachzudenken, bevor er antworten muß, ist eines der markanten Vernehmungsmodelle dieses erfahrenen Kriminalisten.

„In meinem Appartement!"

„Und haben was gemacht?"

„Musik gehört!"

„Haben Sie einen Schlüssel zu der Wohnung, oder wissen zumindest, wer möglicherweise einen solchen hat?"

„Aber das habe ich doch schon alles zu Protokoll gegeben!"

„Nicht bei mir! Die gleichen Fragen werden sich öfter wiederholen, weil wir wissen möchten, ob auch die Antworten sich wiederholen werden.
So viel zu Ihrem Einwand!"

„Okay!

Ich habe einen, die Haushaltshilfe Maria hat einen, und...ja...möglicherweise auch mein Vat...

*Ach Unsinn, ist ja viel zu lange her und wahrscheinlich hatte er nie einen – war nicht Alice' Art."*

Dieser Hinweis kommt nicht von ungefähr. Für Leon ist es seine Art, sich an seinem Vater für so vieles zu „revanchieren."

*„Ihr Vater gehörte also auch einmal zu Frau Bongartz' Intimkreis?"*

*„Entschuldigen Sie Herr Kommissar! Aber Bemerkungen dieser Art muss ich mir gefallen lassen.*

*Die Tote war meine Lebensgefährtin und ich – ich war auch „einer aus ihrem Intimkreis, wenn ich Sie kopieren darf!"*

*„Entschuldigung, Leon! Aber wissen Sie, in unserem Beruf hören wir fast nur Bemerkungen oder Aussagen, die uns nicht gefallen. Ich hoffe Ihre Aussage gehört nicht dazu.*
*Haben Sie irgendetwas gehört, ein Geräusch oder ein Fahrzeug am Tatabend?"*

*„Nein, habe ich nicht! Ich sagte bereits, ich habe Musik gehört, und hatte die Kopfhörer auf!"*

*„Sie haben an dem Abend Ihr Etablissement also nicht verlassen?"*

*„Nein! Ich denke nicht!"*

*„Sie denken nicht! Ja oder nein?"*

*„Doch. Ich wollte für ein paar Tage verreisen..."*

*„Ein paar sind wie viel? Und wohin?"*

*„Für drei Tage mit meiner Clique zu „Rock-am-Ring"!"*

*„Sie schreiben mir die Namen und Adressen der Cliquenmitglieder auf!"*

*„Aber was haben **die** damit zu tun?"*

*„Ich stelle die Fragen. Aber dennoch: Vielleicht können sie die Aussagen bestätigen oder dementieren oder „neue Baustellen aufmachen"."*

*„Wird nicht so einfach sein. Kann dauern!"*

*„Kein Problem! Für die meisten Ermittlungen spielt es keine Rolle* **wann,** *sondern* **dass** *sie zum Ergebnis führen.*
*Sie wollten sich also an jenem Abend von Ihrer Lebensgefährtin verabschieden?"*

*„Ja! Woher wissen Sie...?"*

*„Intuition! Nur mal „Tschüss" sagen und dann wieder weg, oder wie muss ich mir das vorstellen?"*

*„Eigentlich ja!"*

*„Und nicht eigentlich?"*

*„Es gab einen Disput zwischen Alice und mir. Okay, sie war einfach sauer, dass ich wegfahre, obwohl sie mir trotz alledem 250 Euro „Spesen" mit auf die Reise gegeben hat."*

*„Worin gipfelte dieser Knatsch?"*

*„Wie so etwas immer endet: Die Emotionen schaukeln sich hoch. Ein Wort gibt das nächste – die Inhalte werden gröber – bis sie schließlich in Gemeinheiten enden!"*

*„Dabei blieb es?"*

*„Nein! Alice hat eine Flasche Rotwein geholt und wir haben diesen „Knatsch", wie sie ihn beschreiben, „ersoffen in Wein" – in rotem – wirkt schneller!"*

*„Und diese Hilferufe?"*

*„Es war ein Spiel! Und ich war ihr Retter! Habe sie mittels „Mund zu Mund – Beatmung" wieder zum Leben erweckt. Sie haben wahrscheinlich für solche erotischen Neckereien in Ihrem Alter kein Verständnis mehr?"*

*„Ein Geheimnis aus meinem „Sexual-Nähkästchen", aber behalten Sie es bitte für sich. Da meine Frau und ich keine „Sado-Maso" Fetischisten sind, ruft meine Frau, aus welchem Grund auch immer, aus dem Schlafzimmer, oder wo auch immer, auch nicht um Hilfe!*

*Halten Sie sich auch weiterhin zu unserer Verfügung!"*

Am nächsten Morgen fahren die beiden Kripo-Beamten nach Gillrath und besuchen u. a. Friedrich Breuer und weitere relevante Personen dieses Dramas.

*„Guten Morgen, Herr Breuer! Wir sind von der Kriminalpolizei und haben ein paar Fragen?"*

*„Kriminalpolizei? Und Sie wollen zu **mir**? Was habe **ich** mit der Polizei zu tun?"*

*„Sehen Sie. Und wir fragen uns genau das Gleiche. Was hat Herr Breuer wohl mit **uns** zu tun?"*

*„Frau Jansen hat mir schon erzählt! Ist ja ganz furchtbar, ich meine, das mit Alice. Sie hat noch für mich gearbeitet. Und nun ist sie tot, kaum zu glauben! Sie soll ermordet worden sein, stimmt das?"*

*„Zumindest ist es nicht auszuschließen!"*

*„Hat man schon einen Verdacht?"*

*„Aus diesem Grund sind wir hier!"*

*„Wie denn...? Und deshalb kommen Sie zu **mir**? Aber Sie glauben doch nicht..."*

*„Wissen Sie, so lange wir nichts wissen, glauben wir grundsätzlich alles, das ist unser Job!*
*Wo waren **Sie** denn gestern zwischen 20.00 und 22.00 Uhr?"*

*„In Aachen! Auf der Generalversammlung von Alemannia. Ich bin seit Jahren Mitglied im Verein!"*

*„Dann gibt's ja ne Menge Zeugen! Von wann bis wann dauerte die Versammlung?"*

*„Begonnen hat sie um 20.00 Uhr. Ich war gegen 20.15 Uhr dort. Ich bin vorher noch bei Frau Bongartz vorbeigefahren. Ich sagte Ihnen ja bereits, dass sie für mich gearbeitet hat. Ich wollte ihr einen Teil des rückständigen Geldes vorbeibringen!"*

„Sie hatten Schulden bei ihr?"

„Na ja... Schulden? Etwa 1.000 €!"

„Sie sagten „Ich wollte". Was hat Sie daran gehindert?"

„Sie hat mir nicht die Türe geöffnet. Dann habe ich versucht, sie über Handy anzurufen. Und dann fiel mir auf, dass ich mein Handy nicht dabei hatte! Leon, das ist mein Enkel, hatte es tags zuvor benutzt. Seitdem suche ich es eigentlich."

„Sofie, hat er das Handy eigentlich zurückgebracht?"

„Ich glaube der Handy-Laden hatte schon geschlossen."

„Sie müssen wissen, meine Herren, meine Frau ist dement. Habe ich das schon erwähnt? Sie weiß es natürlich nicht. Letztes Mal hat sie das Handy in die Waschmaschine gesteckt! Werde Leon gleich mal anrufen."

„Sie kommen also auch ohne Handy aus?"

„Das Handy benutze ich nur, wenn ich unterwegs bin. Ich muss meiner Frau wegen schließlich ständig erreichbar sein."

„Wer hat mich in die Waschmaschine gesteckt?"

„Sofia, die Herren sind von der Polizei, hast Du mein Handy irgendwo gesehen?"

„Ja – hier ist es!"

„Sofia, das ist das Haustelefon!"

„Wir haben verstanden Herr Breuer! Suchen Sie nicht länger. Ist es vielleicht dieses hier?"

„Ja, tatsächlich! Wo haben Sie das denn her?"

„Das ist eine längere Geschichte...!"

Und dann erzählt der Beamte seine Version vom Handy und diese endet:

„...somit Herr Breuer scheint es also festzustehen, dass Sie in der Wohnung der Verstorbenen waren, und dort Ihr Handy verloren oder vergessen haben!"

„Das kann nicht sein! Ehrlich, ich war nicht in ihrer Wohnung, Herr Kommissar!"

„Aber die Indizien sprechen eine andere Sprache! Wieviel sagten Sie, schulden Sie Frau Bongartz noch?"

„Ich denke – so etwa 1.100 €!"

„Ich denke, hier liegt ein Irrtum Ihrerseits vor. Die Buchführung weist nach unseren Recherchen einen offenen Posten in Höhe von 11.000 € aus!"

„Ja - wenn schon. Wegen so einer Lappalie bringt man doch keinen Menschen um. Wir waren gut befreundet!"

„Wo ist denn da Ihre Schmerzgrenze, was denken Sie, bei welchem Betrag begeht man einen Mord oder würden **Sie** jemand umbringen?"

„Ich bringe niemanden und um keinen Betrag der Welt um!"

„Auch hier spricht der Schriftverkehr von Frau Bongartz eine ganz andere Sprache. Sie hat Ihnen mit rechtlichen Schritten gedroht, falls der Restbetrag bis Ende des Monats nicht beglichen ist.

Herr Breuer, haben Sie eine Aufsicht für Ihre Frau? Wir müssen Sie nämlich mitnehmen.

Sie sind vorläufig festgenommen wegen des dringenden Verdachts, Frau Alice Bongartz getötet zu haben."

„Friedrich, bist Du jetzt bei der Polizei beschäftigt?"

„Ich bin bald wieder zurück, Sofia!"

„Lass mich nicht wieder mit dem Abendbrot warten, Friedrich!"

„Sie nehmen Herrn Breuer doch nicht wirklich mit? Aber das kann doch nicht wahr sein! Der bringt doch niemanden um, und die Bongartz schon gar nicht!"

„Wieso glauben Sie das, Frau Jansen?"

„Nun, er kennt sie doch sehr gut! Und was wird mit Frau Breuer?"

„Für ihre Unterkunft wird gesorgt. Aber eine Frage, Frau Jansen, da Sie gerade hier sind. Wo waren Sie eigentlich an dem besagten Abend?"

„Da Fritz weg war, hielt ich ein Auge auf Frau Breuer. Das mache ich öfters, wenn er nicht da ist."

„Sie waren die ganze Zeit bei Frau Breuer?"

„Nein. Ich war bei mir zu Hause. Ich gehe bei solchen Gelegenheiten hin und wieder zu ihr rüber und schau nach dem Rechten!"

„So auch an diesem Abend, ja?"

„Ja! Na ja...nein! Eigentlich war ich an diesem Abend nicht bei ihr. Ich hatte eine starke Migräne und habe zwei Tabletten genommen. Daraufhin muss ich wohl eingeschlafen sein."

„Und nicht eigentlich?
Sie haben also an diesem Abend Ihre Wohnung nicht verlassen? Gibt es dafür Zeugen?"

„Wie denn? Ich wohne doch alleine!"

„Also, Sie haben keine Zeugen? Sie wissen schon, dass Sie Ihre Aussage möglicherweise sogar vor Gericht beeiden müssen. Meineid, Frau Jansen, wird mit mindestens..."

„...hören Sie auf, ich sage ihnen, wie es wirklich war. Ja, es stimmt! Ich bin kurz weg gewesen."

„..."kurz" heißt was aus Ihrer Sicht?"

„Nun ja, ich bin ihm hinterher gefahren, so eine Viertelstund, nachdem er weggefahren ist. Ich wollte nicht, dass er mich sieht."

„Mit „ihm" meinen Sie doch bestimmt Herrn Breuer. Aber Sie wollten **ihn beobachten**, oder? Und wobei genau, Frau Jansen?"

„Ich wollte sehen, ob er in die Soers gefahren ist, ob sein Auto womöglich in der Nähe ihres Anwesens stand."

„Und mit „ihr" meinen Sie Frau Bongartz, ja? Sie waren also eifersüchtig. Gab es einen Grund dafür, mit Ausnahme der Tatsache, dass sie jünger als Sie und bildhübsch war."

„Danke für das Kompliment! Ich weiß es nicht. Früher soll da mal was gewesen sein."

„Meinen Sie, so ähnlich wie es um **Sie** und **ihn** heute steht?"

„Sie wissen, was ich meine, Herr Polizist!"

„Tu ich wirklich, aber ich möchte es von Ihnen hören!"

„Ja"

„Und? War er da, bzw. stand sein Auto dort?"

„Nein! Nicht seines. Es war ein Anderes! Aber auch mit „HS" – Kennzeichen."

„Und weiter wissen Sie nichts vom Kennzeichen?"

„Nein! Es war doch dunkel!"

„Aber wieso haben Sie dann die Buchstaben „HS" erkannt."

„Einmal kam ein Auto vorbei, und im Scheinwerferlicht habe ich die Anfangsbuchstaben erkennen können. Aber mehr nicht. Es war so schnell vorbei!"

„Was war es denn für eine Automarke?"

„Ich kenn nix von Autos!"

„Und dann?"

„Ich bin dann wieder heimgefahren."

„Oder haben Sie vielleicht an der Haustüre geklingelt, und „vorsichtshalber" normal nachgefragt bei Frau Bongartz?"

„Herr Kommissar! Ich bitte Sie! *Sie* sollte mich schon gar nicht sehen. Was hätte ich ihr denn sagen sollen? Dass ich Herrn Breuer kontrolliere."

„Erklären Sie mir bitte, warum Sie in der Zeit zwischen 22.30 und 23.00 viermal auf Breuers Handy angerufen haben. Wissen Sie, ob er um diese Uhrzeit noch nicht zu Hause war?"

„Doch, er war gegen 22.30 Uhr an meiner Türe. Da er sein Handy vermisst hat, bin ich mit ihm rüber, und wir haben gemeinsam gesucht. Ich habe öfters auf sein Handy angerufen, um zu hören, ob es nicht doch irgendwo an einem verborgenen Ort in der Wohnung herumliegt."

„War Herr Breuer nicht sauer, dass Sie seine Frau vernachlässigt haben?"

„Pssst! Nicht so laut! Bitte, Herr Kommissar, er weiß nichts davon!"

„Also, Sie haben ein Verhäl...?"

„Ja! Herr Kommissar! Aber ich verspreche Ihnen, dass ich auf Frau Breuer aufpasse, bis die Sache erledigt ist. Und wenn nötig, auch darüber hinaus. Da gibt es noch etwas gut zu machen!"

„Wir haben da keine Bedenken, Frau Jansen. Dann ist sie wenigstens in gewohnter Umgebung, aber Sie dadurch immer noch nicht außer Verdacht! Sie bleiben im Fokus der Ermittlungsbehörden!"

„Ist das was Schlimmes?"

Auf der Heimfahrt ein „Zeugenwitz" unter Gesetzeshütern:

„Frau Zeugin, Sie haben also vor dem Haus des Angeklagten ein Auto gesehen?"

„Jawohl, Herr Richter!"

„Herr Vorsitzender, bitte!"

„1. oder 2. Vorsitzender ?

„Nun, stand das Auto da und wenn ja, in welche Fahrtrichtung?"

„Kommt drauf an, von wo Sie kommen, Herr Verteidiger, von oben oder von unten. Aber gefahren ist es bestimmt nicht!"

*Der Richter:*
„Wen meinen Sie? Linken oder rechten Verteidiger?"

*Zeugin:*
„Wie meinen Herr Staranwalt?"

*Richter:*
„Staatsanwalt, bitte!"

Zeugin:
„Nicht Vorsitzender, Herr Verteidiger?"

Richter:
„Welche Farbe hatte das Auto?"

Sie:
„Aber es war doch dunkel, sie wissen doch, nachts sind alle Katzen grau"...und himmelt dabei den Richter mit einem Augenaufschlag wie ein Apfelzuschlag an.

Er:
„Aber es war keine Katze, oder?"

Sie:
„Es hatte doch vier Räder!"

*„Von Kollege zu Kollege:*
*„Hör bitte auf. Ich mach mir gleich in die Hose!"*

Er:
„Gerichtsschreiber, protokollieren Sie: 4 Räder.
Sonst noch was Auffälliges?"

Sie:
„Ja. Rechts und links eine Lampe. Es war doch eine Lampe oder... es hatte schließlich kein Licht an."

Er:

„Was schätzen Sie, wieviel PS, also Pferdestärken, es unter der Haube hatte?"

Sie:

„Sie scherzen, Herr Schöffe, oder? Ich kann doch nicht unter eine Haube schauen und die Pferde zählen."

Er:

„Wissen Sie denn was für ein Typ der Wagen war?"

Sie:

*„Ganz ehrlich? Mein Typ war er nicht."*

Er:

*„Danke Frau Zeugin. Jetzt brauchen wir nur noch den Halter des Wagens und dann ist der Fall gelöst und das Verfahren beendet. Daran sind Sie maßgeblich beteiligt. Sie können sich Ihr Zeugengeld an der Kasse abholen."*

Sie:

*„Danke Herr Kassierer. Aber da ich nicht zeugen kann, möchte ich auch kein Geld!"*

Und der Dienstwagen der beiden schüttelt sich vor Lachen!

Egal wie ernst ein Fall ist, aber es sind oft die kleinen Annehmlichkeiten neben den Berufspflichten, die diese Pflichten so erträglich machen.

Am nächsten Morgen besprechen die beiden Ermittler den Ermittlungsstand mit ihrem Dienstvorgesetzten.

Das heißt auch: Lachen nur noch auf der Toilette, aber nicht gemeinsam...

*„Meine Herren! Was mir auffällt, ist die Tatsache, dass Sie einen möglichen Täter fast ausschließlich im näheren Umfeld der Toten suchen. Sie vernehmen jetzt noch die Eheleute Franzen und die „Ex" von Leon – wie heißt sie noch mal?"*

*„Yvonne – Yvonne Schwarz!"*

*„Schließen Sie eine Tat von einem fremden Dritten eigentlich gänzlich aus? Ist schon mal eine Aufstellung über die fehlenden Wertgegenstände bzw. das Bargeld gemacht worden? Die Dame war ja nicht gerade unvermögend. Ein Raubmord ist also nicht ganz auszuschließen!"*

*„Das **Haus** ist ihr Wertgegenstand, Chef. Schmuck war bei ihr total verpönt! Wir haben eine leere Geldkassette gefunden. Laut Aussage von Leon quasi ihre Portokasse!"*

*„Hätte für Leon aber wahrscheinlich gereicht!*
*Dazu sein Verlust von Lebensqualität durch ihren Liebesentzug.*
*Nicht vergessen sollte man die ausgesprochenen Drohungen.*
*Vielleicht sind aus den Verbal-Auseinadersetzungen dann doch Handgreiflichkeiten geworden. Motive gab es genügend.*

*In diesem Fall könnte ich mir durchaus vorstellen, dass Leon die Tatwaffe mit ins Haus der Toten genommen hat...*

*Wollt Ihr eigentlich damit sagen, dass eine Dame ihres Standes keinen Schmuck trug, oder ihn zumindest nicht als Vermögenswerte besaß?"*

Na ja! Wie immer. Die Gedankengänge des Chefs hinken den Erzählungen seiner Mitarbeiter wieder mal hinterher!

*„Jedes Genie hat seinen Spleen, das war nun ihrer. Selbst bei feierlichsten Anlässen war sie diesbezüglich „nackt"!"*

*„Zur Inhaftierung von Gottfried Breuer habe ich folgende Bedenken:*

*Er läutet also an ihrer Türe. Sie öffnet nicht, weil sie vielleicht nicht zu Hause ist. Er fährt zur Versammlung.*
*Dann kommt er zurück, läutet wieder, und nun öffnet sie die Türe.*
*Es kommt wegen des Geldes zu einem Wortwechsel. Er versucht, einen erneuten Aufschub zu erreichen. Sie lehnt kategorisch ab. Er wird womöglich noch zudringlich, wie früher schon. Wahrscheinlich auch noch Alkohol...Sie wehrt ab und dann sticht er zu!*
*Nur womit? Ein Tatmesser haben Sie ja schließlich nicht gefunden.*

*Würde also bedeuten, dass er das Messer von zu Hause mitgebracht haben muss. Das wiederum würde bedeuten, dass er von vorneherein ihren Tod geplant hat, also Vorsatz vorliegt, und es sich hier um einen Mord handelt. Hier liegt der Unterschied in der Beurteilung zu Leon! Ob wir das der Staatsanwaltschaft so verkaufen können? Obwohl sich die eigentliche Motivlage für einen Mord erst im Laufe des Besuches von Breuer ja ergeben hat.*
*Ich persönlich neige immer noch dazu, eher an einen Raubmord zu glauben!"*

*„Und wie soll er in die Wohnung gelangt sein, Chef? Schließlich wurde die Türe nicht gewaltsam geöffnet. Es muss also jemand einen Schlüssel gehabt haben, oder die Tote hat den Einbrecher gekannt und hat ihm die Türe selber geöffnet."*

*„Oder was ist, wenn sich jemand an der Türe als eine andere ausgegeben hat, zum Beispiel:*

*# Frau Bongartz, hier ist die Polizei, Ihr Wagen mit dem polizeilichen Kennzeichen..."*

*„AC – AB 1 „– die Anfangsbuchstaben ihres Namens..."*

*„...also dem Kennzeichen AC – AB 1 war auf der A 44 in Höhe der Abfahrt Aldenhoven in einem Unfall verwickelt! #*

*# Sie: kann nicht sein, mein Wagen steht in der Garage!*

*Der falsche Beamte: Können wir mal bitte nachsehen? #*

*Und sie in ihrem Schockzustand öffnet die Haustüre!*

*Da fällt mir ein: Es liegt eine Anzeige „gegen Unbekannt" von einem Herrn Gruber vor. Zur fraglichen Zeit hatte er seinen Wagen in der Nähe des „Hofes" in der Soers abgestellt. Als er wegfahren wollte, bemerkte er eine nicht unerhebliche Beule am Kotflügel des Wagens.*

*Ich lasse Ihnen den Vorgang zukommen. Möglicherweise hat der Täter in der Aufregung den Unfall verursacht, muss nicht sein, aber kann.*
*Legen Sie also Ihr Augenmerk auch auf die Autos der zu Vernehmenden.*

*Und noch eines, meine Herren: Kein Wort zu den Medien!*

*Ach ja! Noch etwas, was Sie wissen sollten:*

*Heute ist dieses Schreiben, oder wie man es nennen mag, hier eingegangen. Ob es denn tatsächlich etwas mit dem Fall zu tun hat, können Sie besser beurteilen als ich.*

*Der Text besteht aus einem einzigen Satz. Dass er an uns gerichtet ist, kann man nur der Tatsache zuschreiben, dass er persönlich in unserem Hausbriefkasten lag.*

**#Der Schlüssel für die Lösung des Falles „Alice Bongartz" heißt Beate Lange – alias Bea - im Cliquen-Jargon#**

*„Der Name oder das Pseudonym sagt dir doch etwas, Kai?"*

*„Dir etwa nicht? Die Scheinschwangere von Rock am Ring! Leons „One-Night- Stand!"*

## POSTHUM

Von all' diesen Ermittlungsarbeiten der Kripo bekommen die Medien Gott Lob nichts mit. Veröffentlichen also nur Mutmaßungen zwecks Auflagenerhöhungen ihrer Auftraggeber.

Und auch in diesem Fall haben sie längst schon ihre „Arbeit" aufgenommen. Wer will's ihnen verdenken? Sie machen ihren Job und die Polizei auch nur den Ihren, wenn auch die „Ergebnisse" am Ende meilenweit auseinanderdriften!

Die lokalen Berichterstattungen der Medien sind aber diesmal nicht als Auflagenerhöhung, sprich Mehrumsatz, zu verstehen, sondern eher eine Wertschätzung für die Verstorbene.

Später wird man also lesen oder auch hören und sehen können:

# Aachener Zeitung

## Aachen' s High – Society trauert!

**Alice Bongartz ist tot**

**Am gestrigen Morgen wurde die bekannte Aachener Innenarchitektin und Künstlerin Alice Bongartz tot in ihrer Wohnung in der Soers aufgefunden.**
**Die Mordkommission geht von einem Tötungsdelikt aus und hat die Ermittlungen aufgenommen.**

**Führt die Spur etwa nach Geilenkirchen – Gillrath, dem Geburtsort und früheren Aufenthaltsort der Toten?**

**Welche Rolle spielt in diesem Drama ihr Geliebter?**

**Wie auch immer! Hoffentlich führen die Ermittlungen schnell zum gewünschten Fahndungserfolg, damit diese grausame Tat an einem so wunderbaren Menschen, der so viel für unsere Stadt getan hat, schnell gesühnt werden kann...**


## WDR Lokalzeit Aachen

Ralf Raspe beginnt um 19.30 Uhr in der „Lokalzeit" seine Anmoderation wie folgt:

Ein Mord erschüttert unsere Region!

Die überregional bekannte Innenarchitektin Alice Bongartz wurde am heutigen Morgen tot in ihrer Wohnung in der Aachener Soers aufgefunden.
Die Kriminalpolizei geht von einem Tötungsdelikt aus, und hat die ersten Ermittlungen bereits aufgenommen.

Wie wir erfahren konnten, geht sie bereits vielen versprechenden Spuren und Hinweisen nach.

Hier nun möchten wir im Namen der Kriminalpolizei Aachen bitten, dass Zeugen, die zur Tatzeit am Tatort sachdienstliche Hinweise gemacht haben, die möglicherweise mit dem Tatgeschehen in Verbindung stehen könnten, zum Beispiel Vereinsmitglieder der Alemannia, die sich von der Versammlung auf dem Heimweg befanden, sich mit der Kripo Aachen in Verbindung zu setzen, oder aber jede Polizeidienststelle zu informieren.

## INTERVIEWS:

### Oberbürgermeister Marcel Philipp äußert sich entsetzt über den Tod von Alice Bongartz.

Aachen ist mit dem Tod von Alice Bongartz um einen genialen Menschen der schönen Künste und um einen bewundernswerten Diplomaten unserer Stadt ärmer geworden.

Sie ist in ihrem viel zu kurzen Leben, das auf so grausame Weise sein Ende fand, in ihrem Genre zu einem weiteren Wahrzeichen Aachens geworden.

Ihre schöpferische Genialität hat sie über die Grenzen unserer Stadt bekanntgemacht und sich damit auch um unsere – nein auch ihre Stadt – verdient gemacht.

Wir sind ihr dafür sehr verbunden und bedauern ihren Tod sehr, und hoffen, dass man ihren Mörder bald finden wird.

# Süßwaren – Magnat Bühlbecker

## Geschäftsführer der Aachener Printen und Schokoladenfabrik Henry Lambertz, GmbH & Co KG

Man nannte sie auch liebevoll das „schmucklose Juwel" -

was mit Sicherheit nicht negativ gemeint war, sondern lediglich mit ihrer Aversion für Schmuck jeglicher Art zusammenhing.

Ihre natürliche Ausstrahlung machte jede Veranstaltung mit ihr zu einem Erlebnis. Ich bin dankbar, dass ich mich zu ihren Freunden zähle durfte.

Der oder die Täter aber mögen an dieser grausamen Tat zerbrechen, wenn sie nicht bereits vorher ihren Preis für diesen Frevel gezahlt haben.

Eine möglicherweise vom Staatsanwalt ausgelobte Belohnung zur Ergreifung des Täters werde ich, unabhängig von der Höhe, verdoppeln.

Was wird unsere jährliche Präsentation wohl ohne eine ihrer wichtigsten Persönlichkeiten?
Obwohl die Öffentlichkeit nicht ihre Bühne war, wird jeder Teilnehmer sie mit Wehmut vermissen.

Liebe Alice,

bei meiner nächsten Präsentation wird eine neue Kreation, ein Hauch aus weißer Schokolade, in Anlehnung an deine wundervoll blonden Haarlocken, deinen Namen tragen

*„White Alice!"*

# Meulenbergh – Präsident des ALRV

*„Pferde sind die Engel meiner Seele"*

*auch wenn sie keine Flügel haben"*

war ein geflügeltes Wort von Alice Bongartz.

Ein Anderes lautete:

*„Ich bin wahrscheinlich die untalentierteste, aber mit Sicherheit eine der verrücktesten Pferdenärrinnen der Region"!*

Obwohl sie beim CHIO oft an meiner Seite saß, war sie nicht unbedingt ein Fan des Pferdesports. Aber sie vergötterte diese wundervollen Tiere.

Ihr Platz auf der Tribüne wird in diesem Jahr beim CHIO zwar leer bleiben, aber ich weiß, sie ist im Stadion. Sie wird den Tieren statt den Reitern applaudieren. Aber am letzten Tag beim Auszug der Nationen, wird sie, wie wir alle, ihr weißes Taschentuch zum Abschied der Nationen schwenken.

Sie wird uns allen fehlen, aber uns als wunderbarer Mensch und begeisterter Pferdefreund in Erinnerung bleiben.
Vielleicht kannte sie nicht alle Namen der Reiter, aber mit Sicherheit alle Namen der Pferde.

Vielleicht wirst Du dort, wo Du jetzt bist, auch Dein Lieblingspferd „Halla" wiedersehen, Alice?


Und wenn, dann grüß es bitte ganz lieb von den „Öchern"!

Macht's gut Ihr beide!

## Sabine Hartelt – *DIE* WDR Reporterin

in Sachen Pferdesport und **das Gesicht des CHIO** im TV:

Nicht nur die Menschen in und um Aachen haben einen
wertvollen Menschen verloren – nein, auch die Pferde.

In vielen Besuchen auf ihrem „Hof", wie sie ihr Domizil liebevoll nannte, hatte ich Gelegenheit, mit ihr, wie könnte es auch anders sein, über Pferde und den Pferdesport zu reden.
Beim Thema „Pferdesport" hat sie mich am Anfang unserer Freundschaft sehr überrascht, denn das war nicht ihr Ding. Ihr Herz gehörte den Tieren und weniger dem Sport!

Und so erzählte sie mir einmal:

Kein Pferd springt freiwillig über Balken oder Hindernisse, wenn es nicht dazu angetrieben wird. Denn ein Pferd ist ein Fluchttier, und vor wem sollte es in einem Stadion wie der Soers in Aachen flüchten? Die meisten Pferde zieht es doch eher hierhin!
Vielleicht gibt auch andere tolle Reitstadien auf der Welt, aber mit Sicherheit keines wie die Soers!

Und noch eines Sabine:

Sag mir ein Pferd, das freiwillig wie eine Marionette auf der Stelle tanzt ,um anschließend seine

Vorderhand so stramm auszustrecken, als wäre es in Grundausbildung beim Barras.

Ihre Worte haben mir sehr imponiert und ich hatte kaum eine Chance, ihr etwas entgegenzusetzen. Dennoch kannte ich diese Argumente bereits aus vielen Interviews mit Gegnern des Pferde**sports,** aber aus ihrem Mund klangen sie anders...ehrlicher!

*Und mit Tränen in den Augen:*

Ich bin mir sicher, dass alle Pferdeliebhaber Alice schmerzlich vermissen werden. Und erst die Pferde! Vermissen sie, so wie ich, denn ich habe eine liebe Freundin verloren.
Möge der Täter bald seiner gerechten Strafe zugeführt werden!"."

## DAS DORFECHO

In Gillrath hat die vorläufige Verhaftung von Friedrich Breuer zumindest genauso schnell und umfangreich die Runde gemacht, wie der Tod von Alice Bongartz

Was für die Republik die „Bild-Zeitung",  ist für ein Dorf der Tratsch: Übertriebene Halbwahrheiten!
Und es werden die tollsten Gerüchte aufgetischt und münden darin, dass Gottfried Breuer bereits verurteilt sei!

*„Der Fritz hat „lebenslänglich" bekommen", hast Du schon gehört? Mein Gott, die arme Sofia! Der Rest des Lebens ist sie nun alleine, wahrscheinlich muss sie in ein Heim!"*

*„Gottlob gibt es die Todesstrafe nicht mehr!"*

*„Für Sofia...?"*

*„Unsinn!"*

*„Der Mörder soll das ganze Geld von der Bongartz mitgenommen haben. Es sollen fast 100.000 Euro gewesen sein! Die Kassette war leer!"*

*„Gottlob wurde sie noch gefunden!"*

*„Aber leider leer!""*

*„Unsinn! Es war gar kein Geld im Haus. Die Kassette war die „Portokasse". Da waren nur Briefmarken drin!"*

*„Morgen kommen Taucher von der Marine nach Geilenkirchen zur Verstärkung, um in der „Wurm" (ein Fluss in Geilenkirchen) nach der Kassette zu suchen!"*

*„Warum das denn?"*

*„Die suchen das Tatmesser. Der Täter soll es dort hineingeschmissen haben. Der „Strom" soll an der Stelle blutunterlaufen sein!"*

*„Dann brauchen sie wenigstens nicht lange zu suchen! Und was ist mit Yvonne Schwartz?"*

*„Yvonne muss sich jede Sekunde zur Verfügung halten!"*

*„Für wen?..."*

*„Wird man dann sehen...!"*

Der Pathologie-Bericht liegt auch vor! Es war kein Sexualdelikt! In den letzten 24 Stunden vor ihrem Tod hatte die Verstorbene keinen Geschlechtsverkehr!
Also ein Sexualdelikt scheidet damit aus.

So wäre es richtig!

Doch der Dorftratsch:

*„Vor ihrem Tod hatte die Bongartz noch Geschlechtsverkehr in den letzten 24 Stunden!"*

...klingt doch wesentlich aufregender als **kein** Verkehr!

*„Hast Du schön gehört? Alice hatte vor ihrem Tod innerhalb von 24 Stunden noch dreimal Sex!"*

*„So kenne ich sie, wahrscheinlich sogar mit ihrem Mörder!"*

*„Der hat sie wahrscheinlich sogar beim Sex erstochen!"*

*„Und dann auch noch von hinten. Kann man sich die Stellung ja lebhaft vorstellen!"*

*„Stimmt nicht. Ins Herz!"*

*„Also eine ganz normale Stellung!"*

Und dann das High–Light am Ende der Kette:

*„Wie sexbesessen muss die denn gewesen sein? Wer hat denn noch Lust auf Sex, so kurz vor seinem Tod – und das auch noch dreimal..."*

Aber die anhaltenden Ermittlungen der Kriminalpolizei verunsichern die Bevölkerung andererseits auch wieder.

Heute nun steht u.a. die Vernehmung von Yvonne Schwartz auf dem Dienstplan.

*„Wie lange waren Sie mit Leon zusammen, Frau Schwartz?"*

*„Etwa drei Jahre – mit Unterbrechungen!"*

*„Etwa" heißt was?"*

*„Na ja, er ist ja kein Kind von Traurigkeit, sondern ein Sohn seines Vaters!"*

*„Sie meinen, dass ein Apfel nicht weit vom Birnbaum fällt, Frau Schwartz?"*

*„Ich weiß nicht, was Sie meinen!"*

Die beiden Beamten schauen sich schmunzelnd an.

„Wo waren Sie zur besagten Tatzeit, Frau Schwartz?"

„Ich war zu Hause!"

„Und haben was gemacht?"

„Ferngesehen!"

„Welches Programm?"

„ZDF - Der Bergdoktor!"

„Sie haben das Haus an diesem Abend nicht verlassen?"

„Nein!"

„Aber mobil sind Sie schon?"

„Ja! Wieso?"

„Steht Ihr Wagen in Ihrer Garage?"

„Ja"

„Stand er auch am Tattag dort?"

„Ja, ich denke schon!"

„Heißt was?"

„Okay! Dann - ja!"

„Zweifelsfrei?"

„Ja!"

„Hat er eventuell einen Lackschaden?"

„Ja!"

„Ja...ja...ja! Immer nur „ja" erzählen Sie bitte auch, ohne dass wir nachfragen müssen! Wir mögen Ihre „Salami-Antworten" nicht!

„Wieso „Salami"?

„Scheibchenweise zugeben, was wir Ihnen ohnehin beweisen können!"

„Vor drei Tagen bin ich aus unserer Einfahrt heraus auf die Strasse gefahren und habe den querenden Verkehr übersehen."

„Die Farbe Ihres Wagens?"

„Schwarz – wenn er geputzt ist!"

„Und die Farbe des beschädigten Autos?"

„Silbergrau!"

„Diese Farbe müsste demnach noch an Ihrem Fahrzeug sein – oder?"

„Ja! Ich habe es noch nicht reparieren lassen. Mir fehlt das Geld im Augenblick!"

„Wir werden uns das später anschauen.

Etwas anderes:
Stimmt es, dass Sie auf der Geburtstagsparty von Leons Oma davon gesprochen haben, Wege zu finden, Leon wieder zurückzuholen. Wie haben Sie das gemeint?"

„Leon und ich haben schon im Sandkasten zusammen gespielt, um diese Floskel einmal zu bemühen. Ich habe immer davon geträumt, dass wir einmal zusammen bleiben, und irgendwann heiraten. Zumindest haben wir immer davon gesprochen."

„Und jetzt glauben Sie, dass dieser Traum geplatzt ist? Obwohl, jetzt… nachdem Frau Bongartz tot ist, könnte er ja wieder Wirklichkeit werden. Was glauben Sie?"

„Das weiß ich nicht. Aber ich weiß, worauf Sie hinaus wollen! Also gut! Ich war am Tatabend mit meinem Wagen auf dem Weg zur Wohnung der Bongartz. Und ja, ich hatte die Absicht, ihr etwas anzutun. Es ist mir egal, was Sie jetzt von mir denken!"

„Wir hören zu, dann erst beginnen wir zu denken, das ist unser Job. Erzählen Sie weiter!"

„Ich hatte mir ein Messer mitgenommen, ohne jedoch zu wissen, ob ich überhaupt imstande bin, es zu benutzen. Aber ich war getrieben von Hass und Eifersucht. Sehen Sie mich an, wie ich aussehe! Ich bin krank, **sie** hat mich krank gemacht!

Ich wollte mir zurückholen, was mir gehört, und dafür war ich zu Allem bereit!"

„Aber glauben Sie, er wäre zu Ihnen zurückgekommen, nach einem Mord? Entschuldigen Sie, aber mit einer Mörderin zusammenleben…?"

„Das weiß ich nicht! Aber Betroffene sehen das anders. Sie versuchen alles!

Und wenn es nicht klappt: Dann soll sie auch nicht haben, was ich nicht haben kann!"

„War nicht Leon die Triebfeder, schließlich ist **er** bei **ihr** eingezogen!"

„Ja, aber sie hat ihn hörig gemacht. Hat ihm „die große Welt" gezeigt! Dem hatte ich nichts Entsprechendes gegenzusetzen. Sie hat alles unternommen, ihn an sich zu binden. Welcher Mann sagt da schon „nein"?

„Wie sind Sie in die Wohnung gekommen, und zu welcher Uhrzeit?"

„Ich sagte, dass ich auf dem Weg war, nicht dass ich dort war. Im Kreisverkehr Richtung Bardenberg – Würselen habe ich einmal den Kreis umrundet, um dann eine Kehrtwendung Richtung Heimat zu machen! Ich hatte Angst bekommen. Auch Angst vor mir selber. Ich, eine Krankenschwester aus Überzeugung. Ich hatte es mir zu meiner Lebensaufgabe gemacht, Menschen zu helfen. Und jetzt selber eine Mörderin? Dann habe ich angehalten und geweint, weil ich mich meinetwegen geschämt habe, jemals einen solchen Gedanken gefasst zu haben!"

„In der Nähe des Tatortes wurde ein dort abgestelltes Fahrzeug bei einem Wendemanöver, so ein Zeuge, beschädigt...Ein Silber-Metallic BMW. Und wissen Sie was? Die beschädigte Stelle wies schwarzen Lack auf!"

„Sie wissen besser als ich, Herr Kommissar, wie viele Autos es in diesen Farben gibt, oder...?"

„Stimmt! Aber dennoch: Nur um alle Zweifel aus dem Weg zu räumen: Welche Fremdfarbe ist nun an Ihrem Wagen?

Und noch was: Besitzen Sie das „geplante" Tatmesser noch?"

„Nein! Ich habe es in die „Wurm" geschmissen, weil es mich beinahe zu einer Mörderin gemacht hätte!"

„Oder nicht doch vielleicht **hat**? Die Gelegenheit war günstig, die „Vorarbeit" war getan. Sie mussten nur noch, vielleicht auch nur noch einmal, zustechen. Vielleicht gibt es einen zweiten Täter? Aber wer sagt denn, dass Sie uns überhaupt die Wahrheit sagen? Vielleicht hat Frau Bongartz Ihnen die Wohnung geöffnet, Sie haben zugestochen... und... und! Warum sollte jemand, der einen Mordplan hat, jetzt plötzlich davon abgehen?

Vielleicht hat auch Ihre Krankheit Ihre Absicht oder gar Ihre Tat beeinflusst... Dafür gäbe es wahrscheinlich „Mildernde Umstände"!

„Das wäre zu einfach! So eine Ausrede ist mir zu billig! Nein, so war es nicht! Ein Mordplan ist nicht strafbar. Allenfalls ein Mordversuch oder der Mord an sich!"

„Warum haben Sie an dem Abend nicht die Polizei gerufen?"

„Hätten „die" mir meine Geschichte geglaubt, ich wäre doch mehr als verdächtigt gewesen! Und noch eines sollten Sie wissen:
**Nein – es tut mir nicht leid, dass sie tot ist.**
Ich bin nur froh, dass ich es nicht war und danke demjenigen, der dieses schmutzige Geschäft für mich erledigt hat!

**Nein, es tut mir nicht leid, dass es sie nicht mehr gibt!"**

„Und Sie glauben, dass Sie jetzt nicht mehr verdächtig sind? Dann müssen wir jetzt nur noch einen Staatsanwalt finden, der Ihnen die Geschichte abnimmt. Halten Sie sich bereit, Sie sind dringend tatverdächtig!"

Zwischenzeitlich beginnen die Beamten mit der Überprüfung der Autos aller „Zeugen", die sie bereits vernommen haben.

*„Sind wir der Aufklärung ein Stück näher gekommen?"*

*„Sind wir das, Uwe? Ich gebe zu. Alles würde stimmen. Uhrzeit, Tatwerkzeug. Und auch das Motiv ist mehr als einleuchtend. Aber haben wir nicht übersehen, ob sie von ihrer körperlichen Verfassung her in der Lage gewesen wäre, mit einem Messer so zuzustechen, um einen Menschen auf diese Weise zu töten? Sie ist doch nur noch ein Wrack?"*

*„Das stimmt zwar, Kai. Aber vergiss nicht, dass sie ihren Job immer noch ausübt, wenn sie auch momentan krank geschrieben ist. Eine Krankenschwester braucht physische Kräfte und das in Kombination mit ihrem Hass…"*

*„Und was ist mit dem Handy von Breuer? Denkbar wäre, dass nacheinander beide in der Wohnung waren – zuerst er. Er sticht zu und flieht, ohne sich um die Verletzte zu kümmern. Sie kommt später und erledigt den Rest."*

*„Oder die Bongartz ist tatsächlich schon tot!"*

*„Leon hatte ebenso die Gelegenheit sie zu ermorden. Eigentlich hatte er die besseren Möglichkeiten, ins Haus zu kommen"*

*„Und die Putze? Mir fehlt ganz einfach ihr Motiv. Eifersucht? Ein wenig dünn – oder?*

*Außerdem hat sie sechs Jahre ehrlich ihren Dienst verrichtet, ich weiß nicht…"*

*„Traust Du ihr das wirklich zu?"*

*„Ehrlich? Eher nicht! Dafür haben alle anderen Verdächtige triftigere Motive! Warten wir es ab! Ich habe schon Pferde kotzen sehen…"*

*„Ich weiß – und das direkt vor der Apotheke!"*

*„Aber nicht die Friesen von der Bongartz, oder?"*

*„Ich darf doch um ein bisschen mehr Pietät bitten!"*

*„Für die Pferde?"*

*„Ist gut jetzt, ja?"*

*„Also doch Raubmord?"*

*„Ja, vielleicht! Aber dafür müssen wir erst einmal abwarten, was in der Wohnung fehlt."*

*„Also viel weiter sind wir nicht. Wer weiß, was die nächsten Vernehmungen noch bringen? Wahrscheinlich noch mehr Verdächtige – nur keinen Täter..."*

Eigentlich steht heute noch eine unangenehme Aufgabe auf dem Dienstplan der beiden Kripo-Beamten: Die Vernehmung des Kollegen Franzen. Aber die Arbeit in diesem scheinbar empathielosen Geschäft hat diese Männer fast genauso abgehärtet wie den Pathologen:

Ich sehe nicht den Menschen, sondern nur einen Toten!

Und Sie: Sie sehen einen Menschen, möglicherweise einen Verdächtigen, und nicht einen Kollegen!

*„Hallo, alles klar? Kommt rein! Ihr habt doch bestimmt ein paar Routinefragen, oder?"*

*„Hallo Herr Franzen. Sie sind doch Herr Franzen – oder?"*

*„Aber wir sind doch Kollegen! Wir kennen uns doch!"*

*„Den „Kollegen" haben wir „draußen gelassen", es muss ja nicht jeder mithören! Und kennen? Na ja... Sagen wir mal, wir haben Ihren Namen schon mal gehört! Ich denke, damit ist die Basis für unsere Befragung, noch wird es eine solche sein, schon mal festgelegt!"*

*„Also, dann legt mal los, was wollt Ihr von mir wissen?"*

*„Also erstens stellen **wir** die Fragen und zweitens sitzen wir hier nicht am Stammtisch in der Kneipe!"*


*„Da fällt mir ein: Trinken Sie etwas? Kaffee? Tee? Alkohol?"*

„Danke! Wir befinden uns in den Ermittlungen eines Tötungsdeliktes und nicht bei einem Mundraub. Wohl eher Ihr Schwerpunkt ihrer polizeilichen Tätigkeit, oder?"

Eine Anspielung auf seine „Degradierung", die ihn erdet!

„Wo waren Sie am Tatabend, so zwischen 19.00 und 22.00 Uhr?"

„Da muss ich überlegen..."

„Müssen Sie nicht! Sie kennen unsere Routinefragen und haben mit dieser Frage gerechnet. Zum letzten Mal! Wir können die Vernehmung auch im Präsidium fortsetzen – auch das wissen Sie!"

"Schon gut! Also nach meinem Dienst bin ich noch in meine Stammkneipe, um etwas zu essen..."

„...und etwas zu trinken?"

„Ist das etwa verboten?"

„Nein! Um welche Uhrzeit war das?"

„Mein Dienst endete gegen 16.00 Uhr an diesem Tag. Gegen 16.30 Uhr war ich im Lokal..."

„...in der eben erwähnten Kneipe, oder?"

„Ja! Ich habe eine Kleinigkeit gegessen...ein Paar Bier getrunken... Ja und dann bin ich nach Hause."

„Um welche Uhrzeit waren Sie zu Hause?"

„Gegen 20.00 Uhr!"

„Kann Ihre Frau das bestätigen?"

„Wie Ihre Fr...Sorry? Wie Sie wissen, leben meine Frau und ich nicht mehr zusammen, obwohl wir noch in einem Haus leben. Ich wohne im Zimmer meines Sohnes Leon, der ja nicht mehr zu Hause wohnt.
Auch das dürfte Ihnen mittlerweile bekannt sein.
Vielleicht etwas ungewöhnlich, aber es funktioniert. Auf diese Weise kann jeder von uns sein eigenes Leben ausleben, ohne Vorwürfe und ohne schmutzige Wäsche."

„War Ihre Frau zu Hause?"

„Ich glaube nicht. Ihr Auto stand jedenfalls nicht da, und es brannte auch kein Licht!"

„Von 16.30 Uhr isst man eine Kleinigkeit und trinkt bis ca. 19.30 Uhr wie viele Alkohol, dass man dennoch als Polizist guten Gewissens seinen Wagen noch nach Hause steuern kann?"

„Ich habe ja nicht nur Alkohol getrunken!"

„Das werden wir mit Sicherheit überprüfen, genauso wie die Uhrzeit, wann Sie das Lokal verlassen haben."

„Also gut. Ich hatte um 18.00 Uhr noch ein Date."

„Name – Adresse – mein Gott, Sie kennen doch die Spielregeln!"

„Mein Gott, muss das sein? Schließlich ist sie verheiratet!"

„Sie meinen Ihr „Date"?

„Na und - Sie etwa nicht? Sie hat Kinder – verstehen Sie?"

„Na und - Sie etwa nicht?"

„Aber sie ist auch bei der Polizei!"

„Na und - Sie etwa nicht?"

„Muss man Sie damit reinziehen?"

„Kommt drauf an. Noch mal: Name – Adresse!"

„Katharina Winkler, Boschelen, Roermonderstr. Die Nummer hab ich nicht auf dem Bildschirm. Ich kenne die Adresse auch so!"

„Was sagten Sie, wie lange waren Sie bei Frau Winkler?"

„Bis etwa 19.30 Uhr!"

„Und für die Zeit, bis Sie zu Hause angekommen sind, gibt es also keine Zeugen?"

„Sagte ich bereits!"

„Sie wissen, was das heißt?"

„Natürlich! Ich habe kein Alibi! Aber ich brauche auch keines. Diese vornehme Dame aus der Soers existierte für mich schon lange nicht mehr, wenn Sie darauf anspielen.

Ja – wir hatten mal etwas miteinander! Sie werden es sowieso rauskriegen, aber das ist lange vorbei!"

„Sagen Sie, Herr Franzen. Frau Bongartz sagt etwas ganz anderes!"

„Ich denke, sie ist tot!"

„Ist sie! Aber vor ihrem Tod hat sie behauptet, von Ihnen gestalkt bzw. sogar bedrängt worden zu sein. Auf einem Dorffest in Gillrath gab es viele Zeugen, die gesehen haben wollen, dass Sie sie auch physisch attackieren wollten. Nur Ihr Sohn konnte dies gerade noch verhindern. Wie lange, sagten Sie, waren Sie schon nicht mehr in ihrem Haus in der Soers?"

„Kann ich nicht genau sagen – vorbei und vergessen! Aber ich denke, so etwa eineinhalb Jahre werden es mindestens gewesen sein, dass ich zum letzten Mal da war!"

„Ach übrigens, seit wann sind Sie im Polizeidienst?"

„Vor einem halben Jahr hatte ich „Fünfundzwanzigjähriges".

„Das war's für heute! Halten Sie sich zu unserer Verfügung! Ich muss Ihnen nicht erklären, was das heißt!"

„Was sollte die Frage nach seinem Diensteintritt – Uwe?"

„Du erinnerst Dich, dass die Kollegen bei der Durchsuchung einen Kuli gefunden haben. Ein Geschenk seiner Abteilung zu seinem Dienstjubiläum. Frage: Wie kommt dieses Teil dahin, wenn er vor anderthalb Jahren zum letzten Mal in der Wohnung der Toten war? Auf dem Kuli sind die Daten eingraviert, die Franzen uns eben mitgeteilt hat. Also muss er auch noch später bei ihr gewesen sein!"

„Nicht unbedingt, Uwe. Was hältst Du von der Theorie, dass uns der Kugelschreiber offensichtlich präsentiert werden sollte bei der Durchsuchung – vielleicht vom Täter. Ähnlich wie auch das Handy. Ich kann mir nicht vorstellen, dass die Bongartz diesen Kugelschreiber noch benutzt hat, nachdem die Chose beendet war. Er war so deponiert, dass die Ermittler fast darüber gestolpert wären, obwohl er auf dem Schreibtisch lag!"

„Du hast Recht! Die meisten Gegenstände lagen verstreut unter den übrigen Sachen auf dem Boden herum. Nur nicht der Kuli!"

„Hier hat vielleicht jemand eine oder mehrere falsche Spuren gelegt, um von der eigenen abzulenken."

„In diesem Fall würden die Angaben von Franzen stimmen. Hat er aber gelogen, war er also doch nach seinem Jubiläum, also vor einem halben Jahr am Tatort, wäre er dringend tatverdächtigt, vielleicht sogar mehr!"

„Und was ist mit dem Handy von Opa Breuer?"

„Stimmt. Für ihn gilt das Gleiche. Er genießt zwar Haftverschonung aus familiären Gründen, was aber kein Unschuldsbeweis und kein Freibrief auf Lebenszeit für ihn ist!"

Die beiden Kripobeamten sind auf dem Weg zurück zur Dienststelle und anschließend zurück zu ihren Familien. Aber heißt das auch: Sie haben Feierabend?
Feierabend, wie Post – Verwaltungs- oder Finanzbeamte ihn haben?

„Einen auf Familie machen" - mit seinen Kindern was unternehmen? Besuche empfangen oder abstatten ?

Den „Beamten draußen an der Türe quasi abgeben oder am Mantelknopf aufhängen"? Das Gehirn einer „temporären Wäsche" für wenige Stunden oder Minuten unterziehen?
Im Dienst suchen sie in anderen Fällen womöglich einen Kindermörder und müssen am Feierabend mit ihren Kindern zu einem Kindergeburtstag...geht so was?

*„Schau Kai: In meiner theoretischen Ausbildung hat ein Ausbilder es einmal so formuliert:*

Ein Krimimalbeamter der Mordkommission hat dann Feierabend, wenn der Fall abgeschlossen und der neue Fall noch nicht auf seinem Schreibtisch liegt.

In der übrigen Zeit ist sein Feierabend nur gespielt, vielleicht auch aus Liebe zu seiner Familie, doch seine Gedanken kreisen um den Fall.

Und auf die Frage, ob sich nicht doch irgendwann selbst in diesem Job eine gewisse Routine einstellt, also sagen wir mal wie bei einem Bestatter, antwortet der Kriminologe:

Holt ein Bestatter eine Leiche zum Bestatten ab, muss er nur i.d. Regel noch Formalitäten erledigen, die Leiche säubern und dann beerdigen.
Das ist oder wird irgendwann zur Routine.
Wird ein Kriminalbeamter zu einer Leiche gerufen, beginnt erst seine Arbeit. Er muss die Todesursache ermitteln und danach möglicherweise einen oder mehrere Täter überführen. Erst wenn er dies alles erledigt hat, hat er die Vorarbeit für den Bestatter geleistet.
Ein Bestatter beerdigt also einen Toten. Er sieht denselben Toten, wie der Kripo-Beamte, aber er muss keinen Mörder suchen.
Und jeder Mord hat andere Täter, andere Motive und andere Tatvorgänge.
Wie also könnte sich hier eine Routine einstellen?"

*„Wie recht er hatte, Uwe!"*

„Morgen früh steht die Vernehmung „unserer" Bea an. Kai, ich werde später dazu kommen. Habe vorher noch einen Arzttermin. Kannst ja schon mal anfangen, von mir aus auch beenden!"

„Danke für das Vertrauen, „Chef"!"

„Arschloch! Von welchem Vertrauen sprichst Du? Du bist schließlich seit zwei Jahren bei mir zur „Einarbeitung".

„Danke für den Hinweis!"

„Ach - Gottlob, dass ich Euch beide noch erwische. Ich weiß ja schon bald nicht mehr, wie Ihr ausseht. Ihr kommt fast gar nicht mehr ins Haus. Aber jetzt seid ihr ja da, und ich hoffe mit guten Neuigkeiten in dem Fall?

Was Ihr aber noch wissen solltet: Gottfried Breuer ist bis auf weiteres frei. Sein Anwalt hat aufgrund der familiären Verhältnisse Haftverschonung beantragt.
Der Haftrichter hat aufgrund der gesundheitlichen Situation, die eine Dauerbeaufsichtung seiner dementen Ehefrau vonnöten macht, dem Antrag stattgegeben. Und es besteht aufgrund dieser Situation keine Fluchtgefahr."

„Wie lange waren Sie eigentlich in Kur, Herr Kriminaloberrat?"

„Warum wollen Sie das wissen? Was hat das mit dem Fall zu tun?"

„Weil Sie nicht, sagen wir mal, „up-to-date" sind.

Sie werden es nicht glauben, aber das alles wissen wir schon, seitdem Breuer wieder frei ist! Aber Sie sind wie immer den Fakten schon recht nahe!"

„Sag ich doch!"

Auf dem Polizeipräsidium...nachdem die Formalitäten erledigt sind:

„Frau Lange, kannten Sie die Tote?"

„Nicht persönlich, nur vom „Hören – Sagen", und aus dem Fernsehen!"

*„Auch von Gesprächen mit Leon Franzen, dem Lebensgefährten von Frau Bongartz?"*

*„Wir haben uns nicht viel über sie unterhalten!"*

*„Sie meinen: Sie und Leon, Sie beide?*
*Sie gehören auch der „Clique" an, die bei „Rock am Ring" war?*
*Ich frage mal ganz direkt:*

*Gab es zwischen Ihnen und Leon, sagen wir, eine intime Beziehung?"*

*„Wie meinen Sie das?"*

*„Ist die Frage so schwer? Okay, wenn Sie es nicht anders wollen:*
*Haben Sie beide miteinander geschlafen? Schließlich waren Sie die*
*beiden einzigen „Solo –Teilnehmer" in der Truppe! Ihr Freund im*
*Krankenhaus! Sie als seine Lebensgefährtin bei Rock am Ring?*
*Und noch eines zu Ihrer Info: Was Sie mir jetzt nicht sagen, wird mein*
*Kollege in den nächsten Minuten mit Sicherheit auf seine ureigenste*
*Art von Ihnen erfahren!"*

Ob der letzte Hinweis bezüglich seines Kollegen Bea veranlasst hat, die Nacht am Nürburgring im Detail zu schildern, ohne etwas hinzuzufügen, aber auch ohne etwas wegzulassen, ist nicht überliefert – aber so geschah es!

*„Zwei letzte Fragen Frau Lange: Bestand oder besteht auch über*
*diese Nacht hinaus noch eine Verbindung zwischen Ihnen und Leon?*
*Und: Besteht die Beziehung zu Ihrem Freund immer noch?"*

*„Nein – es ist aus!*
*Leon und ich haben uns aber noch einige Male getroffen."*

*„Heißt genau was?"*

*„Er hat mich noch zwei – dreimal besucht!"*

*„Heißt genau was?"*

*„Besucht in meiner Wohnung!"*

*„Heißt genau was?"*

„Mein Gott – ja! Wenn Sie das meinen, wir waren intim.“

„Haben Sie gemeinsame Zukunftspläne geschmiedet?“

„Wieso denn? Er war doch vergeben!“

„Hat ihn und Sie aber nicht daran gehindert, na ja Sie wissen, was ich meine…?“

„Er ist schließlich nicht verheiratet!“

„Wenn das keine moralisch einwandfreie Einstellung ist…
Trotz der diversen Zusammenkünfte: Schwanger sind Sie nicht, oder Frau Lange?“

„Nein, und deshalb muss ich auch nicht in Holland abtreiben, was angeblich 2.500 Euro kostet! Ich brauche dieses Geld nicht!“

„Sondern glauben, wer es brauchen könnte, auch ohne Schwangerschaft?
Es muss also jemand sein, der von dem „Gewitterintermezzo“ zwischen Ihnen und Leon wusste.
Eigentlich kann es nur einer aus der Clique sein. Wer also wusste davon?“

„Kurth, auch der „Boss“ genannt, und seine Freundin Renate. Sie haben nichts gesehen und doch alles geahnt und „ihre Annäherung“ zum Zelt durch lautes Singen angekündigt. So geht das eben unter guten Freunden! Später haben Sie auch noch Leons T-Shirt in meinem Zelt gefunden!“

„Name –Adresse!“

„Sie kennen doch beide! Und außerdem: Für die beiden verbürge ich mich!“

„Dann bitte nur den männlichen Insider!“

„Ich sagte doch…“

„Ich weiß, was Sie sagten… Aber ein Mensch im Status von Frau Bongartz ist nicht naiv, vielleicht manchmal zu selbstsicher. Sie hat also das zweite Telefonat des Anrufers mitgeschnitten. Danach ist es ein männlicher Anrufer. Um Ihre beiden „Protektionskinder“

*ausschließen zu können, hören wir uns morgen früh alle gemeinsam die Bandaufnahme an. Wieder hier auf dem Präsidium, so gegen 11 Uhr. Geht das in Ordnung Frau Lange? Könnten Sie das organisieren ohne formelle Vorladung unsererseits?"*

*„Ja! Das müsste klappen!"*

*„Danke!"*

Am nächsten Morgen auf dem Präsidium...

*„Sorry – Kai! Hab es gestern nicht mehr gepackt. Und? Bist Du weiter gekommen?"*

*„Sehen wir morgen früh!"*

Und dann lässt der Kollege den gestrigen Tag Revue passieren.

*„Chapeau! Geht also auch ohne mich!"*

*„Chapeau! Richtig resümiert, wahrscheinlich sogar besser als mit Dir!"*

*„Arsch! Wir holen also das Aufnahmegerät von der Bongartz nach hier. Wann sagtest Du, kommen die vier „Musik-Freaks vom Nürburgring?"*

*„Um 11.00 Uhr!"*

*„Ach – da sind sie schon! Kommt bitte rein!
Also für diejenigen, die meinen Kollegen noch nicht kennengelernt haben: Das ist Kriminalhauptkommissar Uwe Bienert!"*

*„Guten Morgen zusammen. Und: Lass Dich nicht stören Kai!"*

*„Ich werde Euch den Anruf bei Bedarf auch mehrmals vorspielen. Also keine Sorge, Ihr verpasst nichts!
Ihr solltet aber weniger auf den Text als Euren Fokus vielmehr auf die Sprache, Spracheigentümlichkeiten usw. Wert legen. Ist das okay?"*

Zustimmendes Nicken.


Und während Kai den technischen Ablauf überwacht, hat KHK Bienert mit seinen beiden erfahrenen Augen vier Personen gleichzeitig im

Visier. Dabei ist ihm eine gewisse Unruhe bereits beim ersten Abspiel bei fast allen vieren nicht entgangen. Schweigt aber, obwohl er sich sicher ist, dass allen Vieren die Stimme bekannt ist. Aber er will letzte Sicherheit!

*„So - und jetzt noch einmal!"*

*„N e i n! Bitte nicht noch mal! Er ist es schon wieder! Verdammter Scheißkerl!"*

*„Beruhigen Sie sich Frau Lange. Sie haben den Anrufer also erkannt?"*

Aber sie kann nicht antworten, hört nicht einmal zu. Das tun ihre Freunde für sie, vorneweg Kurt!

*„Herr Kommissar, wir alle kennen den Anrufer! Er war mal einer von uns. Bis zu dem Zeitpunkt, als er kriminell wurde. Er hat eingesessen im Jugendknast in Heinsberg wegen räuberischer Erpressung in Verbindung mit Brandstiftung!"*

*„Und der Name?"*

*„Mike Lange, mein Bruder! Er ist drogenabhängig und finanziert seinen Konsum mit mehr oder weniger kriminellen Vergehen. Ob er auch dealt, weiß ich nicht. Das wollten Sie doch bestimmt fragen?"*

*„Danke Frau Lange! Bitte antworten Sie nur, wenn Sie sich dazu imstande fühlen:*
*Trauen Sie Ihrem Bruder auch ein Tötungsdelikt zu?*
*2.500 DM sind für einen Junkie eine Menge Geld, für die er in Amsterdam auch eine Menge „Stoff" bekommt, wenn man das Geld nicht für eine Abtreibung ausgeben muss!"*

*„Darüber habe ich mir keine Gedanken gemacht und mache es auch jetzt nicht. Ja, er ist leider mein Bruder, und ja, aber er ist auch ein Junkie und ein Vorbestrafter"*

*„Wissen Sie oder sonst jemand, wo wir Mike Lange möglicherweise finden?"*

Allgemeines verneinendes Kopfschütteln!

*„Bevor Ihr uns verlasst, sagt uns noch bitte, wo Ihr zur Tatzeit wart. Und wir brauchen noch die Adressen der übrigen „Musikkonsumenten"! Und zwar vollständig!"*

*„Aber Moment mal! Sie kennen doch den Erpresser jetzt! Wir haben die Stimme doch alle identifiziert!"*

*„Schon! Aber wir suchen keinen Erpresser, sondern jemand, der möglicherweise ein Tötungsdelikt begangen hat.
Also Leon, fangen Sie an!"*

*„Ich habe bereits ausgesagt, dass ich auf dem Hof in meinem Zimmer war!"*

*„Zeugen?"*

*„Nein"*

*„Bea, jetzt Sie!"*

*„Ich war zu Hause bei meinen Eltern, sie sind meine Zeugen!"*

*„Name und Adresse!"*

*„Die gleiche wie meine Adresse!"*

*„Und Sie Kurth?*

*„Ich war bei Renate!"*

*„Und Sie Renate?"*

*„Ich war bei..."*

*„Halt! Lassen Sie mich raten: Sie waren bei Kurth – oder?*

*Kann das sonst noch jemand bezeugen?"*

Kurth:

*„Ich weiß nicht, wie das früher war. Aber die Jugend heute ist besser als ihr Ruf! Sie nimmt keine Dritte mit ins Bett!"*

„Toller Gag! Hoffentlich behalten Sie auch weiterhin Ihren Humor!"

Auf dem Heimweg:

„Beate, denk bitte nach. Mit wem hast Du über die Sache geredet?"

„Mit niemandem! Weil ich mit Rudi Schluss gemacht habe, hat er daraus geschlossen, dass etwas zwischen Leon und mir gelaufen sein muss."

„War ja nicht mal so ganz abwegig!
Und er hat sich über die Schiene Mike, die ja fast immer funktioniert, an Euch rächen wollen! Insbesondere mit Aussicht auf Bares!
Wahrscheinlich für die beiden eine „win – win" – Perspektive!"

„Okay, Herr Kollege. Ich übernehme Mike Lange."

„Und ich die übrigen Vier – ja? Scheiß Spiel! Mach ich nicht mit!"

Am nächsten Tag im Präsidium...

„Hallo Herr Kriminalrat. Wir beide hätten gerne, natürlich nur, wenn irgendwann es einmal Ihre kostbare Zeit erlaubt, am besten natürlich morgen, einen Termin für eine Besprechung bezüglich eines Zwischenstandes in Sachen „Bongartz!"

„Meine Herren! Ich darf doch sehr bitten. Wir sind nicht in einem TV-Krimi, in dem immer der Chef der Blöde ist!"

„N e i n...?" die beiden unsisono.

„Wir sprechen uns morgen!"

„Danke, Herr Dezernatsleiter!"


## DAS GESTÄNDNIS


Noch einmal wird Leon von den beiden Kripo-Beamten Hoffmann und Bienert vernommen:

„Herr Franzen, erzählen Sie uns bitte noch einmal von dem Gespräch zwischen Ihnen und Frau Bongartz unmittelbar vor der Tat."

„Was für eine Tat? Es gab meinerseits keine Tat!"

„Okay! Beginnen Sie mit dem Zoff zwischen Ihnen und Frau Bongartz nach dem Rock-Event! Sie sind also gegen den Willen Ihrer Lebensgefährtin mit der Clique zum Nürburgring gefahren?"

„Ja, bin ich. Nach unserem ersten Krach deswegen schien sich wieder alles eingerenkt zu haben. Aber sie war wider Erwarten außer Sicht vor Wut und Ärger."

„Wie hat sich das gezeigt?"

„Pack Deine Sachen zusammen und verschwinde, und zwar für immer.
Du passt nicht in mein Leben! Du warst mein größter Irrtum. Ich hätte es ahnen, nein wissen, müssen. Mein Fehler...
Hier ist die offenstehende Rechnung!

Alles in Allem 1.120,-- Euro.

Letzter Zahlungstermin: Übermorgen! Kannst ja bei Deinem „Blitzableiter" wohnen, oder wo auch immer! Ist mir Scheiß egal."

„In **dem** Ton und in **der** Laune hat sie mir die Rechnung präsentiert!"

„Alice, bitte hör mir...!"

„Genau das werde ich nicht tun. Ich bin derweil anderweitig in Punkto „Amuesement" unterwegs."

„Was bist Du? Du hast schon eine neue Bekannt...?"

„Nein mehr! Nur ganz neu ist sie nicht. Aber er ist ein Mann, zu dem man aufsehen, man sich anlehnen kann. Nicht so eine kindliche Seele in einem „Mr. Unsiversum-Body", für den sein Gehirn wegen lauter Muskeln nur ungenügend Platz hat."

Und Alice weiß, wie falsch diese Aussage ist. Aber sie will Leon erniedrigen... provozieren...

„Damit warst Du bis jetzt auch zufrieden?"

„Wer sagt das?

*Es gibt Momente im Leben einer Frau,*

*da ist es wunderschön eine Frau zu sein,*

*aber für diese Momente*

*gibt es leider zu wenige Männer!*

„Und **Du** wirfst mir mangelnde Treue vor? Was bist Du für ein
Miststück!?
Ich bin drei Tage weg und Du liegst schon mit einem Anderen im Bett.
Wie blöd war ich bloß, mich mit Dir einzulassen? Erst mein Opa –
dann mein Vater – dann ich..."

„Drei Tage weg und schon schwängerst Du eine der
Spielkameradinnen. Hast Du das schon vergessen?
Hättest sie vorher aufklären sollen über das, was Du gerade mit ihr
machst, und was dabei passieren kann. Und dass man dafür nicht mal
den Klapperstorch bemühen muss! Es geht auch anders und viel, viel
schöner...Aber wenn der Storch zusehen will...Vielleicht kann er ja
noch was lernen…
Nein – im Bett war mein Lover und ich nicht! Haben uns zuerst einmal
im Auto „getestet"! Ja! Was soll ich sagen: Es passte!
Weißt Du, wenn man dem Demütiger zuvor kommt, ist eine
Demütigung seinerseits keine Demütigung mehr, sondern allenfalls
ein billiges phantasieloses Plagiat einer Demütigung!
Ich war froh, dass Du mich nicht gebeten hast, mit Euch zu fahren.
Du hättest Dich wohl meiner geschämt? Ich passte nicht in diese
Schublade von musikgeilen Alkoholikern? War in Deinen Augen
wahrscheinlich viel zu alt für Euch, für die Musik, für Deine „Freunde".
Aber es gab Gottlob auch eine andere Meinung!"

Eigentlich völlig niveaulos diese Beschreibungen, und es werden noch
einige folgen, und viele unter der Würde einer Persönlichkeit ihres
Formats.
Aber sie zeigen auch, wozu Enttäuschungen und Demütigungen
führen können – ad absurdum!

*Demut*

*ist der Respekt vor eigenen Grenzen.*

*Demütigung*

*kennt keine Grenzen –*

*denn sie hat keinen Respekt!*

„Sag nicht, Du warst am Ring?"

„Nein! Wie gesagt: Wir hatten unseren eigenen Ring – im Auto!"

„Wir? Wer ist „wir" verdammt noch mal?"

„Wir hatten sogar unsere eigene Musik – volles Haus! Musste sein, damit unsere eigene Geräuschkulisse übertönt wurde. Schließlich war das Seitenfenster geöffnet. Ich meine wegen unseres heißen Atems. Die beschlagenen Fenster und so…

Du kennst das ja! Wenn ich erstmal auf Touren komme…"

„Herr Franzen, gestatten Sie mir eine Zwischenfrage. Haben Sie Frau Bongartz diese Schilderungen eigentlich abgenommen? Eine Dame ihres Niveaus und ihres Standes. Treibt es in einem Auto und dreht das Radio auf, damit ihre akustisch-lüsternen Geräusche nicht zu hören sind? Dabei wäre alles viel einfacher gewesen. In der eigenen Wohnung! Sie waren nicht in Reichweite...

„Ich kann nicht mehr sagen, ob ich es geglaubt habe. Aber mein Gehirn ließ keine anderen Gedanken zu, als diese Vorstellungen."

„Und dann sind Sie ausgerastet? Haben das Messer genommen…"

„Nein...nein...verdammt noch mal. Ich war es nicht! Und wenn Sie mir tausend Mal dieselbe Frage stellen!"

Der Beamte:

*„Wie und wer war es dann Ihrer Meinung nach?"*

*„Wie soll ich das wissen? Ich war doch nicht dabei! Ich war es jedenfalls nicht!"*

*„Leon, haben Sie zu dieser Zeit noch einmal an ein Happy End für sich und Alice geglaubt?"*

*„Auch das weiß ich nicht! Aber wir haben uns einmal sehr geliebt. Kann so ein blöder Trip wirklich alles zerstören? Innerlich habe ich immer noch um sie gekämpft, habe gehofft...Habe an einen bösen Traum geglaubt, von dem ich gleich aufwache."*

*„Und dann hat sie Ihnen von der Schwangerschaft erzählt – ja?"*

*„Wieso, Beate war doch nicht schwanger!"*

*„War sie nicht! Aber Beate oder irgendeiner aus Eurer Clique hat Alice dieses „süße Geheimnis" gesteckt."*

Leon rutscht unruhig auf seinem Stuhl hin und her. Greift zum x-Mal in die Hosentasche. Es wäre so einfach und würde niemandem schaden…

*„Wahrscheinlich dieselbe Person, die auch bei uns angerufen hat."*

*„Und wer soll das gewesen sein? Sie müssen mir schon den Namen sagen!"*

*„Nein, Leon, müssen und tun wir auch nicht. Wir haben recherchiert und wissen, dass der Informant die Wahrheit sagt! Wir meinen zum Beispiel - das mit Bea! Nur das zählt!*
*Spätestens jetzt mussten Sie also erkennen, dass alles vorbei ist, endgültig und unwiderruflich."*

Die Beamten praktizieren jetzt, was der Normalbürger als Kreuzverhör versteht.
Befragen oder verhören, und nicht selten beides gemeinsam, je nach Stand der Auskünfte und der Fassung des Verhörten. Die Tat möglicherweise nicht als eine Straftat erscheinen lassen und dafür ihm Optionen in Form von Angeboten zur Strafmilderung bei einem Geständnis unterbreiten.

*„Leon. Bedenken Sie, dass es vielleicht gar kein Mord war, vielleicht nicht einmal Totschlag. Vielleicht nur eine Verkettung unglücklicher Umstände mit einem leider traurigen Ende. Vielleicht ein Unfall mit Todesfolge, so könnte ein Anwalt möglicherweise argumentieren..."*

Lauter Brücken, die Leon über seinem eigenen Schatten helfen sollen.

Und immer wieder fällt Leo der Brief in seiner Tasche ein. Wie gesagt - es wäre so einfach...Stattdessen dieses „Auf" und „Ab" seiner Emotionen.

Und jetzt hat Leons Gemütspegel ein gefährliches Level erreicht.

Er ist aufgesprungen, nimmt den Brieföffner und will ihn sich in die Brust rammen! Harakiri vor den Augen des Gesetzes?

Auch die Polizisten schießen von ihren Stühlen hoch, stürzen sich auf Leon und entreißen ihm den Öffner.

*„Ihr seid dieselben Arschlöcher wie mein Vater..."*

*„Noch einmal etwas Ähnliches und Sie finden sich in der Zelle wieder. So war es wahrscheinlich auch an jenem besagten Abend. Auch hier haben Sie den Brieföffner vom Schreibtisch genommen und zugestochen.*
*Vielleicht wollten Sie Frau Bongartz nicht mal töten. Und der Stich war ja auch nicht tödlich. Die Pathologie hat festgestellt, dass der Tod durch Genickbruch eingetreten ist.*
*Vielleicht wollten Sie Frau Bongartz nur einschüchtern – sie erschrecken...*
*Die Kripo hat rekonstruiert, dass sie mit dem Hinterkopf auf die Arbeitsplatte ihres Schreibtisches aufgeschlagen sein muss, was letztendlich zu ihrem unmittelbaren Tod geführt hat."*

*„Bitte – hören Sie auf! Ich kann es nicht mehr hören. Ich hab es nicht getan!"*

Und nach einer kleinen Pause und nur als lauter Gedanke:

„Ich könnte es Ihnen sogar beweisen...“

„Was haben Sie gesagt? Bitte wiederholen Sie! Was war mit „beweisen“? Wenn Sie etwas beweisen können oder aber auch nur glauben, es zu können, tun Sie es in Ihrem eigenen Interesse!“

„Vergessen Sie es...ich werde nichts sagen!“

„Herr Franzen, ich werde das Gefühl nicht los, dass Sie einen Menschen schützen wollen. Vielleicht jemanden, der Ihnen sehr nahesteht, einen Freund, einen Verwandten...Mein Kollege sieht das genauso und glauben Sie uns, wir sind schon zu lange im „Geschäft“, um dies nicht richtig einschätzen zu können. Es geht nicht mehr um die Tote, nur noch um den Täter bzw. die Täterin. Es werden vielleicht viele Jahre sein, die Sie für jemand einsitzen, der nach Ihren eigenen Worten „ihre große Liebe“ getötet hat, sofern Sie es nicht waren. Ist er oder sie es wirklich wert, von Ihnen „verschont“ zu werden – nach alledem, was er Ihnen und Ihrer Freundin angetan hat?“

„Hören Sie endlich auf! Ich kann es nicht mehr hören.

Bitte nehmen Sie zu Protokoll:

**Ich, Leon Franzen, gestehe, Frau Alice Bongartz, im Streit getötet zu haben“.**

„Und kein Wort zu Ihrem Tatmotiv zwecks positiver Beurteilung seitens des Richters, zum Beispiel eventuell mildernde Umstände in Erwägung ziehen zu können? Nein, Leon, das sind Worte eines Papiertigers...“

„Was haben Sie bis jetzt gesucht? Einen Täter? Ein Geständnis? Was wollen Sie mehr? Hier haben Sie beides! Und jetzt genügt es Ihnen auch nicht bzw. Sie glauben mir nicht? Wenn Sie nicht weitere Zeit vergeuden wollen, glauben Sie mir doch endlich!“

„Was fuchteln Sie dauernd in Ihrer Tasche herum, Herrn Franzen? Suchen Sie etwas?“

„Ja!“

*„Darf man auch erfahren, was Sie suchen?"*

*„Gegenfrage: Darf man hier auch rauchen?"*

*„Eigentlich nicht – aber okay!"*

Der Beamte ist selbst Raucher und hat Verständnis.

*„Haben Sie vielleicht auch Feuer für mich?"*

Nachdem er den Ascher näher zu sich hingezogen hat, greift er in die Tasche, schiebt die Zigarette zwischen seine Lippen, und dann zieht er ein Papier aus der Tasche. Er zündet das Feuerzeug, und noch, bevor die beiden Polizisten verstehen, was hier gerade geschieht, brennt der Ascher lichterloh.

Einer der Beamten schlägt mit einem gezielten Schlag den „brennenden Aschenbecher" vom Schreibtisch und tritt mit seinen Schuhen das Feuer auf dem Fußboden aus.

Meint das der Volksmund mit den Worten:

*„Das Recht mit Füßen treten!*

Hat das Feuer unwiderruflich Leons Unschuld verschlungen?

Leon legt seinen Kopf auf den Schreibtisch. Er weint, zum wiederholten Male.

Er will und er kann nicht mehr kämpfen.

*„Herr Franzen, haben Sie soeben vielleicht das Alibi Ihrer Unschuld verbrannt?*

*Sie wissen schon, was das für Sie bedeutet? Sie verschonen einen Täter, der weiterhin frei rumlaufen wird. Sind Sie sich dieser Verantwortung bewußt?"*

*„Verantwortung? Sie wollen mir etwas über Verantwortung erzählen? Ich gehe für Jahre in den Bau aus Respekt vor meiner Verantwortung einem Menschen gegenüber, der mir viel bedeutet. Und er wird mit Sicherheit nicht mehr frei rumlaufen! Genügt Ihnen das? Und wenn nicht, ist es mir auch Scheiß egal!*

**Also bringen Sie mich weg!"**

Was für ein Fall! Viele Verdächtige, ebenso viele Motive, die gleiche Zahl von Indizien – und jetzt das Geständnis!

Und nun macht die Gerechtigkeit denjenigen für den Tod verantwortlich, der aufgehört hat, seine Unschuld zu beteuern, was er bis hierhin so vehement getan hat.
Ist er tatsächlich des Kämpfens müde geworden, ist er zerbrochen, und wenn, woran? An seiner Enttäuschung über den Tod von Menschen, die er einmal über alles geliebt hat?

Zerbrochen an einer Zukunft, die ihm keine Perspektiven mehr aufzeigt?

Fragen, für die sich Behörden, wenn überhaupt, allenfalls sekundär interessieren.

Denn die Bürokratie ist heute um eine erfolgreiche Erledigung eines „Falles" reicher geworden und kann sich getrost dem nächsten Statistikfall widmen.

Bei den Beamten, und nicht nur bei der Polizei, kursiert ein Sprichwort, und dies bis zm heutigen Tage, vielleicht ironisch, aber auch mit einem Touch von Wirklichkeit:

*Trau niemals einer Statistik,*

*die Du nicht selber geschönt hast.*

All das aber interessiert Leon nicht mehr. Er vergräbt sein Gesicht in seine Hände, er ist in sich zusammengebrochen. Zu schwer sind die Zweifel an der Richtigkeit seines eigenen Handelns.

Nach dem Tod von Alice Bongartz sind weitere Welten zusammengebrochen – hüben wie drüben. In der Soers natürlich, aber auch in Gillrath.
Die Verschlafenheit des Dorflebens ist der Aktualität dieses Falles mit seinen Nebenwirkung und Folgen zum Opfer gefallen.

Nicht nur, wie gewohnt, "Aktuelle Stunde" oder die „Lokalzeit" im Fernsehsessel zu schauen. Nein, heute sind **sie** die Betroffenen. Und es ist nur eine Frage der Zeit, wer von ihnen wann interviewt wird. Natürlich vor laufender Kamera, denn Insider sind sie jetzt alle, glauben zumindest die meisten von ihnen.

Mitleid? Verständnis? Scham? Fremdworte für die „Eingeborenen!" Denn „danach" folgt wieder für sie die Lethargie des Alltags. So ganz ohne „regionale Weltpolitik"!

Einfach schlafen gehen? Einigen von ihnen gehen stattdessen utopische Vorstellungen vom Tathergang mit geheimer Sehnsucht nach drastischen Strafen für den Täter durch den Kopf. Manchmal sogar mit dem Wunsch, dass das Verfahren noch weitere Intimitäten dieses Dramas hervorbringen wird.

Das alles, so lange bis die Nacht vorbei ist, und der Klatsch beim Bäcker wartet! Noch ein kurzer Umweg zum Metzger ohne eigentlichen Einkaufswunsch, aber mit Sicherheit mit einem Mitteilungsbedürfnis. Wobei man dann sich natürlich einer besonderen Aufmerksamkeit erfreuen kann, wenn man dem eigenen Bericht mit der einen oder anderen Halbwahrheit eine besondere Pointe verleihen kann.

...und Leon bietet seine beiden gekreuzten Handgelenke den Kripo-Beamten an, um das Verhör endlich zu beenden.

*„Moment Leon. Ihr Vater ist Polizist, und ich denke, Sie sind in einem Umfeld aufgewachsen und erzogen worden, in dem Recht und Gerechtigkeit ein wesentlicher Bestandteil dieser Erziehung waren, wenn auch nicht zu allen Zeiten.*

*Wenn also Ihre Unschuldsbeteuerungen tatsächlich stimmen, tragen Sie dazu bei, dass in diesem Verfahren möglicherweise ein Justizirrtum geschieht. Also - wenn Sie es nicht waren, und Sie andererseits behaupten, den Täter zu kennen – helfen Sie uns! Nennen Sie uns Ross und Reiter!*
*Wem ist damit gedient, wenn Sie unschuldig hinter Gitter gehen?"*

*„Dem Täter! So ist es! Und jetzt Schluss!"*

Kai Hoffmann später zu Uwe Bienert:

*„Ist es nicht eigenartig:*

*Als der Junge die Tat bestritten hat, haben wir ihm nicht geglaubt.*
*Und jetzt, wo er nichts bestreitet, glauben wir ihm eigentlich auch nicht.*
*Es muss etwas geschehen sein..."*

*„Ich denke, es hat etwas mit dem verbrannten Papier zu tun, Kai!*
*Bis zum Brand war er sich noch nicht schlüssig, ob er es uns zeigen sollte. Wahrscheinlich war es tatsächlich das geschriebene Geständnis des wirklichen Täters."*

*„Und warum hat er das Papier vernichtet, Uwe? Es war eine Entscheidung in letzter Sekunde. Er wollte also den Schreiber schützen, oder?"*

*„Und an wen denkst Du dabei?"*

*„Trinken wir einen Kaffee im Sitzen, dann fällt das Stehen nicht so schwer...?"*

*„Nur wenn Du zahlst. Weißt Du, dann fällt mir das Trinken leichter!"*

*„Welchen Verfasser wollte er wohl schützen? Vielleicht einen Freund?"*

*„Wohl kaum. Ich kenne niemanden, der für einen Freund in den Bau geht, unter Umständen sogar für viele Jahre..."*

*„Vielleicht eine Freundin?"*

*„Da gibt es seine Ex! Yvonne! Aber da geht die Beziehung wohl eher von ihr aus. Schließlich war **er** mit der **Bongartz** zusammen."*

*„Und kann das nicht das Motiv sein, Kai? Geliebt hat sie die Bongartz deswegen mit Sicherheit nicht!"*

*„Nein! Man muss ihr die Geschichte mit dem Messer, dass sie in die Wurm geworfen haben will, wohl glauben. Man hat es gefunden und ihre DNA - Spuren daran festgestellt."*

*„Natürlich! Sie hat ja auch zugegeben, es in der Hand gehabt zu haben. Wie sollte es sonst im Wasser gelandet sein?"*

*„Stimmt! Außerdem ist die Bongartz zwar mit einem spitzen Gegenstand laut KTU (= Kriminal-technische Untersuchung) erstochen worden, aber es war mit Sicherheit kein Messer! Dafür ist der Einstich zu grob. Es fehlt im Büro aber der Brieföffner! Der wäre möglicherweise mit der Wunde kompatibel"*

*„Und was ist mit Bea, seinem „one-Night-Stand" Girl?"*

*„Zugegeben, Uwe! Sie hat diese Geschichte mit Leon im wahrsten Sinne des Wortes „tiefer" beeindruckt! Aber ihr genügte später hin und wieder ein „remember-date" verbaler Art. Außerdem geben ihre Eltern Bea ein Alibi!"*

*„Und ihr Bruder hat das sicherste Alibi der Welt: Er saß zur Tatzeit im „Bau". Versuchter Raubüberfall an einer Verkäuferin in einem Discounter – exakt 24 Stunden vorher. Aber mit Sicherheit würde Leon seinetwegen keine Strafe absitzen!"*

*„Aber fällt Dir etwas auf, Uwe: Er ist bis hierhin der einzige, von dem wir definitiv wissen, dass er es nicht gewesen sein kann, denn er war in der „Obhut" des Staates. Alle die anderen bis jetzt Vernommene sind es wahrscheinlich auch nicht gewesen, aber könnten es gewesen sein. Wir können sie im „Ausschluss – Verfahren" also nicht gänzlich von der Liste streichen".*

*„Nein Kai! Wir fischen in trüben Wassern. Die Person, die wir suchen, können wir nur im engeren Umfeld von Leon finden, in seiner Familie - zum Beispiel! Hier gibt es jemanden, den er unter allen Umständen schützen will...!"*

„Also fangen wir an Uwe:

Da haben wir den Vater. Auch seinetwegen würde er sich nicht „setzen" – genauso wenig wie für seine Mutter.
Aber kommen wir noch einmal auf die Alibis zurück.
Unser Kollege Heinz Franzen „verdankt" sein Alibi seiner neuen Freundin, ebenfalls einer Kollegin von uns.
Glaubst Du, sie würde eine falsche Zeugenaussage ihm zu Liebe machen, ohne nicht auch die möglichen dienstlichen wie auch strafrechtlichen Konsequenzen in Erwägung zu ziehen?
Und außerdem, wäre er nicht bei ihr gewesen, könnte sie glauben, dass er doch wieder bei der Bongartz war. Dafür deckt man niemanden, sondern jagt ihn zum Teufel!

Gut, es gibt diesen ominösen Kuli von Franzen anlässlich seines Dienstjubiläums, der am Tatort gefunden wurde. Zufall? Hat er ihn dort verloren oder hat jemand bewusst eine falsche Spur legen wollen!"

„Die Mutter Marita? Gut, auch sie hat Alice Bongartz gehasst. Aber „gärt" dieser Hass noch so sehr, dass sie die Bongartz deswegen umbringt? Und warum auch? Sie hat seit einiger Zeit doch auch ihr ganz persönliches neues Glück in einer gleichgeschlechtlichen Beziehung gefunden! Wo also ist das unbedingte Motiv?"

„Und die Jansen?"

„Du meinst Opa's Nachbarin und Geliebte! Nein! Ich halte sie zu naiv und nicht eiskalt genug, jemanden umzubringen. Sie hat gesehen, dass der Wagen von „Ihrem Fritz" nicht am Hof stand. Das hat ihr genügt. Mehr wollte sie nicht als die Sicherheit, dass er nicht da war! Und für mehr fehlte ihr bezüglich ihrer Aufsichtsverpflichtung gegenüber seiner Frau auch die Zeit."

„Jetzt bleiben noch zwei, Uwe!"

„Wieso zwei, Kai? Nur einer - Gottfried Breuer!"

„Und was ist mit Sofia Breuer?"

„Weißt Du, Herr Kollege. Ist das wirklich Dein Ernst? Du möchtest doch auch mal so ein berühmter Kriminaler werden wie ich. Also geh Du hin und vernehme sie eindringlich mit der ganzen Härte des Gesetzes. Vergiss insbesondere nicht, sie nach ihrem Alibi zu fragen. Und wenn sie sagt, sie habe den ganzen Abend am Seerosenteich gesessen, glaube ihr nicht. Das sagt sie immer! Und weißt du warum?"

„Du Blödmann wirst es mir bestimmt gleich sagen?"

„Weil sie tatsächlich auch immer da sitzt! Das heißt, wenn sie nicht gerade mit dem Tränken der Seerosen beschäftigt ist. Kannst ihr ja helfen dabei, indem Du immer wieder eine Gießkanne mit Wasser nachfüllst!"

„Mach Dich nur über die arme Frau lustig! Wirst schon sehen, was Du davon hast. Vielleicht sitzt Du selber in zwanzig Jahren, oder auch früher, an einem Teich in Eurem Garten und fütterst die Plastikgänse auf dem Wasser, damit Ihr zu Weihnachten einen schönen Braten habt!"

„Hast Du schon mal Plastikgänse gegessen, Herr Kollege?"

Und jetzt werfen sich beide, trotz der Ernsthaftigkeit der Ermittlungslage, weg vor Lachen.

„Weißt Du Kai. Wenn Dir dein Job einmal das Lachen verderben sollte, solltest Du den Job wechseln. Dann passt Du nicht zum Job oder der Job nicht zu Dir! Denn dann verpasst Du einen Teil Deines Lebens. Lachen ist Balsam für die Seele und ohne Lachen verkümmert sie!

„Ich denke, aufgrund der Sachlage haben wir keinen Fehler gemacht mit der Verhaftung von Leon. Ja, alle übrigen infrage kommenden Personen hätten aufgrund ihres Alibis. wenn auch teilweise unter schwierigen Umständen, die geringe Möglichkeit gehabt, die Tat zu begehen. Ja, sie hatten mehr oder weniger größere oder kleinere Motive. Aber wenn ich einmal saldiere, sind all ihre Motive zusammen nicht unbedingt dazu angetan, einen Menschen zu töten.

*Nehmen wir Leons Großvater. Ja, sein Handy wurde am Tatort gefunden. Ebenso, wie der vergoldete Kugelschreiber von Leons Vaters. Ja, und der Großvater hatte Schulden, schon seit geraumer Zeit. Aber exakt an jenem Tag wollte er nahezu mehr als die Hälfte der Bongartz zurückzahlen – 7.000 Euro. Diesen Betrag hat er von der Bank bekommen. Er hat mir den Auszahlungsbeleg der Bank vorgelegt!"*

*„Hat er Dir auch den vorgesehenen Verwendungszweck nachgewiesen?"*

*„Wie denn? Er ist doch nicht mehr dazu gekommen!"*

*„Und woher willst Du wissen, dass er ihr das Geld auch übergeben hätte, wenn sie ihm geöffnet hätte?"*

*„Aber sie hat ihm doch Deiner Theorie zufolge die Türe geöffnet!"*

*„Und warum hat er es ihr dann nicht gegeben? Man hat es nicht gefunden bei ihr...
Gab es für ihn „dringlichere Anliegen", die bei ihm mittlerweile keine „Anliegen" mehr waren. „Standen" bei ihm schon aktuelle Tatsachen im Vordergrund? Ist Ihm beim Kampf um Verteidigung ihrerseits und Angriffsverhalten seinerseits möglicherweise sein Handy wegen „Platzmangel" aus der Tasche gefallen?!"*

*„Herr Kollege! Komm mal runter! Du hängst immer noch der Theorie nach, dass mit dem Handy vom Opa und dem Kugelschreiber vom Vater eine falsche Spurenlegung beabsichtigt war?
Und warum sollte Leon den Verdacht auf diese Beiden gelenkt haben?
Okay, beim Vater war es der blanke Hass. Und den Kuli kann er irgendwann bei der Bongartz gesehen haben, und er hat nicht gewollt, dass sie ihn noch weiter benutzt.*

*Aber beim Opa? Nein. Ich gebe Dir recht. Gemocht hat er ihn auch nicht! Schon wie er seine Oma behandelt, die Liebste für Leon von allen! Und dann die Situation auf der Veranstaltung in*

Gillrath! Dieser Eklat und diese Drohungen seines Großvaters im Festzelt.

Ich denke, Leon wollte beiden eine Lektion erteilen, denn er ging davon aus, dass Unschuldige in unserem Rechtsstaat nicht wirklich verurteilt werden."

„...Und er wusste schließlich, wer es wirklich war – nämlich er selber, oder?"

„Ja! Auch ich denke die Inhaftierung von Leon Franzen ist nach Sachlage von Motiv und Alibi gerechtfertigt.
Zwei Jahre im Schlaraffenland gelebt, wenn auch in einem goldenen Käfig. Aber lieber dort im Käfig, als ohne Käfig in der Gosse! Und er hat diesen Käfig nicht mal so empfunden, zumindest diese zwei Jahre lang nicht. Wie auch?
Bei einer solchen „Käfigwärterin"?"

Erst als der „Abrieb" der Beziehung sich bemerkbar machte, erwachte in ihm die Sehnsucht nach Nostalgie!"

„Ist doch nichts besonders Kai! Geht's uns nicht auch manchmal so. Nur wir können uns eine solche „Zeitgeschichte in die Vergangenheit" aus rein ökonomischen Gründen kaum leisten!"

„Nicht nur! Auch aus moralischen Gründen!"

„Ha ha...! Hier spricht der verhinderte „TV-Pope" das „Wort zum Sonntag!"

„Kai, bitte! Ich möchte fortfahren...
Also dazu kommt Alice' Bongartz Ruhm, von dem auch er profitiert. Ansehen hin bis in die höchsten sozialen Ligen. Über Geld verfügen, obwohl er keines hat. Limousinen steuern, die er ohne ihre finanzielle Spritze nicht einmal betanken kann. Studieren? Warum? **Sie** ist seine Alterversicherung!
Und dann macht er diesen entscheidenden Fehler, diesen Trip zu Rock am Ring. Nein, das wäre es nicht einmal gewesen.

Es ist die Geschichte mit Bea! Er hätte sie mit einer anderen Frau in Alice' Alters betrügen können, also auch mit einer

Älteren. Das hätte die Bongartz wahrscheinlich sogar in ihrem Glauben bestärkt, dass es ihn tatsächlich zu reiferen Frauen zieht.

Aber eine Jüngere? Damit hat er sie mitten in ihre Achillesferse getroffen. Für sie das Allerschlimmste und absolut unverzeihlich.

Ihre verbalen Auseinandersetzungen und persönlichen Beleidigungen enden in einem handfesten Streit. Und er wird sich der Konsequenz der Trennung durch ihre Einforderung seiner Schuldsumme bewusst. Dazu die Vorstellung, dass bereits ein anderer Mann in ihr Leben getreten ist...
Das macht ihn eifersüchtig und rasend und lässt ihn überreagieren."

„Und dann beleidigt sie auch noch das Liebste, was er schon als Kind hatte: Seine Großmutter! Verhöhnt sie mit ihrer Krankheit, zumindest in seinen Augen!

Und dann sticht er zu!"

„Hat man die Tatwaffe eigentlich mittlerweile gefunden Uwe?"

„Nein, noch nicht! Aber aufgrund der Einstichwunde könnte es lt. „Patho" (Pathologie) ein Brieföffner gewesen sein, jedenfalls kein Messer!"

„Wie kommt unser Superhirn darauf?"

„Wie bereits erwähnt: Die Einstichwunde passt nicht zu einem Messer, selbst nicht für ein scharfes! Der Briefbeschwerer, das Stempelkissen, das Lineal und der Halter für den Füllfederhalter bilden gemeinsam ein Set. Weniger für den praktischen Gebrauch gedacht. Aber doch aufgrund des hochwertigen Materials von einem sehr hohen finanziellen Wert. Und das nur als Deko... So einen Luxus gönnt sie sich eben, stets das Arbeitsgerät vor ihren Augen!
Auffällig dabei ist, dass der Brieföffner fehlt, eigentlich ein unbedingtes Zubehör zu diesem Set."

„Aber, dass er die Tatwaffe ist, ist nicht sicher?"

„Ich habe unserem Pathologen von einem möglichen fehlenden Brieföffner erzählt, und er könnte sich diesen Gegenstand als Tatwaffe durchaus vorstellen."

„Aber wir wissen nicht einmal, ob es ihn gibt. Ob das Set überhaupt komplett war? Es bleibt ein Verdacht, dass der Brieföffner zu der Einstichwunde passen würde, nicht mehr und nicht weniger!"

„Zurück zu Leon, Kai. Leon hinterläßt den Kuli seines Vaters in der Wohnung, um sich auf diese Art an ihn zu rächen. Und für den Fall, dass diese Theorie aus Sicht der Polizei nicht in Betracht kommt, präpariert er die Wohnung so, dass auch ein Raubüberfall stattgefunden haben könnte! Nur *er* ist in beiden Fällen außen vor! Denn Stehlen, trotz seiner unbedeutenden Verbindlichkeiten, hat er nicht nötig, denke ich.

Bringen wir also doch den „großen Unbekannten" ins Spiel, der sie aus rein habgierigen Motiven überfallen, aber der dann doch nichts mitgenommen hat!

Weil er wider Erwarten nichts gefunden hat. Und dabei auch noch von der Bongartz überrascht wurde?"

„Hat was, Herr Kollege. Und auch unser Chef zieht schließlich Letzteres in Erwägung!"

„Heißt nichts! Seit heute bestreitet Leon Franzen nur noch, dass er nicht der Täter ist. Alles andere interessiert ihn nicht mehr. Er scheint gebrochen, aus welchem Grund auch immer. Will er nicht mehr, oder kann er nicht mehr?
Ich bleibe dabei! Seine Inhaftierung, wenn auch aufgrund von Indizien, aber immerhin Indizien, die schlüssig sind, war richtig!"

„Ich denke auch! Kai! übrigens: Übernimm Du die vier Kaffee, und die zweimal Kuchen kann ich auch nicht zahlen, meine Frau wartet!"

*„Meine auch! Dann schreib ihr doch dass Du noch erst zahlen musst, und dann sofort kommen wirst...ha - ha! Also, ich meine nach Hause! Aber vielleicht besteht da gar kein Unterschied…*

*Bis morgen beim Alten! Übrigens, da zahl ich!"*

Die Ermittlungen der beiden Beamten führen also zu dem Ergebnis, dass ein begründeter Anfangsverdacht, ein Indiz für die vorläufige Inhaftierung von Leon, vorliegt.
Nun ist es Sache der Staatsanwaltschaft, über ein strafrechtliches Vorgehen, oder aber über die Aufhebung dieser Maßnahme zu entscheiden.

Alles Weitere liegt nicht in der Kompetenz eines deutschen Ermittlungsbeamten und ist ihm mangels fehlender juristischer Vorkenntnisse nicht zuzumuten.
Sein „Dienstgewissen" deponiert er beim Staatsanwalt unter dem Strafgesetzbuch und sein Privates nimmt er mit in seine Familie, mit all seinen sozialfamiliären Folgeerscheinungen!

In der Gillrather Bevölkerung indes scheint mit der Verhaftung von Leon wohl der eigentliche Täter überführt zu sein. Sofern nicht, wie bereits erwähnt, der große Unbekannte, den keiner auf der Rechnung hat, doch noch auftaucht.

Der häufigste Tatort ist der Tratsch, natürlich nur sehr selten für einen Mord, aber zumindest für üble Nachrede oder allenfalls Rufmord. Also für viele Vergehen, die nicht selten auch Straftaten nach sich ziehen. Aber „auf dem Dorf…?"

Aber, um es vorweg zu nehmen, in dieser Bäckerei, wird dies heute nicht geschehen. Hier treffen heute, und noch viele Male mehr, nur „Amateurdetektivinnen" und „Ortsreporterinnen" aufeinander.

Das hört sich dann so oder so ähnlich an:

Die Erste:

*Aber doch nicht sein Opa! Der gute Fritz! Natürlich hat er seine Fehler, zum Beispiel die Beziehung zu dieser Jansen. Aber sie ist das Luder…geschieden! Sag doch alles!*

Die Andere:

*Aber stell Dir vor, alle Männer mit einer Geliebten würden zu Mördern, Lisbeth!*

*Dann gäbe es selbst in einem Dorf wie dem unseren viele Witwen auf Zeit!*

Die Erste:

*Wie meinst Du das, und warum schaust Dich **mich** so seltsam an?*

Die Andere:

*Tu ich das, Lisbeth?*

Und wieder die Erste:

*Ja tust Du! Aber an Deiner Stelle würde ich dann lieber in den Spiegel hinter der Theke schauen!*

Die andere sauer:

*„Ich hätte gerne drei Brötchen und ein Croissant, bitte!“*

*„Sonst noch etwas Lisbeth?“*

*„Nein Danke, heute nicht!“*

Und aus dem Hintergrund...

*Was sagst Du Else? Ist es nicht furchtbar? Der arme Fritz unschuldig im Gefängnis?*

*Und Else:*

*Hast Recht Ruth! Natürlich hat er seine Fehler. Die Kuddelei mit der Jansen. Aber kann man's ihm verdenken...bei seiner armen Frau? Viele Männer in Gillrath machen doch das Gleiche, auch ohne eine „arme Frau" zu haben!“*

*Und Ruth:*

*Glaubst Du das also auch, ja? Meinst Du jemand Bestimmten, vielleicht, Else?*

*Dann wieder Else:*

*Gott behüte! Ich will nichts gesagt haben...!*

*Aber er ist doch kein Mörder! Schließlich ist...*

*Ruth was hättest Du bitte gerne?* – der Bäcker.

*Und Ruth:*

*Das Gleiche wie Else!*

*Und jetzt alle unisono:*

*...Ist ja furchtbar, nicht mal beim Bäcker kann man sich ungestört unterhalten!*
*Ich wollte sagen, schließlich ist er einer von uns! In Gillrath hat noch niemals jemand jemanden umgebracht!*
*Nein! Dieser verwöhnte Bengel hatte allen Grund dazu! Schwängert so ein armes Ding, trotz seiner Erfahrung mit der erfahrenen und liebestollen Bongartz – pfui! Sie hat doch bestimmt gewusst, wie man verhütet. Hat die „Kleine" nicht verhütet?*

*Unter uns: Man muss die Pille doch nur zwischen den Knien festhalten – da kann nichts passieren...*

*Ich kauf mir keine Pillen, ich mach das mit Erbsen und den Knien!*

„Tratschismus" ist die einzige Form von Konversation, der keinen Unterschied zwischen Phantasie und Wahrheit macht.
Es zählt einzig und alleine die fiese Form von Tratsch.
Man stellt den Tratsch schon deswegen bezüglich seines Wahrheitsgehaltes nicht auf den Prüfstand aus Angst, dass sich die Unwahrheit herausstellt. Für die Tratscherei wäre es das Ende! Ein abruptes Ende ohne Höhepunkt – wie langweilig! Und am Ende wären **die** womöglich die Gewinner, die sich an solchen Tratschereien nicht beteiligt hätten.

Und dann hält wieder die ganz normale Tristesse Einzug in den Ort...wie langweilig!

Im Ernst! So naiv ist man natürlich nicht einmal auf dem Lande...
Und so ein Gespräch findet natürlich nicht jedem Tag in der Bäckerei
statt – manchmal soll es auch beim Metzger sein...

Aber wenn es so einen Gesprächsstoff gibt, muss man ihn ausgiebig
„genießen"!

Und man mag es kaum glauben, in Punkto Klatsch ist auch Aachen
ein Dorf – nur ein größeres. Und Neuigkeiten tratscht man nicht in
einer Bäckerei oder Metzgerei, sondern hinter vorgehaltenen
„Glacehandschuhen". Aber das ist fast schon der einzige Unterschied.
Der Inhalt ist der gleiche.
Und auch die Meinung über die Beziehung Alice' Bongartz und Leon
Franzen. Er ist der Schmarotzer und die meisten haben eh schon
länger gewusst, wer nur als Täter in Frage kommt. Ja – irgendwo
muss es dann doch wohl einen Unterschied zwischen Land- und
Stadtbevölkerung geben...

## ZELLENGESPRÄCHE

Leon indes bekommt von dieser Außenwelt indes nicht allzu viel mit.
Er ist in sich und in seine Zelle eingekehrt...

Diese Zelle schränkt seine physischen Bewegungsfreiheiten zwar
enorm ein, aber so paradox es klingen mag, im Augenblick bedeuten
ihm die wenigen Quadratmeter seines ungewohnten Aufenthaltes die
„große Freiheit"! Fernab von Vernehmungen, Verpflichtungen und
Erwartungen! Nur „er selber sein dürfen", alleine mit sich und seinen
Gedanken und insbesondere mit seiner Trauer.

Mit der Trauer um den Tod von Alice – mit dem Verlust seiner großen
Liebe.
Denn nicht weniger traurig ist er über den Brief, bzw. seinen Urheber.
Und seine Gedanken sind momentan ausschließlich bei dem Brief,
den er vernichtet hat ! Oder anders ausgedrückt: beim Alibi seiner
Unschuld.

Noch einmal lässt er den Text dieses Briefes Revue passieren. Er
kann ihn nicht rezitieren, aber gedanklich nachvollziehen. Und dabei

hat er die Gelegenheit, Fragen an den Verfasser zu stellen und nach Motiven zu suchen.

Man könnte auch sagen:

Es wird eine telepathische Unterhaltung zwischen zwei Menschen auch über das Leben und den Tod.

Wie war das noch mal?

> *...Am Ende des Briefes wirst Du vielleicht verärgert sein, mich womöglich sogar hassen oder mich verachten,*
> *oder beides,Leon! Zumindest aber mehr, als verwundert sein.*

Das bin ich jetzt schon!

> *...wahrscheinlich bist Du aber jetzt schon, in diesem Augenblick, verwundert..*

Und Leon hört Worte, die niemand spricht. Und er fühlt, wie die Gedanken seine Seele berühren...

> *...möchte ich Dir sagen, wie alles begann, wie es dazu gekommen ist,*
>
> *was geschehen ist...*

*Hass oder Liebe,*

*haben trotz vordergründig unüberbrückbarer*

*Gegensätze tiefgründige Gemeinsamkeiten.*

*Beides sind starke Gefühle*

*und sie können Menschen blind machen*

*und zu Allem befähigen...*

*auch zum Äußersten.*

Und Leon:

Wenn ich mir die Blätter des Briefes vor Augen halte, kann die Geschichte hier wohl kaum zu Ende sein? Obwohl ich mir das wünschen würde. Denn damit wäre auch ein Alptraum für mich zu Ende!

Aber er „liest" weiter:

> *...Wenn Du nicht erfahren willst, wie es wirklich war, könnte der Alptraum für Dich hier ein Ende haben...*
>
> *Leg einfach den Brief beiseite - ansonsten...*

Dann gut! Lieber „ansonsten"...

> *...Am besagten Tag bin rüber zur Jansen und habe vorgegeben mich ausgeschlossen zu haben. Sie hatte stets einen Schlüssel von unserem Haus, um in Abwesenheit von Opa, Gelegenheit zu haben, mich stichprobenartig zu beaufsichtigen.*
>
> *Wie bereits erwähnt, habe ich den Schlüssel ausgetauscht. Somit war ihr der Zutritt für die nächste „Visite" bei mir verbaut.*
>
> *Als ich später ihre vergeblichen Versuche, unsere Türe zu öffnen, vernahm, habe ich ihr eine WhatsApp mit Opas Handy geschickt:*
>
> *„Mein Wagen hat gestreikt – hole mich bitte ab – Ortsausfahrt Würselen Richtung Alsdorf – ich mache mich am Straßenrand bemerkbar – habe die Warnblinkanlage an..."*
>
> *...Überhastet hat die Jansen die Eintrittsversuche zu unserem Haus abgebrochen, und schon kurze Zeit später hörte ich sie losfahren.*

*Ich habe dann ein Karnevalskostüm von „Anno Tobak" angezogen, dieses hässliche Hexenkostüm. Dazu die furchterregende Maske mit der Fratze genommen.*

*Jetzt war auch für mich die „Bahn frei"!*
*Also holte auch ich mein Auto aus der Garage und bin los Richtung Aachen – genau: Richtung Soers.*

Aber Oma! Dein Wagen war doch gar nicht zugelassen.

*...Dass mein Wagen nicht zugelassen war, hat mich nicht interessiert. Schließlich hatte er ja noch die Kennzeichen – und in der Dunkelheit...*

*Aber selbst, wenn mich die Polizei angehalten hätte... Was hätte schon einer dementen 75-Jährigen passieren können in einem Hexenkostüm und mit einer Maske um diese Tages- und Jahreszeit? Es war weder Halloween noch Fastnacht.*

*Allenfalls hätte ich mein Auto stehen lassen müssen. Ab in die Minna und nach Hause oder in Heim…*

*Danach habe ich die WhatsApp auf Opas Handy gelöscht.*

*Und irgendwann stehe ich dann vor Alice' Türe.*

*Als ich gerade die Klingel bedienen will, bemerke ich den Schlüssel im Türschloss.*

*Im gleichen Augenblick wünsche ich mir, dass sie nicht zu Hause ist – ist sie aber! Aber ich will es doch auch so...*

*Ich drehe vorsichtig den Schlüssel um und öffne die Türe.*
*Mein Herz schlägt mir bis zum Hals! Eigentlich muss sie es hören…*

*Und nun nur noch diese eine Türe zu ihrem Büro...!*

Lass sie zu Oma! Bitte lass diese verdammte Türe zu!

*...Ich öffne die Türe nur so weit, dass ich mein maskiertes Gesicht durch den Türspalt stecken kann. Sie sitzt vor ihrem PC...*

*Dann bemerkt sie meine schauderhafte Fratze im Türrahmen und erstarrt nahezu vor Angst.*

Mein Gott! Was hast Du ihr bloß angetan, Oma? Warum hast Du sie so leiden lassen in ihrer Todesangst?

*...Mit Hilfeschreien auf ihren Lippen und weit aufgerissenen Augen, in der sich ihre Todesangst widerspiegelt, springt sie wie in Trance auf und versucht, die Türe zuzuschlagen.*
*Ich halte meinen Fuß dazwischen und es kommt zu einem Kräftemessen...Sie drückt von innen und ich von außen.*

Gib doch nach Oma ...bitte, bitte! Was hast Du denn davon? Lass endlich diese Scheiß Türe los! Lass sie leben! Leben mit mir!

*...Als sie unerwartet loslässt, stolpere ich in ihr Büro.*

***Und dann steht sie vor mir! Mit erhobenem Arm und den Briefbeschwerer in der Hand.***

Natürlich will ich nicht, dass sie Dich erschlägt! Ebenso wenig will aber auch, dass Du sie erstichst. Bitte, bitte, Oma! Mach es ungeschehen. Du tötest meine große Liebe!

*...Intuitiv erfasse ich den Brieföffner und ohne die Situation abzuwarten...steche ich zu.*

Wie eiskalt kann ein Mensch nur sein?

Und dann auch noch eine Frau wie DU...? Die Sanftheit in Person. Die beste Oma der Welt! Das warst Du jedenfalls bist jetzt.

*…Aber glaub mir mein Junge, der Stich ist auch ein Selbstschutz, eine Abwehr. Schließlich haben wir beide eine totbringende Waffe in der Hand.*
*Es geht nur noch um*

**„sie oder ich"!**

*Die Bongartz torkelt rücklings und fällt mit dem Hinterkopf auf die Arbeitsplatte ihres Schreibtisches! Dann sinkt ihr Körper zu Boden.*

Hör auf Oma. Ich kann es nicht mehr hören! Du sprichst von ihr, als sei sie eine leblose Puppe! Es ist ein Mensch, Oma. Du hast gerade einen Menschen getötet. Und Du bist sein Mörder, ob es Dir nun passt oder nicht!

Dennoch siegt Leons Neugier oder aber der Wunsch, alles doch noch ungeschehen zu machen.

*…Wie lange ich in dieser Schockstarre so verharre…ich weiß es nicht! Kann es nicht einmal einschätzen.*

*Irgendwann „wache" ich auf, und mir wird nach und nach meine Situation bewusst.*

So schlimm kann also Dein Entsetzen über die Tat dann doch nicht gewesen sein. Schließlich hast Du wieder sehr schnell Deine Gedanken sortiert.

*…Mir wird bewusst, was durch mein Zutun geschehen ist…*

*Meinetwegen sie in Todesangst versetzen, ja – das will ich -*

*das ist auch mein Plan! Und das ist schon ein Verbrechen, zumindest ein moralisches…oder nicht? Ich will, dass sie spürt, wie es ist, Angst zu empfinden. Angst um sein Leben, Angst, eine Familie zu verlieren, einen geliebten Mann, Sohn und Enkel…*

*Aber ich wollte sie doch nicht töten. Ich bin doch kein Mensch, der imstande ist, einen Menschen zu ermorden, oder Leon?*

Eigentlich habe ich das bis jetzt von Dir auch geglaubt, Oma!

*...Aber, Leon, so sieht es doch aus, wenn mich hier irgendjemand überrascht.*
*Ich muss also handeln...*

*Alles was jetzt folgt, Leon, ist zusammengefasst nicht halb so schlimm wie das, was ich mir vorzuwerfen habe...*

*Ich täusche einen Raubmord vor, indem ich ihre Räumlichkeiten auf den Kopf stelle. Ob ich tatsächlich etwas finden will, wozu? Natürlich nehme ich auch nicht ein einziges Teil mit!*

*Aber glaub mir, schon einen anderen als mich selbst in Verdacht zu bringen, nimmt eine akute Panik von mir, und gibt mir zeitweise das trügerische Gefühl, möglicherweise nicht doch diese Tat begangen zu haben...Vielleicht war es wirklich „dieser andere"...*
*Bis ich nicht mehr zwischen Wahrheit und flehendem Wunschdenken unterscheiden kann.*

*Und ab diesem Zeitpunkt, bin ich mir nicht einmal mehr sicher, ob diese teuflische Krankheit, Demenz, nicht doch Besitz von mir ergriffen hat.*

Gedanklich hat Leon diese Szene x-mal nachgespielt – auch in der Zelle.

Er trommelt mit den Fäusten auf den kleinen Zellentisch und glaubt, auf diese Weise seinen Gedanken Freiheit zu verschaffen.

Er schläft immer wieder ein. Und wenn er aufwacht, ist alles immer wieder wie zuvor – nein - schlimmer.
Und dann ist wieder die Erinnerung an diesen verdammten Brief sein erster Gedanke.

Er will den Brief vernichten, in seiner Erinnerung, aber auch in seinen Gedanken, was er letztendlich nicht mehr trennen kann.
Er will das Ende nicht noch einmal erfahren. Vielleicht weil er den Glauben an seine Weltanschauung nicht verlieren möchte...

*"das nicht sein kann, was nicht sein darf"*

Entgegen seinem tiefverwurzelten Vorsatz will er es noch einmal erfahren und lesen! Vielleicht war doch alles nur ein böser Traum.

Also:

Wie ging es weiter...? Ich weiß es, Oma, aber sag **Du** es...!

> *...Ja - ich wollte ihr einen Denkzettel „verpassen". Es sollte etwas sein, woran sie sich ein Leben lang erinnert.*

> *Sie sollte am eigenen Leibe erfahren, dass das Leben nicht nur aus Erfolg und Glamour besteht! Nein, sie sollte sich erinnern, aus welchem Hause sie stammt.*

*„Back to the roots —*

*zurück zu den Wurzeln!"*

Aber sie hat Dir doch nichts getan, Oma?! Ich kann das nicht begreifen.

> *...Wahrscheinlich glaubst Du, sie habe mir nichts getan, Leon? Sie hat meiner ganzen Familie etwas getan. Wie sagte Jesus?*

> *„Was ihr dem Geringsten meiner Brüder getan habt, das habt ihr mir getan"*

> *Er hat es wahrscheinlich positiv gemeint! Aber ist es nicht umgekehrt das Gleiche?*

> *Ich wollte einen Schneeball werfen und habe eine Lawine losgetreten, ohne es zu wollen.*

*Jeder Schneeball war einmal eine Flocke,*

*und jede Lawine einmal ein Schneeball!*

Hör bitte auf mit Deiner Scheiß Hinterhofphilosophie...die Fakten sind schlimm genug!

> *...Fakt ist auch, dass ich, nachdem sie zu Boden gestürzt ist, versuche, ihren Pulsschlag zu fühlen – vergebens...*

> **sie ist tot.**

> *Vielleicht will ich ihr sogar helfen...Man lässt doch keinen Menschen so einfach verenden, selbst wenn sie so eine durchtriebene Hexe wie die Bongartz ist.*

Ist das jetzt endlich das Ende, Oma? Ich mag diese Ausdruckweise nicht. Was ist bloß mit Dir geschehen?

> *...Vielleicht bist Du erstaunt über meine aus Deiner Sicht herzlosen Ausdrucksweise.*
> *Aber hast Du schon einmal darüber nachgedacht, wie herzlos es war, was sie meiner Familie angetan hat?*

> *Sie hat in ihrem Leben nur einen Menschen geliebt, und zwar sich selbst.*

> *Alle anderen hat sie nur benutzt und immerhin davon drei Personen aus meiner Familie. Nicht einen Augenblick hat sie darüber nachgedacht, wie sehr ich darunter gelitten habe.*

> *Nein – man hat es mir nicht angemerkt, nicht anmerken dürfen. Dann wäre das „Spiel" für mich zu Ende gewesen, und alles wäre umsonst gewesen.*

> *Ich musste alles in mich hineinfressen, sollte mein Spiel nicht auffallen. Ich war allein mit meiner Angst, meinen Mann zu verlieren. Es gab Zeiten, da konnte ich wirklich nicht immer unterscheiden, wie bereits*

*erwähnt, ob ich meine „Krankheit" nur noch spiele oder ob sie mich schon tatsächlich befallen hat.*

*Deine Mutter ist daran zerbrochen, genauso wie ihre Ehe. Ihr Mann wurde ihr von ihrer einst besten Freundin genommen, ohne Skrupel, eine Familie zu zerstören.*
*Spätestens, als sie ein Verhältnis mit Dir begann, war eine Familie wahrscheinlich für immer zerstört!*

*Sie hatte augenscheinlich alles, was ein Leben bieten kann, nur ihre dunklen Schatten kannten nur wenige... Wenn die Scheinwerfer ihrer illustren Scheinwelt erloschen waren, kamen die einsamen Stunden ihres Tagesablaufes! Bis Du in ihr Leben kamst.*
*Nun hatte sie Bewunderung rund um die Uhr von ihrem neuen Spielgefährten.*

Es ist Schluss jetzt Oma, verdammt noch mal! Hast Du vielleicht auch einmal zu ihrer Entschuldigung darüber nachgedacht, was „deine drei Generationen" zu ihrem eigenen Verhalten beigetragen haben?

Opa mit seiner, entschuldige bitte, „kranken" Frau. Noch einmal jung sein, trotz seines Alters! Und dann nicht irgendeine, sondern eine so bezaubernde Frau wie Alice zu erleben!

*...Hör endlich auf mit Deinen Schwärmereien für sie, Leon!*

*Sie hätte Euch alle zurückweisen können.*

Dann kennst Du aber Deine Familie schlecht. Zum Beispiel, mein Vater, Dein Sohn, ein „Second - Hand"– Casanova", der wieder Mal seine Chance sah, sich der häuslichen und auch der ehelichen Monotonie entziehen zu können.
Und man stelle sich vor: Die meisten seiner Kollegen wussten von seinem Verhältnis mit Alice. Das nennt man dann wohl Genuss 2.0!

Und auch mich hat sie nicht festgehalten...

*...Du glaubst wahrscheinlich, mein Junge, **sie** habe Dich auch gehenlassen, wenn **Du** gewollt hättest! Ein*

*Irrtum! Die wenigsten Frauen halten mit den Händen fest! Sie halten fest, indem sie offensichtlich loslassen! Siehe „Rock am Ring"!*

Ich kann und will jetzt endgültig nichts mehr lesen oder hören. Ich bin einfach nur müde...

*... Du bist all dessen wahrscheinlich überdrüssig, ich kann es verstehen. Deshalb zum Schluss:*

*Nicht, was geschehen ist, war gut oder richtig, sondern das was beabsichtigt war. Und mein Plan war im Verhältnis zu ihrem Verhalten gerechtfertigt.*

Welche Gedankengänge von einer Frau, die noch vor ein paar Wochen künstliche Seerosen im Teich getränkt und Plastikschwäne gefüttert hat.
Ja, auch das: Die Ihren Ehemann beobachtet hat, als er sie mit ihrer Nachbarin betrügt! Das hält die beste Demenz nicht aus!

Oma, meine Vorstellungskraft reicht nicht aus, um mir auch nur im Entferntesten ausmalen zu können, wie jemand auf die – ja – absurde Idee kommt, in die Rolle eines zweiten „Ich's" zu schlüpfen. Wie ist diese irrsinnige Idee entstanden? Muss ich mir Sorgen machen, auch einmal so zu enden wie Du? Wie gelang Dir ein Rollentausch, von dem Dein Umfeld, einschließlich meiner Person, und selbst Dein Ehemann nichts, aber auch gar nichts bemerkt haben?

*...Nach über 35 Jahren als Alten- bzw. Krankenpflegerin habe ich die ganze Bandbreite diese Genres kennengelernt.*

*Demente alte Menschen waren meine Patienten, und das täglich, fast 10 Stunden am Tag oder in der Nacht, waren sie mein Leben...*

*Ich habe von ihnen gelernt, wie man sein muss, was man tut und wie man sich verhält, wenn man so krank ist wie sie.*

*Gottlob...war ich nie wirklich krank. Aber wenn doch, war ich nie dement. Nein, meine Krankheit bestand allenfalls in dem immer stärker werdenden Wunsch, es dieser Frau heimzuzahlen.*

Und was ist mit den Tabletten, Oma?

*...Ich weiß, es ist ein Schock für Dich und Du bist nicht sonderlich erfreut über meine Aussage, denn wie solltest Du das verstehen...*

*Ich habe die Krankheit vorgetäuscht und damit ist der Augenblick gekommen, vor dem ich mich am meisten gefürchtet habe. Ich muss nämlich zugeben, dass ich alle Euch belogen und betrogen habe.*

*Die Tabletten habe ich gehortet und versteckt, damit Opa sie nicht*

*findet. Genommen habe ich keine einzige. Aber dazu später mehr.*

Und warum das alles, Oma? Was war der Anlass für diese wahnwitzige Idee. Ich stell mir ehrlicherweise die Frage, ob man nicht tatsächlich krank sein muss, um so etwas zu planen und durchzuführen. Sein eigenes Leben aufgeben, um einer Idee nachzuhängen, die man einem „normalen" Menschen wohl kaum als Denkweise eines normalen Hirns verkaufen kann.

*...Auf die Idee kam ich wie die Jungfrau zum Kinde. Nach meiner Verrentung wurde ich von Deinem Großvater gehänselt, wenn ich irgendetwas vergessen hatte.*

*Zum Beispiel – übrigens nur eines von vielen:*

*„Du hast Dich angesteckt. Wahrscheinlich bist Du bald selber dein eigener Patient."*

*Irgendwann war ich einmal unfreiwillig Zeuge, als
Dein Opa sich telefonisch mit einer Frau verabredet
hat.*

*Später kamen weitere hinzu, und deine Freundin Alice
war eine von ihnen.*

Aber Oma, es ging doch dabei um Deinen Geburtstag. Du wurdest 75!
Er wollte ein Geschenk für Dich von Alice!

*„Hast Du etwa zugehört? Das wäre schade. Es war
nicht für Deine Ohren bestimmt!" –*

*das waren seine Worte.*

*„Was wollte denn unsere Tochter von Dir?" –*

*das war meine Frage an ihn. Schließlich mimte ich ja
eine Demenzkranke „in Lauerstellung", die
Zusammenhänge nicht mehr richtig zuordnen konnte.*

Ach Du weißt doch gar nicht, wer am anderen Ende der Leitung war?
Das war sein Test!

*„Doch – unsere Tochter!"*

*„Natürlich! Wer auch sonst mein Schatz?
Sofie, tu mir einen Gefallen: Ich zähl Dir ein paar
Zahlen auf und Du wiederholst sie – okay? Also: 110 /
112!"*

*„Kenn ich! Das ist unsere unsere Telefonnummer!"*

*Aber ich kannte die Anruferin!*

Aber es war bestimmt nicht Alice, Oma. Und wenn, dann ging es
bestimmt wieder um Dein Geburtstagsgeschenk...

*...Glaub, was Du willst mein Junge, aber ich weiß es
besser...*

*Jedenfalls genoss ich irgendwann Narrenfreiheit.
Manche lachten über mich. Andere hatten Mitleid.
Aber eines hatten alle gemeinsam: Sie glaubten an*

*meine zunehmende Demenz. Und ich habe sie ihnen vorgespielt. Wie gesagt, kannte ich nicht nur die typischen Symptome, sondern auch die Gestik der Betroffenen – ihr ganzes Verhalten.*

*Selbst unser Hausarzt hat mir meine Krankheit abgenommen. Warum hätte er auch daran zweifeln sollen?*

Aber eigentlich hätte Opa...

*...ha, ha, ha, Opa! Der hat schon mal gar nichts gemerkt, war er doch viel zu sehr damit beschäftigt, die Situation für sich auszunutzen.*

Aber Du musst Dir doch Gedanken gemacht haben, wie Du aus der Nummer mal wieder rauskommst?

*...Ich habe die Situation erst einmal ausgenutzt und manchmal sogar ausgekostet. Insbesondere aber davon profitiert.*

*Ich habe Dinge über mich und mein Umfeld erfahren, die ein „Gesunder" über sich niemals erfahren hätte.*

*Mein Hirn war nicht krank, sondern eine Schatzkammer. Und eine Überraschungstüte für jeden Mediziner...*

*Als ich dann irgendwann das alles abbrechen wollte, erging es mir wie Goethes Zauberlehrling:*

*„Die Geister, die ich rief..."*

*So einfach funktionierte die Lossagung nicht mehr. Noch mal: Ich hatte sie alle belogen und auch alle betrogen. Insbesondere aber meine Familie hätte ich der Lächerlichkeit im ganzen Bekanntenkreis preisgegeben. Ich habe Behörden, immerhin eine nicht zu verachtende strafbare Handlung, vorsätzlich getäuscht...und, und, und...*

*Aber da gab es noch etwas:*
*Dein Opa machte aus seiner Beziehung zu dieser Eva*
*immer weniger ein Geheimnis. Warum sollte er auch?*
*Ich verstand ja ohnehin nichts – glaubten beide.*

Und wie lange wolltest Du Dir die Geschichte noch mitansehen?

*…Irgendwann hatte ich die beiden im Bett dieser*
*Schlampe erwischt.*
*Als beide dann versuchten, mich noch verrückter*
*hinzustellen, als ich ohnehin nicht war, indem sie mir*
*das Märchen einer Fatamorgana, die ich gesehen*
*haben sollte, auftischten, habe ich innerlich gekocht*
*vor Wut. Später habe ich geweint.*

*Damals habe ich mir geschworen, dass auch sie dafür*
*auf irgendeine Weise zahlen würden – wenn möglich*
*beide!*

Oma! Mein Gott, was hattest Du noch vor?

*…Ich wusste noch nicht, wie ich das anstellen wollte,*
*aber ich wusste, was immer es sein wird, meine*
*„Krankheit" kann mir dabei nur*

*„behilflich" sein.*

*Und als dann die Geschichte mit Alice und Opa*
*begann, so glaubte ich zumindest, habe ich*
*eigentümlicherweise begonnen, Alice noch mehr zu*
*hassen.*

*Wie rücksichtslos und egoistisch muss ein Mensch*
*sein, der dazu fähig ist, einer kranken Frau den Mann*
*wegzunehmen.*

*Ich kann es nicht oft genug wiederholen, damit man*
*mich versteht:*
*Erst mein Schwiegersohn, der seine Frau ihretwegen*
*verlassen hat und*

*beruflich enorme Probleme bekommen hat, weil sie*
*ihn denunziert hat.*

*Dann mein Mann – der alte Narr!*

*Und jetzt Du!*

*Eine ganz Familie zerstört und den liebsten Menschen, den ich habe, nämlich Dich, Leon, hat sie todunglücklich gemacht. Das gab mir den Rest!*

Sag, dass es nicht wahr ist, was ich jetzt noch vermute…

*…Wahrscheinlich werde ich in Deiner Achtung tiefer sinken als es möglich ist, wenn Du den Rest lesen wirst. Nein, egal ist mir das sicherlich nicht. Aber es ist die Wahrheit! Und die Wahrheit ist selten schön und wer sie erfährt ist nicht selten enttäuscht. Nicht selten auch von dem Menschen, der sie erzählt.*

Nein Oma, ich kann mir beim besten Willen bei Dir das alles nicht vorstellen.

*…Leon! Wenn **Du** Dir nicht vorstellen kannst, was ich getan habe, ist es Dir vielleicht ein Trost, wenn ich Dir sage: **Ich** kann es auch nicht!*

*Nimm diesen Brief als Faustpfand. Und ich nehme Dir Dein Versprechen ab, dass Du ihn dann Dir zu Nutzen machst, wenn **Du** einmal selbst in den Sog der Verdächtigungen geraten solltest. Nimm keine Rücksicht auf meine Person, nicht auf meinen guten Ruf, sofern es diesen überhaupt einmal gegeben hat. Jetzt gibt es ihn ohnehin nicht mehr! Und selbst über meinen schlechten Ruf werde ich nichts mehr erfahren… Aber selbst wenn, wird er mich nicht interessieren.*

*Aber eines bitte ich dabei zu bedenken: Einen Denkzettel haben sie alle verdient, ein jeder auf seine Art, mehr oder weniger! Denn sie waren auf irgendeine Weise ein Teil dieser Geschichte.*

Leon denkt über die Zeilen nach, aber versprechen, nein versprechen kann er seiner Großmutter nichts!

Und was wäre gewesen, Oma, wenn Alice jetzt nicht tot wäre? Sie hätte Dich lächerlich gemacht, wenn sie Dich erkannt hätte. Es wäre vielleicht ihre Schuld gewesen, dass Du in die „Geschlossene" gekommen wärst?

*„Nennen wir es einmal so:*
*Wäre dieser unbeabsichtigte Unfall nicht passiert,*
*hätte ich mich ihr gegenüber sogar zu erkennen*
*gegeben, indem ich die Fratzenmaske*
*heruntergezogen hätte, um ihr zu zeigen, wer ich bin.*
*Sie sollte glauben, sie hätte das Gesicht eines*
*Dämons gesehen. Diesen Augenblick wollte ich*
*genießen.*

*Sie hätte wahrscheinlich die Rufnummer 110 gewählt*
*und polizeiliche Unterstützung angefordert. Aber dann*
*wäre ich längst weg gewesen.*

*Zu meinem Job gehörte auch die Fähigkeit, mich in*
*die Gedankenwelt anderer Menschen einzuloggen.*

*Würden die Polizisten also einer Frau, selbst wenn sie*
*Alice Bongartz heißt, glauben, wenn sie behauptet,*
*dass eine demente Frau, wie ich es nun mal zu sein*
*schien, mit einem abgemeldeten Auto von*
*Geilenkirchen nach Aachen gefahren ist. Und das*
*unbemerkt durch die Ortschaften in einem*
*Hexenkostüm? Nein, und es war nicht einmal*
*Karneval!*

*Man hätte **sie** der Lüge bezichtigt und vielleicht **sie***
*als Irre bezeichnet.*
*Oder sollte „dieser Überfall" gar ein PR – Gag für*

*ihren verblassenden Stern am Glamour Himmel einer vom Erfolg verwöhnten Diva sein?*

*Und genau das war meine Absicht! Ich wollte sie der Lächerlichkeit preisgeben!*

*Sie sollte einmal nicht in der ersten Reihe stehen und Deine Mutter in den Hintergrund verdrängen.*

*Möglichweise hätten übereifrige Journalisten herausgefunden, dass sie seit ihrer Kindheit unter depressiven Störungen gelitten hat. Möglicherweise haben sich Störungen im Laufe der Jahre zu schweren depressiven Episoden in der amerikanischen Klassifizierung auch „Major Depression" genannt, entwickelt.*

*Na, wenn das keine publikumswirksame Darstellung für die Boulevardpresse ist...*

*Aber ist sie auch wahr?*
*Muss nicht sein! Schließlich steht in solchen Fällen hinter jeder Behauptung ein Fragezeichen!!???*

*Aber ein unbewiesener Fakt ist auch, dass hinter jedem Fragenzeichen ein kleines Ausrufezeichen steht.*

*Berufsethisch und strafrechtlich unantastbar und ökonomisch äußerst erfolgreich!*

*Aber nun ist sie tot! Nicht gewollt, aber darauf nimmt der Tod keine Rücksicht.*

*Wenn es ein Trost für Dich sein soll, sie ist gestorben ohne zu leiden!*

*Die Gewissheit über den Tod eines Menschen ist oft*

*beruhigender, als die Ungewissenheit über sein Leben.*

> *Ich weiß, ich habe mein Zeitfenster unserer Kommunikation längst überschritten, Leon.*
> *Aber denke daran, es ist unsere letzte in diesem Leben, also..*

> *Um Zeit für die Rückfahrt zu gewinnen habe ich dieser Schlampe Eva Jansen noch eine App geschrieben, und zwar wieder von Opas Handy:*

> „Eva, wo bleibst Du? Es ist etwas Furchtbares geschehen!"

> *Antwort der Jansen:*

> „Ich bin am „Hof" in der Soers!"

Und ist sie tatsächlich dorthin gefahren, Oma?

> *...Ob sie zur Soers gefahren ist, weiß ich nicht. Jedenfalls war ich längst zuhause, als ich Deinen Großvater habe nach Hause kommen hören.*
> *Später waren er und die Jansen in unserer Wohnung und glaubten, dass ich schlafe oder sonst irgendwie nichts mitbekommen würde.*
> *Die beiden haben gestritten und machten sich gegenseitig Vorwürfe und Schuldzuweisungen.*

> „Wieso hast Du mich zum Hof bestellt?"

> „Hab ich nicht! Wie kommst Du darauf?"

> „Weil Du mir geschrieben hast, eine SMS!"

> „Wie hätte ich das tun sollen? Ich hatte kein Handy dabei!"

> „Nein? Dann lies bitte, hier ist mein Handy!"

„Tatsächlich! Verstehe ich nicht! Ehrlich, Fritz, ich kann es mir nicht erklären!"

„Ich sag Dir eines. Wenn ich erfahren sollte, dass Du dort warst, ist es vorbei! Und zwar endgültig! Denn ich glaube, Du lügst. Im Gegensatz zu einem Handy. Das kann nicht lügen!"

*Knapp 24 Stunden habe ich für meine Entscheidung gebraucht, die dann nur heißen kann:*

*Ich kann nicht anders! Es gibt nichts mehr, für das es sich lohnt, weiterzuleben.*
*Es ist vielleicht feige, was ich tue, aber die Wahrheit wird in den Augen meiner Umwelt eine einzige Lüge sein. Und sie wird, so lange ich lebe, mein Leben belasten. Diese Belastung endet für mich mit meinem Tod.*

*Ich werde noch heute eine Unmenge meiner gehorteten Tabletten für sämtliche nicht vorhandenen aber auch für die vorgetäuschten Krankheiten, schlucken.*

*Dann werde ich zu meinem Seerosenteich und in das Wasser gehen.*

*Was die Tabletten möglicherweise dann noch nicht geschafft haben, soll das Wasser des Teiches vollenden.*

*Und ich hoffe, Leon, dass Du derjenige sein wirst, der mich findet, auch wenn ich um die Schwere dieser Aufgabe für Dich weiß.*

Oma, bist Du verrückt! Genügt nicht schon eine Tote. Bitte, lass es bleiben…
Wem hilft Dein Tod?

Und Leon kann inzwischen die Fakten nicht mehr realisieren. Er hat vergessen oder verdrängt, das alles längst geschehen ist, was er liest. **Er** war schließlich doch derjenige, der sie später tatsächlich gefunden und tot aus dem Wasser gezogen hat.

> *...Weißt Du, Leon. Der Seerosenteich gab mir zweierlei:*
>
> *Einerseits war er im Zusammenhang mit meinen Affinitäten der Nachweis für meine „geistige Verwirrung". Andererseits war er mein Ruhepol, an den mich zurückziehen konnte und an dem ich „normal" sein durfte, ohne dass die anderen diese Normalität wahrgenommen hätten.*
>
> *Ich konnte meinen Seerosen alles erzählen – es blieb unter uns.*
>
> *Und wenn es abends dunkel wurde, habe ich mich von ihnen verabschiedet.*
> *Sie schlossen ihre Blüten und taten das, was auch ich tat: Einschlafen.*
>
> *Die Augen schließen.*
>
> *Entschuldige bitte den pathetischen Ausflug.*
>
> *Ich habe aber vor meinem letzten Gang noch den Schlüssel und diesen Brief für dich unter die Fußmatte gelegt.*

Und warum hast Du Dich nicht gestellt? Warum bist nicht zur Polizei gegangen? Warum hast Du diesen furchtbaren Weg gewählt?

> *...Mich stellen? Was hätte das bedeutet? Womöglich Gefängnis! Vielleicht nicht lebenslang, weil man mir keinen Mord hätte nachweisen können. Aber ein paar Jahre wären es schon gewesen sein, wegen Totschlags oder wie auch immer das juristisch heißt! Und das in meinem Alter!*

Aber eigentlich hatte ich meine simulierte Krankheit und eine damit verbundene mögliche gerichtlich angeordnete Sicherheitsverwahrung vor Augen - ein Alptraum!

Ich habe die Verwahrung beruflich erlebt! Das hat mir gereicht!

Leon, gestatte mir eine Lebensweisheit, die Dein Sammelalbum komplettieren und Dich über mein Ableben hinaus an mich erinnern soll, falls diese Erinnerung nicht nur von Hass geprägt ist.


Menschen die gestorben sind,

sind nicht tot.

Sie leben dort,

wo wir Lebende sie sehen:

Im Himmel -

in der Hölle -

oder in unseren Herzen.

…Mein lieber Junge,
geh nicht zu hart mit mir ins Gericht.
Urteile so über mich,
wie Du Dir wünschst,
dass man einmal über **Dich** urteilt,
wenn **Du** einen Fehler gemacht hast.

*Verzeihen heißt,*

*Hass zu begraben –*

*auch gegen den Verstand.*

Hallo Oma! Sorry, wenn ich nicht „liebe Oma" sage.
Meine **liebe** Oma warst Du ein Leben lang. Ich denke, meine
Gedanken übermittele ich jetzt meiner **verstorbenen** Oma.
Jeder Mensch hat nicht nur gute Seiten. Dann würde die Welt diesen
Überfluss an Güte nicht verkraften. Die „anderen Seiten" sind es, die
dafür sorgen, dass diese Welt im Gleichgewicht bleibt.


Es gibt Dinge, die kann man verzeihen, aber niemals vergessen.
So ist es auch bei mir! Und **das** musst **Du** mir bitte verzeihen.

Ich liebe Dich, Oma, was immer geschehen ist! Denn ich weiß, alle
Omis dieser Welt wollen immer nur das Beste für ihre Liebsten. Zu
denen zähle ich auch mich!

Und sie machen dabei gut gemeinte Fehler.

**Und Du bist eine von ihnen, die immer nur das Beste für mich
wollte.**


Tschüs Oma, Dein Leon!